KB078526

내 5급 연예인 4

고고33 현대 판타지 소설

초판 1쇄 찍은 날 § 2021년 12월 29일
초판 1쇄 펴낸 날 § 2022년 1월   5일

지은이 § 고고33
펴낸이 § 서경석

총괄팀장 § 황창선
편집책임 § 김우진
디자인 § 스튜디오 이너스

펴낸곳 § 도서출판 청어람
등록번호 § 제387-1999-000006호
등록일자 § 1999. 5. 31
어람번호 § 제1-3169호

주소 § 경기도 부천시 부일로 483번길 40 서경B/D 3F (우) 14640
전화 § 032-656-4452 팩스 § 032-656-4453
http://www.chungeoram.com
E-mail § chungeorambook@daum.net

ISBN 979-11-04-92408-8 04810
ISBN 979-11-04-92386-9 (세트)

목차

제1장

—

불타오르네 II

[계연예술고 43회(무용과) 동창회에 오신 것을 환영합니다. 7층
으로 오세요!]

"여기네, 여기!"

"올라가자!"

오랜만에 모임에 들뜬 여자들은 경쾌한 발걸음으로 엘리베이터
에 올라탔다.

"혜안아!"

카페 안은 이미 도착한 친구들이 한창 수다 중이었다.

남자 여자 할 것 없이, 명동 한복판이 한눈에 보이는 창가 자리
에 한데 어우러져 있다.

"혜안아, 너 더 예뻐졌다?"

"너희들 뭐야, 썸은 개인적으로 만나서 타라?"

"썸은 무슨. 너는 재훈이랑 사귀더니 잘되고 있어?"

"야야, 재훈이 오늘 안 온다."

"웁스!"

예술고등학교 무용과 출신인 친구들은 졸업 후 모델, 무대미술, 연극, 감독, 유튜버같이 다양한 분야에 진출했다.

하지만 아직은 다들 사회 초년생으로 서투른 걸음을 내디딜 나이.

"야야, 너희 연영과 윤소림 알지? 걔 대박이지 않냐?"

"나, 깜짝 놀랐다니까."

"500살 마녀 시청률이 19프로래."

"걔 소속사에서 나왔다고 하지 않았어?"

"계약만료 됐는데, 지금 대표가 데리고 나온 거라잖아. 그 사람이 엄청 유명하대. 그래서 언플도 장난 아니고."

"하긴. 두 작품밖에 안 했는데 이렇게 뜬 거는 소속사 힘이지. 솔직히 온라인에서만 난리지, TV에 얼굴 한 번 안 나오잖아?"

"근데, 걔 때문에 웬디즈 데뷔 못 할 뻔했다며?"

"원래 웬디즈 원년 멤버였는데, 그때 무릎 수술하면서 생난리 치느라고 웬디즈 데뷔가 늦었대."

"대박."

"뭐가 대박이야. 우리 학교 출신 연예인이 한둘이냐?"

"많지. 그리고 걔 약간 똘기 있잖아. 왕따랑 사귀고 그랬지 않냐?"

툭 튀어나온 누군가의 얘기에 대화가 잠시 끊겼다.

"아니야? 우리 과 왕따랑⋯⋯."

"미친 새끼야, 그딴 소리 하지 마. 요즘 시대가 어느 땐데. 너도 배우 할 거라며? 학교폭력 가해자네 어쩌네 미투 나오면 아주 좋겠다?"

"에이, 설마⋯⋯."

"설마는 개뿔. 너 뜨고 나서 그런 소리 나오면 좆 되는 거야."

"재수 없는 소리를 해라."

과거의 어떤 일은 주홍 글씨로 새겨져 남는다.

다른 말로 업보라고 한다.

그렇게 분위기가 냉랭해졌을 때, 창밖을 응시하는 친구가 있었다.

"야, 넌 혼자 뭘 그렇게 청승맞게 있어?"

"거리에… 사람들이 엄청 많이 모여 있어서."

"명동에 사람 많은 게 하루 이틀이냐?"

"근데 너무 많은데."

친구들이 다시 수다에 집중하는 모습을 보면서, 남자는 고개를 갸웃했다.

검은 머리들이 급속도로 불어나고 있었다.

이상할 정도로.

*   *   *

촬영이 시작되기 전, 나는 하릴없이 주위를 둘러봤다.

경호 인력이 이동 경로에 배치되는 동안 제작진은 촬영 준비에 여념이 없었다.

그리고 우리 배우는 차 안에서 대기 중.

"지금 상황 어떻습니까?"

나는 KIS 방송 차량 옆에서 대기 중인 경호 팀장에게 다가가 물었다.

그가 귀에 착용한 이어셋을 매만지고 각 조의 상황을 확인하자, 손에 든 작은 무전기에서 소리가 나왔다.

—4조 아직 통행에 문제없습니다.

—3조 현재 사람들이 급격하게 늘어나고 있습니다.

—2조 관광객들이 일부 모여 있지만, 촬영에 무리 없을 것 같습니다.

배우와 시민의 안전을 모두 책임져야 하는 경호팀은 한시도 긴장을 늦춰서는 안 된다.

나 역시 이번 촬영에서 사고 소식이 들리는 것은 싫다.

"경호 팀장님, 통제 잘 부탁드립니다."

"걱정하지 마세요."

경호 팀장은 듬직한 미소와 함께 주위뿐 아니라 하늘까지 살폈다.

과태료를 물고서라도 스타를 보겠다고 드론을 띄우는 팬들도 있기 때문이다.

하지만 명동 하늘은 쾌청했고, 아직 통제가 어려운 상황은 아니다.

마지막으로 각 조의 상황을 한 번 더 체크한 경호 팀장이 내게 준비가 됐음을 알리는 고갯짓을 한다.

카메라 세팅을 끝낸 제작진도 길거리 캐스팅을 이끌 리포터와 함께 스탠바이에 들어갔다.

나는 촬영을 지원 나온 김도진 피디에게 다가가 물었다.

"감독님, 배우 나오면 됩니까?"

"예, 지금 나오면 될 것 같아요."

나는 새로 뽑은 밴으로 다가갔다. 이 안에 모두가 기다리고 있는 배우가 타고 있다.

드르륵.

마침내 차 문이 열리자, 벌써부터 주위에 있던 시민들이 환호했다.

시민들의 시선이 배우의 키에 맞춰서 내려간다.

어린 배우는 방긋 웃으며 외쳤다.

"안녕하세요! 은별나라 은별공주 고은별입니다!"

우리 퓨처엔터는, 일찌감치 비장의 무기를 쓰기로 했다.

은별이가 내게 윙크한다. 그래서 나도 찡긋.

정말이지 최고의 시작이 아닐 수 없다. 저승이의 찌푸린 얼굴이 에러지만……

               *   *   *

카메라 앞에서 은별이가 방긋 웃는다.

"안녕하세요, 연예가소식 시청자 언니오빠이모삼촌들! 저는 유튜버이자, 배우인 고은별입니다!"

"아니, 은별나라 은별공주 고은별 양이 여긴 어떻게?"

허리를 살짝 숙인 리포터가 과장된 표정을 지으며 물었다.

"사실 제가, 여기에 지금 아주 엄청난 인기를 가진 여배우가 온다는 소문을 들었거든요."

"아, 그래요?"

"예! 그래서 제가 유튜브 방송을 촬영하기 위해서 나왔습니다!"

혹시나 은별이가 떨까 봐 나는 카메라 밖에서 은별이의 호흡을 따라 고개를 끄덕였다. 어차피 녹화방송이라서 실수해도 편집하면 그만이다.

"근데, 제가 알기로는 오늘 나오는 엄청난 인기를 가진 여배우가, 실은 은별 양과 함께 같은 드라마에 출연하고 있는 걸로 알고 있는데요."

"아닌데요. 저는 유튜버지, 배우가 아니거든요. 그리고 제가 알기로는 그 엄청난 인기를 가진 여배우와 함께 촬영하는 어린 여배우는 되게 예쁘다고 들었는데요?"

"아휴, 이거 제가 잘못된 정보를 알려 드릴 뻔했네요."

방송에서는 이 부분에서 드라마 자료 화면이 나갈 테고, 시청자들은 깔깔 웃겠지.

"자, 그럼 그 엄청난 인기를 가진 여배우를 불러볼 텐데, 은별 양, 오늘 저희와 함께해 주실 수 있나요?"

"영광입니다!"

"자, 그럼 우리 불러볼까요? 그 엄청난 인기를 가진 여배우!"

리포터의 말이 끝나기 무섭게 아주 잠깐, 나는 귀가 먹먹해졌다.

귀에 이명이 생겼다. 지이잉 하는 소리가 계속된다.

세상에 존재하는 소리가 사라진 것 같았다. 아니면 나만 다른 세상의 주파수를 듣고 있는지도 모르겠다.

저승에서 온 주파수인가. 이대로 죽으면 억울하겠다는 생각이 스쳤다.

이 현장의 소리는 꼭 듣고 싶으니까.

"윤소림!"

굵은 남자의 목소리를 시작으로 인파에서 쏟아진 환호성이 벼락처럼 내게 떨어졌다.

"소림아, 사랑해!"

"500살 마녀!"

"언니, 너무 예뻐요!"

그리고 내 눈에 세상 긴장한 얼굴의 윤소림이 비친다.

본방송에서는 광고 속 장면과 드라마 속 장면, 그리고 지난번 출연해서 엄마, 하고 울던 자료 화면이 이어질 것이다.

[확실히, 차 팀장이 실력자네요.]

저승이 윤소림을 보며 감탄한다. 그래, 그 뺀질이가 월급이 많은 이유는 실력자이기 때문이다.

단화, 청바지, 흰 셔츠, 연한 메이크업.

이 조합으로 윤소림을 독보적인 존재로 만들었으니까.

저게 쉬워 보여도 결코 쉬운 게 아니다.

옆으로 봐도 예쁘고, 앞으로 봐도 예쁘고, 뒤로 봐도 예쁘게 만들어야 하기 때문이다.

자기 딴에는 일조량도 계산한다는데, 그건 뻥 같고.

"소림 씨, 시청자 여러분께 인사 부탁드립니다."

"안녕하세요! 엄마, 하고 울었던… 연상의 그녀는 500살 마녀에서 마녀 역할을 맡은 윤소림입니다!"

궁금하다.

아마 방 국장이라면 이쯤에 'KIS의 딸'이라고 자막 하나 넣을지도 모르겠다.

설마 진짜 그러려나.

"소림 씨, 연상의 그녀는 500살 마녀가 어떤 드라마예요?"

"마녀는 지구가 아닌 마법 세계에서 살고 있는데요, 나쁜 마녀를 잡기 위해서 지구에 오게 돼요. 그런데 마침 우진우라는 어린 아이의 집에 떨어지게 되고, 부모님을 잃고 혼자 살던 아이와 기묘한 동거를 하게 되면서 사건사고가 걷잡을 수 없이 일어나는 드라마입니다."

드라마 홍보를 시작으로 운을 떼며 베테랑 리포터가 상황을 리드하면서 현장을 이동하기 시작했다. 은별이의 보폭에 맞추며 천천히.

"소림 씨, 길거리 데이트는 처음이시잖아요? 혹시 주변에서 얘기해 준 거 있어요?"

"아, 박신후 선배님하고 강주희 선배님께 물어봤거든요."

"박신후 씨는 작년에 출연했죠? 강주희 선생님은 뭐, 저희 단골이시고요. 두 분이 뭐라고 하세요?

"박신후 선배님은, 선배님이 잘 리드해 주시니까 말만 잘 들으면 된다고 했고요."

윤소림이 리포터에게 공손하게 두 손을 내밀고 계속 말했다.

"그리고 강주희 선배님은, 선배님이 혼내거나 서운하게 하면 전화하라고 하셨어요."

"이야, 강주희 선배님 너무하시네요. 그러지 않아도 어제 전화 왔거든요. 제대로 챙겨주지 않으면 저 죽인다고."

웃음소리.

"아, 오늘 유튜버 고은별 씨가 왔는데, 두 분은 처음 보시죠?"

"어머, 저 팬이에요. 은별나라 은별공주 채널에 있는 영상 다 봤어요."

"정말이요? 저도 소림이 언니 팬이에요."

"두 분⋯ 거짓말을 너무 자연스럽게 하는 거 아니에요?"

리포터의 지적에 윤소림과 은별이가 서로 손바닥을 맞대며 윙크한다.

아이고, 저 둘의 소속사 대표는 얼마나 배가 부를까.

부럽다, 부러워⋯⋯.

이런 소리가 귀에 들리는 것 같다고나 할까.

두 사람은 이제 서로 손을 잡고 이동했다. 은별이가 리포터와 윤소림 사이에서 앞장섰다.

"두 분, 드라마에서 각각 어린 마녀 역과 500살 마녀 역을 맡고 있잖아요? 재밌는 에피소드 같은 것도 많았겠어요?"

"언니가 마법을 많이 쓰면 어려진다는 설정이라서, 의상이 똑같아야 하거든요. 근데 그거 때문에 처음에 작가님하고 감독님이 고민하셨어요."

은별이가 대답했다.

"왜요?"

"키가 작아져도 옷은 그대로잖아요."

"듣고 보니 그러네요. 그래서 어떻게 하셨어요?"

"그래서 고민 끝에 작가님이 두 손을 휙 들면서 결론을 내리셨어요."

"뭐라고……."

"마녀의 옷은, 스판이다."

은별이의 또랑또랑한 설명에 구경하던 사람들도 웃음이 터졌다.

그때 상황을 살짝 부연하자면, 실제로 촬영에 들어가기 전까지만 해도 미술팀은 옷에 대해서는 크게 신경 쓰지 않았다.

그런데 스태프 한 명이 옷이 줄어드는 게 이상하지 않냐고 질의하면서 논란이 살짝 일어났다.

하지만 30분의 회의 끝에 초강력 스판 재질로 결정을 내렸고, 지구에 떨어지는 불타는 운석을 막는 씬에서는 불연성 소재라는 설정이 추가되는 데 3분도 걸리지 않았다.

"소림 씨, 오늘 어떤 팬 서비스를 준비하셨어요?"

길거리 데이트에서는 시민들과 즉석 만남을 한다.

"웃기는 거 빼고 다 할 수 있습니다!"

하지만 윤소림의 생각은 틀렸다.

카메라 앞에 선 남학생이 윤소림과 손을 맞잡기도 전에 방방 뛰며 웃기 시작했으니까.

"왜 그렇게 웃어요?"

"너무, 예뻐서요!"

그래, 소림이는 예쁘다.

팬들과 사진 촬영도 하고 인터뷰도 이어가는 중에 유병재가 내 옆에 와 속삭였다.

"대표님, 인파가 너무 몰려서 지금 바로 실내로 장소 옮겨야 한답니다!"

주변 소음 때문에 유병재가 목소리를 높였다.

나도 주위를 살짝 돌아보고는 김도진 피디에게 상황을 전달했다.

제작진은 잠깐 멈췄다. 그 와중에도 리포터는 시민들을 카메라 앞에 세웠다. 그때였다.

"어?"

윤소림이 누군가를 보고 놀란 표정을 지었다.

"왜요, 소림 씨?"

"제 친구예요. 고등학교 동창이요."

"정말이요?"

카메라가 남자를 서둘러 잡았다.

"창수야!"

윤소림이 반갑게 부르며 다가가자, 놀란 남자가 머뭇거렸다.

"반갑다, 잘 지냈어?"

"어, 어."

"여긴 어떻게 왔어? 일하는 중이야?"

"어, 어. 일하던 중에, 너 왔다는 소식 듣고 구경하려고……."

남자는 땀에 흠뻑 젖은 셔츠를 입고 있었다.

윤소림이 남자를 흐뭇하게 바라본다.

"친구분, 소림 씨 학교 다닐 때 어땠어요?"

"음, 인기는 솔직히 그때가 더 많지 않았나 싶을 정도로 유명했어요. 예뻐서."

"소림 씨는 학창 시절에는 조용한 학생이었어요? 아니면 말괄량이?"

"되게 털털했어요. 왕따 당하는 다른 과 친구한테 먼저 말 걸고 친구 하기도 했으니까."

"그래요? 이거 사실이에요?"

"그럼요, 제가… 그때 그 왕따 당하는 애였거든요."

뭐?

예고도 없이 튀어나온 고백에 리포터가 당황했다.

물론 나도 그렇고, 지켜보는 사람들도 웅성거린다.

"야."

그러자 윤소림이 걱정이 됐는지 남자를 말렸다. 그래도 남자는 꿋꿋이 말했다.

"왜. 사실인데. 나, 소림이 네 덕분에 그때 그 시간 버틸 수 있었고, 학교 졸업해서도 내 고등학교 친구 중에 이렇게 예쁜 친구 있었다고 자랑하면서 어깨에 힘주고 살았어."

나도 모르는 얘기였지만, 남자와 윤소림의 눈가가 촉촉이 젖어가는 것을 보니 둘만이 아는 사건이라도 있는 모양이었다.

"고마워, 소림아. 나, 이 말 해주고 싶어서 일하다가 뛰어왔어. 땀 냄새 많이 나지?"

윤소림이 그를 바라보면서 피식 웃는다.

"그게 뭐."

둘이 껴안는 모습에 함성이 아닌 박수갈채가 쏟아진다.

윤소림과 남자는 서로의 연락처를 확인한 뒤 다시 만날 것을 기약했고, 길거리 데이트는 실내 촬영장으로 이동해서 계속됐다.

　　그 뒷이야기는 방송에서…….

제2장

—

기쁨과 불행은 항상 세트였다

「며칠 후, 연상의 그녀는 500살 마녀 마지막 촬영 현장」

"메이킹영상 촬영하겠습니다!"

감독과 배우들이 한자리에 모였다.

촬영 중에 잠깐 짬을 내서 드라마 감독판에 실릴 메이킹영상을 촬영하기 위해서였다.

"신후 씨, 촬영장에서 소림 씨한테 진심으로 설렌 적이 있다면서요?"

"예. 극 중 마녀가 톱스타 우진우의 촬영장에 들르는 씬이 있었습니다. 거기서……."

박신후가 말꼬리를 흐리자 최한이 감독이 마이크를 잡고 부연 설명을 덧붙였다.

"그날, 두 사람은 서로를 처음 보는 거였어요. 현장에서 말이죠. 제가 슛 들어가기 전까지 보지 말라고 했거든요."

"맞아요. 그래서 별생각 없이 촬영 대기를 하고 있다가 소림 씨 보고 정말 놀랐어요. 예뻐서."

"와, 얼마나 예뻤길래 신후 씨가 놀랄 정도였을까요?"

리포터의 질문에 최한이 감독이 껄껄 웃는다.

"시청자 여러분이 보신 우진우가 놀라는 장면은 연기가 아니라 진짜였습니다. NG 없이 원테이크로 끝냈거든요."

메이킹영상 촬영이 계속되는 동안, 나는 민 대표의 옆에 붙었다.

"축하합니다, 대표님."

화음에서 제작한 드라마 〈형사의 촉〉이 해외 스크리닝 행사에 상영작으로 초청됐다는 기사가 떠서 축하 인사를 건넸다.

김솔이 주연작으로 주선희 대표가 장난치려다가 된통 혼났던 역사를 가진 작품이다.

"내가 그래서 요즘 헷갈린다니까? 주선희 이 여자가 똥인 줄 알았는데, 된장이었나 싶어서."

"그게 무슨 말이에요?"

제작부장이 주름 잡힌 이마를 들었다.

"어렸을 적에 상처가 나면 된장 발랐잖아. 그 여자가 내 마음에 얼마나 스크래치를 냈어?"

우리 셋은 껄껄 웃었다.

웃음을 그친 민 대표가 소품 차에 프린팅 된 500살 마녀 포스터를 바라본다.

"최 대표, 그냥 하는 말이 아니라 분위기가 심상치가 않아요. 중국뿐 아니라 인도네시아, 태국에서도 500살 마녀 열풍이랍니다. 개똥 같은 인간들… 그거 불법 다운로든데. 아무튼, 이미 그쪽 프로모션 대행사들이 팬 미팅 행사 기획 중이라는 얘기도 있고."

"다행이네요."

사실 김나영 팀장에게 해외 반응도 보고받고 있어서 이미 알고 있었다.

하지만 당장 무언가 일이 진행되는 것은 아니다.

일단은 드라마 촬영을 마무리하는 게 우선이다.

"감독님, 얼굴 많이 좋아 보이는데요?"

메이킹영상 카메라 앞에 선 최한이 감독의 표정은 유병재에게 듣던 것과는 사뭇 달랐다.

유병재 말로는 미친 것 같다고 했었는데.

어느 때는 웃고, 어느 때는 머리를 쥐어뜯는다고.

"아니야. 잘 봐. 최한이 감독 볼이 쏙 들어갔다니까."

하루가 어떻게 지나가는지 모를 정도로 촬영장과 편집실을 오가는 생활을 일주일만 해도 몸이 비명을 지르는데, 그런 생활을 드라마 촬영 내내 하고 있으니 무리도 아니다.

하지만 아이러니하게도 시청률은 고공 행진 중이니 웃을 수밖에 없는 상황이고.

그래서 몸에 좋은 한약 한 첩 지어서 가져오려고 했는데……

이미 윤소림 팬클럽에서 최 감독에게는 녹용을, 몸이 찬 박 작가에게는 홍삼을, 현장 스태프들에게는 인삼을 듬뿍 담은 삼계탕 밥차를 보냈다.

"문제는 CG인데, 지난주 방송은 진짜 간당간당했어."

"CG팀은 뭐랍니까?"

나는 제작부장을 보고 물었다.

"그쪽은 아예 말을 잃었죠. 병원에서 수액 맞아가며 버티는 일정이니까. CG팀 막내는 결혼한 지 한 달도 안 돼서 신혼을 만끽해야 하는데……."

제작부장이 염불 외듯 중얼거리자 민 대표가 눈을 부릅뜬다.

"야이! 너 지금 뭐 하자는 거야? 제작부장이라는 놈이 현장을 쪼아댈 생각은 안 하고 어디서 비둘기 날갯짓을 하고 있어?"

"…어떻게 안 될까요? 아니면, 거의 끝났으니까 버티라고 해야 하나. 뭐, 갑자기 뇌졸중이 오고 그러진 않겠죠?"

"해, 해! 인력 증원하라고 해!"

계획에 없는 지출이겠지만, 민 대표의 입꼬리는 씰룩씰룩 올라갔다.

시청률이 이 모든 고생을 보상해 주고 있는 탓이다.

"엊그제 D사 커뮤니케이션 팀장 만났는데, 그 여자 말로는 우리 드라마 방송 끝날 때마다 트래픽이 확 오른다더라고. 한밤의 엽서나, 주식의 신은 우리의 3분의 1수준이고."

"정말이지 윤소림이 신의 한 수였습니다."

"그렇지? 어디서 그런 복덩이가 떨어진 건지."

"제가 물어 왔죠."

제비만 행운 물어 오라는 법 있나.

나도 윤소림 데려왔으니 제비 못지않지.

"으하하! 인정!"

민 대표가 박장대소하며 내 팔뚝을 두드렸다.

그런데 그러다 갑자기 뚝 그친다. 가늘어진 시선이 닿는 곳에 박신후와 매니저가 꼬랑지를 말고 멀어지는 게 보였다.

민 대표의 코 평수가 커졌다가 줄어든다.

"주선희 그 미친년 생각하면 내가 아주 요절을 내도 시원찮은데, 박신후가 꽤 잘해주고 있단 말이지."

한마디로 지금 케미 폭발.

작가가 대본을 잘 쓴 것도 있지만, 두 배우의 맞닿는 눈빛에 시청자들의 심장이 녹아들고 있었다.

"카메라 감독이 그러더라고요."

"이문철이?"

"예. 윤소림 쳐다보는 박신후 눈빛이 암만 봐도 연기가 아니라고요."

제작부장의 밀고에 민 대표와 나는 턱을 치켜들었다.

어딜 감히.

"자식이, 연기하면서 사리사욕을 채우고 있네."

"아무튼 박신후나 윤소림이나 이번 드라마 끝나면 몸값 확 오르겠네요."

"진짜 홈런 친 건 윤소림이지. 최 대표, 공서 때 솔직히 얼마 받았어요?"

"비밀입니다."

59만 원 받았다고 하면 쪽팔리잖아.

"뭐 아무튼! 우리 작품에서는 7백 플러스 광고 받았잖아. 솔직히 천 단위 불렀어도 계약서 썼을 만큼 급하긴 했지만……."

"지금이라도 늦지 않았습니다, 대표님. 다시 쓸까요?"

"에이, 이미 PPL로 뽑아 드셨잖아."

"박카스로 얼마나 받았겠어요."

나는 능청을 떨고 말했다.

"다음 작품에서 많이 받으면 되지. 못해도 3, 4천은 받을 거면서. 아, 다음은 장산의 여인이죠?"

"예."

장산의 여인은, 500살 여인보다 많이 받았다.

드라마가 아닌 영화 주연이기 때문이다.

물론 지금 계약한다면 훨씬 더 많이 받겠지만.

"아, 이거 왠지 배 아프네. 걔들은 가만있다가 주인공 여배우가 C급에서 A급이 된 거 아니야? 완전 날로 먹네! 아, 미안해요. 내 표현이 좀 그랬지? 하하."

그래. 표현이 조금 이상했지만, 은근히 인정할 수밖에 없는 얘기였다.

"근데 볼륨이 작다면서요?"

"50억쯤 되는 것 같습니다. 넷플렉스 전액 투자고."

"독점?"

일정 기간 한 플랫폼에서만 방영하는 조건.

"예. 그런가 봅니다."

"그럼 거기도 지금 머리가 복잡하겠네. 윤소림을 어떻게 써먹을지 말이야."

"걔들만 그런가요. 지금 윤소림 보는 눈들이 한둘이 아닐 텐데."

제작부장도 옆에서 거들었다.

500살 마녀처럼 지구에 뚝 떨어진 윤소림이 이 바닥에 진한 파
문을 일으키고 있었다.

아무튼 남자 셋이서 이런저런 수다를 떠는 중에 윤소림이 세팅
을 마치고 나타났다.

왔다는 사실을 알리지 않아서 내가 온 건 모르고 있었다.

집중한 얼굴로 카메라 앞에 선다.

세트장이라서 촬영 스태프들과 배우 스태프들밖에 없지만 그래
도 부산하긴 마찬가지였다. 나는 아주 잠깐, 윤소림의 주위로 사
람들이 모여드는 것을 지켜봤다.

이 자리의 주인공.

모든 사람이, 카메라가 오직 주인공을 바라본다.

내 옆에서 민 대표의 낮은 속삭임이 들린다.

"빛이 나네, 빛이 나."

볼살이 쏙 빠진 최한이 감독이 헤드폰을 고쳐 쓴다.

오늘, 〈연상의 그녀는 500살 마녀〉의 촬영이 끝난다.

마지막 오케이 사인이 울리면 스태프들은 해방감과 흥분을 담
아 박수갈채를 보낼 테고, 윤소림은 첫 연속극 촬영을 끝낸 기념
으로 꽃을 받을 거다.

물론 드라마가 종영하려면 아직 한 주가 더 남았다.

나는 벌써부터 두근거리는 마음을 달래고 윤소림에게 다가갔
다.

*　　　　　*　　　　　*

『윤소림 : 기축(己丑)년 무진(戊辰)월 을미(乙未)일』

『운명 : S』

『현생 : A』

『업보 : 260』

『전생부(前生簿) 요약 : 모든 생이 찬란했던 운명. 어진 왕비였고, 맑은 마음을 지녔으며, 모든 것을 꿰뚫는 지략가이기도 했다. 수를 헤아릴 수 없는 많은 공덕을 쌓았고, 관련한 많은 운명이 망자를 둘러싸면서 덕이 마를 날이 없었다.』

나는 처음으로, 윤소림의 생의 계획을 확인했다.

[업이… 그래도 많이 준 거예요.]

저승이가 위로한답시고 얘기했지만, 아무래도 상관없었다.

오히려 가슴만 끓을 뿐이다.

그놈의 업, 겨우 이 정도에 쉽게 소멸하면 그것도 재미없지.

"소림아."

"예?"

너였다.

장례식장에서 날 위해서 울어준 한 사람.

저승이가 쌓인 업보를 해결하자고 했을 때도 제일 먼저 떠오른 것은 윤소림이었다.

만약 이 아이가 없었다면 나는 그냥 지옥이든 어디든 떠났을 거다.

"시청률 얘기 들었지?"

"예."

"지금 시청률이 이러면 최종화 시청률은 30프로 넘는 거 아니야? 500살 마녀는 14화보다 15화가 더 재밌으니까."

"16화는 이렇게 재밌어도 되나 싶을 정도라는데요?"

윤소림과 나는 벤치에 앉아 마주 웃었다.

"기분이 어때?"

"진짜, 마법 빗자루를 탄 기분이에요."

"그동안 잘해왔어. 앞으로도 이대로만 해."

"커피하고 물 가져올까요?"

"커피 두 번 부었다가는, 나 버터 인간이라고 불릴걸?"

윤소림의 볼에 보조개가 깊이 파인다.

내 가슴속에서는 더 많은 말들이 샘솟았지만, 꼰대 소리를 듣고 싶은 생각은 없다.

"우리 마지막으로 그거 할까? 마녀에 대해 알아보는 거."

캐릭터를 좀 더 파고드는 방법의 하나인데, 마녀의 어린 시절 특별한 기억이나 마녀가 좋아하는 수건, 마녀가 제일 아끼는 물건 같이 마녀에 대해 알아가는 게임이다.

특별하게 뭘 할 필요는 없다.

마녀의 어린 시절에 배우 자신의 삶을 투영해도 좋다.

작가가 특별하게 정한 설정을 건드리지 않는 선에서 캐릭터와 나를 동화시키는 데 중점을 두면 된다.

하지만 오늘이 마지막 촬영이니 500살 마녀와 관련한 게임도 이번이 마지막.

"마녀는 뭘 좋아할까?"

"쇼핑하는 거, 우진우 몰래 관찰하기, 청소하면서 노래 부르기, 아끼는 차 세트로 정오에 차 마시기, 보름달 뜨는 날 빗자루 타기."

보름달 뜨는 날 좋아하는 것은 저승이랑 똑같네.

"마녀의 특별한 기억은?"

"처음으로 마법을 썼던 날, 친구를 구해주지 못했던 날……."

5화에서 마녀가 지구에 온 이유가 밝혀졌다. 그 내용과 관련한 얘기다.

"다른 특별한 기억은?"

"우진우를 처음 본 날."

윤소림은 그 대답을 작게 속삭였다.

"그게 다야?"

"우진우를 처음 본 순간이 너무 특별해져서 다른 게 기억 안 나요."

뭐, 그럴 수도 있겠네.

"그럼 마녀에게 슬픈 기억은?"

"신상을 못 샀을 때, 최애가 아파서 활동 못 할 때, 좋아하는 과자가 떨어졌을 때, 로봇 청소기가 고장 났을 때."

그런 황당한 게 슬픈 기억이라니.

"그럼 소림아, 아니, 마녀님."

"예. 얘기하세요."

"마녀의 첫사랑은?"

"…노코멘트."

그러면 더 궁금해지는데.

또 어떤 걸 물어볼까 고민할 때, 조감독이 다가와 촬영 시작을 알렸다.

윤소림이 짧게 숨을 고르고 일어났다.

그렇게 나는 촬영장 한편에서 소림이를 지켜봤다. 웃는 모습, 진지한 모습, 볼 가득 바람을 채운 모습……

이따금 소림이가 내 쪽을 돌아보면 손을 흔들어줬다.

하늘이 마치 우리 둘 사이에 있는 호수 같았다.

*　　　　*　　　　*

「강남 B 클럽」

eidkl** 2시간 전 [추천 1173 비추 20]
마지막 회 너무 기대돼요!
종방연 잘하고, 그동안 500살 마녀 덕분에 행복했습니다!
답글 6
sss1** 30분 전 [추천 930 비추 12]
윤소림 너어~ 이번에 내 눈에 콕 들어왔어!
답글 35
rhdh** 10분 전 [추천 453 비추 3]
제발 해피 엔딩! 작가님, 해피 엔딩이죠?
답글 9
dudd** 방금 전
이 드라마 별로. 설정 과하고, 여주 연기는 나무토막 같은데.

"뭐 해?"

두툼한 손이 쑥 들어오자, 남여울은 서둘러 핸드폰 화면을 잠 갔다.

"아니야."

"뭐 봤는데?"

"알 거 없잖아."

"야야, 왜 남의 핸드폰을 보려고 그래?"

10넘버즈 리더 차강준이 끼어들어서 남여울의 편을 들었다.

남자가 멋쩍은 얼굴로 물러나자, 남여울은 한숨 한 번 쉬고 팔 짱을 낀 채 소파에 등을 기댔다.

담배 연기가 자욱한 룸 안에 가수, 모델, 배우 할 것 없이 섞여 있다.

"500살 마녀 드라마 보는 사람? 그거 곧 때리지 않냐?"

차강준이 제 이마를 탁 치며 물었다.

팬들이 재밌어한다고 습관적으로 미는 리액션이었다.

"난 그거 보면 이상하게 박카수 땡기더라?"

"땡기면 마셔야지! 야, 누가 박카수 좀 사 와라! 톱모델께서 박 카수가 땡기신단다!"

"제가 사 올게요!"

구석에 앉아 있던 남자애가 벌떡 일어나자, 차강준은 피식 웃었 다.

잘나가는 스타에게 빌붙은 빈대 같은 녀석이었다.

"야, 박카수 한 박스 사 오고 나머지는 너 택시비 해."

차강준은 지갑에서 오만 원권을 꺼냈다. 두 손가락 사이에 낀 지폐가 힘없이 펄럭인다.

"감사합니다, 형님!"

남자애가 얼굴이 활짝 펴서 밖으로 나갔다.

"저 새끼는 저거 10만 원 주면 간쓸개 다 빼줄 놈이야. 안 그래?"

"하하. 야야, 불쌍하다, 불쌍해."

"불쌍하긴. 우리랑 같이 있는 게 어딘데."

사람들이 낄낄거리며 웃을 때, 남여울은 여전히 찌푸린 인상 그대로였다.

"누나, 기분 풀어. 누나 기분 풀어주려고 내가 다 부른 거란 말이야."

차강준의 넉살에 남여울은 굳은 표정으로 그를 노려봤다.

"박카수나 드셔."

"에이, 그거 때문에 그래? 장난이지. 야, 전화해서 박카수 사 오지 말라고 해. 그냥 집에 가라고 해. 아이씨, 오만 원 괜히 줬네."

그가 자리에 모인 다른 사람들에게 윙크하자, 여기저기서 대거리하기 시작했다.

"난 500살 마녀 재미없더라. 무슨 설정에 제약이 없어? 마녀가 얍, 하면 마법이 그냥 나오는데 그게 뭐야."

"운석이 떨어지고, 추락하는 비행기를 구해내기까지 하는 이 말도 안 되는 전개라니."

"포커한 때문에 잡음 많았잖아, 그것 때문에 어그로 제대로 끌렸던 거지, 솔직히 내용은 별거 없지."

차강준은 실실 웃으며 남여울 쪽으로 몸을 틀었다.

슬쩍 손을 움직이는데, 누군가 툭 던지듯 말을 꺼냈다.

"근데 윤소림 걔, N탑 부문장이 독립하면서 데려간 애라며?"

"어. 그거 때문에 지금 N탑 분위기 장난 아니게 살벌하대."

"대박."

"그러고 보니 강준이 너도 N탑에서 연습생 생활 한 적 있지?"

요즘 잘나가는 모델 배진명이 넌지시 물었다.

차강준은 미간을 살짝 찌푸렸지만 입은 웃으며 말했다.

"어. 잠깐 있었지. 근데 나랑 안 맞아서 지금 회사로 옮겨서 이렇게 됐잖아?"

"에이, 잘린 거 아니고?"

"배진명, 나 10넘버즈 차강준이야."

여섯소년들에 밀릴지 몰라도, 대한민국을 비롯한 아시아 시장에서 탑티어 아이돌이다.

"농담이야, 농담."

"근데 강준아, 우리 유유 언제 보는 거야? 단톡방 멤버라며? 불러."

"바쁘단다. 단콘 있잖아, 그 새끼."

"에이, 누가 슈스 아니랄까 봐 얼굴 한 번 보기 힘드네."

투덜거리던 배진명이 문득 남여울을 쳐다봤다.

"아, 그러고 보니 누나도 N탑에 있으셨죠?"

실실 웃으며 묻는 배진명 때문에, 차강준은 미간을 찌푸렸다.

'저 새끼가 미쳤나! 이년 꼬시려고 돈을 얼마나 썼는데!'

그는 배진명을 노려보며 입술을 깨물다가 다시 미소를 짓고 남여울에게 바싹 붙었다.

"누나, 생방송 한밤 출연한다며? 화려하게 복귀하는 거야?"

남여울은 핸드폰 쥔 손에 힘을 주었다.

방송에 출연해서 시청자들에게 정식으로 사과하고, 적당한 때에 복귀하자는 삼촌의 계획.

어차피 시간이 지나면 다 흐지부지된다.

반년만 있으면 그 안에 또 다른 스캔들이 서너 개 정도 터질 테고, 그러면 다시 재기, 아니, 데뷔할 수 있게 된다는 시나리오였다.

"누나 한밤 출연 기사 나오면 내가 리트윗 할게."

자신의 참신한 아이디어에 흡족해하는 차강준.

남여울이 자리에서 일어났다.

"스트레스 좀 풀까 하고 나와봤더니만."

"가려고? 누나 이거 좀 마셔!"

차강준이 떠나려는 그녀의 팔을 붙잡은 순간, 얼음장처럼 차가운 시선이 그를 쏘아붙였다.

"아까부터 뭘 자꾸 마시래? 약 탔니?"

남여울은 신경질적으로 그를 뿌리치고 룸을 빠져나갔다.

*   *   *

[화제] 500살 마녀는 어떻게 시청률 퀸이 됐나?

[종합] 요즘 대세 윤소림! 지난주 금요일 방송한 연예가소식 시청률 6.9프로 기록하며 자체 최고 시청률 경신!

[속보] '연상의 그녀는 500살 마녀'팀 오늘 여의도에서 종방연!]

─TVX 드라마 '연상의 그녀는 500살 마녀' 종방연이 서울 여의도 한 식당에서 진행된다. 출연진과 제작진은 한 명도 빠짐없이 모여서 마지막 회 방송을 감상할 예정이다.

한편 '연상의 그녀는 500살 마녀'팀은 다음 주 푸켓으로 포상 휴가를 떠날 예정이다.

하지만 윤소림은 차기작 스케줄상 아직 참가를 결정짓지 못하고 있다고······.

"그래서 윤소림 푸켓 간대, 안 간대?"

종방연 현장 앞은 기자들과 팬들로 북새통을 이뤘다.

시청률 1위의 드라마이기 때문에 매체란 매체는 총출동했다.

이런 상황을 우려한 〈주식의 신〉과 〈한밤의 엽서〉는 한 주 전 미리 종방연을 끝냈기 때문에 기자들도 마음 편하게 모였다.

"안 간대."

"간다는데?"

"누가 그래?"

설왕설래 속에서 확인되지 않은 정보들이 쏟아진다.

"박신후하고 윤소림 케미 좋았는데, 둘 사이에 이상기류 같은 거 없나?"

"현장에서 박신후가 좀 오버하긴 했다는데, 윤소림은 뭐. 썸 타면 미친 거지. 지금 대박 터졌는데."

"다들 연예가소식 봤지? 그거 대본 아니야?"

"나도 그런 줄 알았는데, 아니래. 그거 진짜래."

"그래?"

"솔직히 그런 건 대본으로 쓰다 걸리면 좆 되는 거지."

"하긴. 최고남이 누군데."

"누군데요?"

기자들 사이에서 불쑥 나온 얼굴.

"쟤는 또 누구냐?"

"우리 신입. 미안해."

"너네는 애들이 왜 그렇게 자주 관두냐?"

"배고프다니까."

아무튼.

"그러니까 최고남이 누구냐 하면……."

입을 열던 기자는 쯧 하고 입소릴 내고 옆에 있는 기자에게 턱 짓했다.

지난번 퓨처엔터가 연 회식에서 똑같은 질문을 했던, 그러나 지금은 그게 언제 얘기냐는 듯이 신입 기자를 향해 썩소를 날리고 있는 기자.

그녀가 입을 열었다.

"앞으로 자주 듣게 될 이름."

명답에 다들 고개를 끄덕일 때였다.

배우들의 차량이 종방연이 열리는 식당 앞에 속속들이 도착했다.

기자들이 움직인다.

"야야, 너는 오지 말고 여기 있다가 담배 피우러 나오는 사람들 있으면 숨어서 무슨 얘기 하는지 잘 들어둬. 원래 이런 자리에서 썰이 나오는 거야. 알았지?"

아까의 신입 기자는 고개를 끄덕였다.

식당 앞에서는 밤을 몰아내듯 카메라 플래시 세례와 팬들의 환호성이 쏟아진다.

마치 다른 세상 같다.

"박신후!"

"오빠, 멋있어요!"

"신후 씨, 우진우 표정 한번 부탁드립니다!"

박신후가 도착한 모양이다.

"아, 나도 박신후 보고 싶었는데."

아쉽지만 이따가 종방연 현장 떠날 때라도 잠깐 볼 수 있지 않을까 하는 기대를 할 때, 또다시 함성이 터졌다. 정신없이 쏟아지는 그 이름.

윤소림.

"나랑 동갑이던데. 누구는 스타고, 누구는 이렇게 박쥐처럼 어둠 속에 숨어 있고."

신세 한탄을 하는 이때, 정장 차림의 남자가 흡연 장소로 걸어오는 게 보였다.

'배우?'

혹시나 싶어 기대했지만 처음 보는 얼굴이다.

들키지 않으려고 기자는 흡연 장소에서 좀 더 떨어져서 어둠 속으로 몸을 감췄다.

그는 누군가와 전화 통화를 하고 있었다. 어린아이 목소리가 들리는 것 같기도 하고.

'딸인가? 유부남?'

남자는 웃으면서 시답잖은 얘기를 했지만 얼마 안 있어 전화를 끊었다.

그는 손에 캔 커피를 들고 있었는데 마시지는 않고 아무렇게나 놓여 있던 플라스틱 의자에 올려놓았다. 그러더니 갑자기 어둠 속을 돌아보고 입을 연다.

"기자님, 이거 아직 따뜻하니까 드세요. 고생이 많으십니다."

그는 미소를 보이고 식당 안으로 사라졌다.

기자는 어둠 속에서 나와서 캔 커피를 손에 쥐었다.

따뜻함이 느껴졌다.

뭔가 이상한 기분이라서 그대로 말없이 있을 때, 선배 기자들이 방정맞게 뛰어와서 그녀에게 물었다.

"야야, 아까 온 사람 여기서 뭐 했어?"

"통화하던데요?"

"그래? 뭐라고? 전화 통화 했으면 뭐 들었을 거 아니야?"

"너 여기 있어서 우리 다 안 오고 가만있었단 말이야."

"이거 정보 공유하는 거야. 단독 치는 새끼 죽인다?"

참새처럼 쨱쨱거린 기자들은 다들 신입 기자의 입만 바라봤다.

머뭇거린 신입 기자는 손에 쥔 캔 커피를 슬그머니 허리춤에 감추며 물었다.

"그런데… 그 사람이 누군데요?"

그러자 기자들이 눈을 부릅뜨고 외쳤다.

"최고남!"

*　　　　*　　　　*

'9시 30분.'

나는 시간을 확인하고 소고기를 뒤집었다.

일찌감치 술잔이 오간 종방연 현장은 얼굴에 열꽃이 핀 사람들의 웃음소리가 잠시도 멈추질 않았다.

"자자, 잠시 주목해 주세요! 탄창 빈 사람은 빨리 장전하시고!"

민 대표가 소맥 잔과 수저를 들고 일어났다.

포커한 사태로 빠졌던 살이 시청률과 함께 불어서 전보다 훨씬 거구의 몸집이 된 그가 건배사를 늘어놓는다.

"우리 드라마의 시작이자 끝인 박세영 작가, 촬영하고 편집하느라 피라미드로 이사갈 뻔한 최한이 감독, 한 명 한 명 이름 나열하면 내가 울 것 같아서 못 부르는 우리 스태프들, 그리고 우리 주연 배우들! 다들, 정말 고생 많았습니다!"

박수갈채를 흠뻑 만끽하며 민 대표는 실로폰 두드리듯 소맥 잔을 두드렸다.

"자, 우리 건배사 알죠?"

500살 마녀팀의 건배사는 마녀의 마법 주문을 응용했다.

모두가 한목소리로 외친다.

"500살 마녀 대박 터져라, 얍!"

여기저기서 꿀꺽꿀꺽 소리가 들린다.

박세영 작가와 최한이 감독도 일어서서 한마디씩 했다. 배우들은 드라마 시청 후 소감을 얘기하기로 하고 본격적인 술자리가 시작됐다.

배우 매니저들이 소주 한 병을 들고 여기저기 기웃거린다.

박신후 매니저도 홍당무 같은 얼굴을 들고 식당 안을 누비고 있었다.

"소림아."

잘 익은 소고기를 집게로 가득 집어서 소림이 앞에 뒀다.

녀석이 배시시 웃는다.

오늘도 어김없이 한쪽 볼에 보조개가 새겨져 있다.

"대표님도 드세요."

"너나 많이 먹어. 맘껏 먹고, 내일 나랑 마라톤 뛰자."

녀석이 눈을 가늘게 뜨고 쳐다본다.

사실 무릎 때문에 윤소림은 가능한 뛰는 것은 자제해야 한다. 그래서 작년부터 필라테스를 꾸준히 하면서 유연성과 근력을 키우고 있다.

"내일부터 필라테스 다시 하지?"

"예! 안 그래도 몸이 너무 둔해져서 빨리 하고 싶어요."

"장산의 여인은 강한 이미지니까 근력 붙여야 할 거야."

"옙!"

고기 한 점이 윤소림의 입에 쏙 들어간다.

그 옆으로 정신 사나울 정도로 빠른 손놀림이 불판의 고기를 집었다.

"그래, 차 팀장도 고생 많았어. 많이 먹어."

공짜니까.

*   *   *

"근데 차 팀장, 유튜브는 시작했어?"

"예! 시작했어요!"

차가희가 입에 고기를 욱여넣으면서 날 흘겨본다.

나는 미소를 듬뿍 담아 그녀에게 따뜻한 응원의 말을 건넸다.

"차 팀장, 맘껏 꿈을 펼쳐. 차 팀장 집에서."

"아, 진짜! 두고 봐요, 나 성공할 테니까!"

[난 이 누나 마음에 들더라. 대책 없이 직진이야. 마음에 들어.]

저승이가 차 팀장 옆에서 턱을 괴고 쳐다본다.

나도 저 둘을 보고 있으니 대책이 없어지고 싶다.

"대표님, 여기 고기, 진짜 맛있어요!"

입안에 쌈을 밀어 넣은 막내들이 응얼거리면서 엄지를 내민다.

김나영 팀장도 열심히 젓가락질하면서 고기 낚시를 하고 있었고, 우리 은별이 삼촌 김승권은 고기가 불판에 스치기만 하면 입에 밀어 넣고 있다.

누가 보면 고기 한 번 안 사 먹이고 일 시키는 줄 알겠네.

"곧 애들 부모님들하고 계약 마무리할 거야. 승권 씨가 앞으로 애들 관리하게 될 거고. 이름 기억해요?"

바삐 먹던 김승권이 제 입을 슥 닦고 말했다.

"박은혜, 권아라, 소연우, 송지숩니다! 아, 권하준도요."

"인력 충원하겠지만, 충원해도 승권 씨가 신경 써야 할 겁니다. 물론 승권 씨가 가장 신경 써야 할 아티스트는 누가 뭐래도 은별이고요."

"예!"

더 얘기하면 체할 테니 여기서 끊었다. 그런데, 윤소림이 입에 젓가락을 문 채로 씨익 웃는다.

"저기 대표님."

"응?"

"대표님도 필라테스 하실 생각 없으세요?"

순간, 풉 소리와 함께 차가희가 입에 들어갔던 고기를 공중에 분사했다.

"아, 죄송해요. 흐흡, 대표님이 필라테스복 차림인 거 생각나서, 흐흡!"

도대체 어떤 상상을 했길래 먹던 고기를 뿜을 정도인지는 모르겠으나, 바보 바이러스가 옆에도 퍼졌는지 막내들도 입을 틀어막고 있다.

권박하는 흐느끼다 못해 오열하고 있고, 배서희는 부푼 입을 꾹 다물고 있다.

강주희가 우리 테이블에 자리를 트면서 고개를 갸웃한다.

"야, 여기는 왜 울고들 있어?"

"누님, 이번 주에 도장 찍죠."

"뭐야, 대화 주제를 급격하게 바꾸려는 듯한 이 상황은?"

"뭐긴 뭐예요. 누님 계약 얘기하는 거지."

강주희가 비스듬히 턱을 받치고 날 쳐다본다.

왠지 느낌 싸하네. 한잔하셨구만.

"너, 나 말고도 계약하는 애들 있다며? 김 팀장 얘기로는 여자애들 네 명하고 남자애 한 명이라는데. 괜찮겠어?"

"괜찮아요. 그중에서 누가 뭐래도 첫 번째는 배우 강주희니까."

"자식."

강주희가 내 볼을 꼬집는다. 뭐, 기분도 좋은 날이니 피하지 않고 꼬집혀 주고 있는데 차가희의 핸드폰 카메라 렌즈가 내 쪽을 향한다.

"차 팀장, 핸드폰 내려놔."

"문자 보내려고 한 건데?"

사기 치다 걸리면 손모가지 날아가는 거 모르나.

찰칵!

차가희가 아니다. 나를 비롯한 주위의 시선이 권박하에게 닿았다. 그녀가 하얀 이를 수줍게 드러내고 핸드폰을 내려놓는다.

"제가, 팬 매니저라서."

"너희 회사 왜 이렇게 재밌니?"

강주희가 박장대소를 했다. 근데 이상하다. 왜 내가 강주희를 상대하고 있는 걸까. 유병재는…….

"와, 역시 먹방 매니저!"

"대박, 고기 진짜 맛있게 드신다."

"나 지금 CF 보는 것 같아! 소고기가 입에서 녹는 것을 실제로 보게 되다니…….."

"뭐야, 저 밥그릇들은?"

"고기랑 밥이랑 번갈아 먹는데 속도가 안 줄어. 된장찌개 우리 테이블에 있는 거랑 다른 건가? 저 테이블 거는 왜 저렇게 맛있어 보여?"

먹는 모습을 카메라를 들고 촬영하는 스태프도 있다.

뭐야, 저승이는 여기 있는데.

[말했잖아요. 유병재의 잠재력은 상상 그 이상이라고.]

세상에.

나도 모르게 한참 입을 벌리고 구경하다가 시계를 확인했다.

'9시 50분.'

스태프 한 명이 리모컨을 들고 채널을 돌린다.

500살 마녀, 마지막 회가 이제 시작하려고 한다.

*   *   *

「N탑 엔터테인먼트 청담동 사옥」

kdiekd 그럼 우유 곡 받는 거 아녜요?

00doekldk 유유 너무한다. 같은 소속산데 한 곡을 안 주네.

830212 유유가 원래 자기 곡 안 주기로 유명해요.

blaick 천재 덕 좀 보기 더럽게 힘드네!

ko_king 언니들 너무 예뻐요!

redvel 웬디즈 파이팅!

늦은 밤, 회사에 남아 팬들과 소통하기 위해서 SNS 라이브 방송을 하고 있는 4명의 웬디즈 멤버들.

그녀들은 셀카 봉을 들고 건물 이곳저곳을 돌아다니며 팬들의 질문에 성심성의껏 대답해 주고 있었다.

"유유 선배님이요? 천재죠. 빌보드 기사도 났잖아요, 천재 탑라이너!"

"맞아요, 절대음감! 심지어 곡 작업도 정식으로 안 배우셨대요.

다 어깨너머로 배운 거래요."

"잘해주냐고요?"

"음……."

"선배님, 약간 츤데레 타입이잖아!"

"맞아, 맞아! 지난번에 우리 차 고장 났을 때, 선배님이 자기 밴이제 안 탈 거라면서 저희한테 줬거든요!"

질문과 답이 계속 오갔다.

그러는 중에 멤버들은 갑자기 고개를 숙였다.

"안녕하세요, 선배님!"

일제히 인사를 하고 머리카락을 쓸어 올린 그녀들.

하지만 헤드폰을 쓴 유유는 듣지 못했는지 핸드폰만 보면서 엘리베이터에 탔다.

늦은 저녁, 때로 매니저도 없이 혼자 밤마실을 다녀오곤 했다.

마스크를 쓰고 모자를 꾹 눌러쓰면 아무도 몰랐다.

그래서 오늘은 산책하면서 〈연상의 그녀는 500살 마녀〉의 마지막 회를 볼 생각이다.

"유유야, 산책 가니?"

당직 직원이 물어봤지만 듣지 못한 유유는 머리에 후드를 눌러쓰고 제 이름처럼 유유히 앞으로 나아갔다.

"뭐야, 맨날 박카수 광고야. 화장품 정도는 따줘야지."

핸드폰 화면을 보면서 유유는 눈살을 찌푸렸다.

방송에 앞서 윤소림의 광고가 나오고 있었다.

남들은 최고남이 일을 잘한다고 하지만, 글쎄. 그 정도까지는.

심지어 윤소림이 촬영한 박카수 광고는 유유 역시 촬영한 적이 있었다.

그때 피로회복제를 얼마나 마셨던지, 이제는 보기만 해도 신물이 올라온다.

"그래도 부문장님이 최고긴 하지."

돌이켜 보면 그도 마법사였다.

유유가 모르는 곳에서 분주하게 챙겨주었다. 기사도 많이 막아줬었다. 그때는 그게 당연하다고 생각했었는데.

지금 회사 직원들은 공무원처럼 제 일만 할 뿐이었다.

곡 퀄리티가 좋든 나쁘든 자기들이 정한 스케줄이 더 중요할 뿐이었다.

싫은 소리 하기 싫어서 에둘러서 얘기하면 나중에 유유의 탓을 했다.

최고남은 그러지 않았는데 말이다.

최고남은, 안 그랬는데.

*   *   *

「N사 연예부 기자 단톡방」

gikdi — [500살 마녀 종방연에 특이 사항 없나요?

카들 — [아직은 없네요.]

gikdi — [박신후하고 윤소림, 썸 타고 있다는데 들은 얘기 없으세요?

ㅎㅎ — [글쎄요? 눈빛 오간다는 소리도 있고, 로맨스 드라마니

가능성은 있다고 봅니다.]

gikdi ― [일단 그쪽은 킵. 아이돌 C 핸드폰 해킹당한 건은 어떻게 됐어요? 동영상 가지고 계신 분? 15초짜리 말고 풀.]

000 ― [xx기자님이 가지고 있다던데.]

cc ― [이런 건 공유합시다. 그래야 공정한 기사를 쓰지.]

올리바 ― [ㅋㅋ, 요론 건 꼭 돌려 봐야 합니다!]

카들 ― [xx기자님 말로는 동영상에 약하는 장면이 있어서 광수대 마약수사과에서 수사 중이고, 동영상 못 푸는 이유는 N탑 때문이랍니다.]

올리바 ― [엥? 뭔 소리예요? N탑 애도 동영상에 있나?]

cc ― [진짜? N탑 소속이면 어느 쪽이야? 피해자? 가해자?]

카들 ― [가해자. 일단 동영상에는 뒷모습만 나오는데, C가 만든 또 다른 단톡방 멤버라서 빼박이라네요.]

ㅎㅎ ― [호, 혹시 여섯이들?]

gikdi ― [아아, 그렇게 직접적으로 얘기하면 문제 생깁니다.]

ㅇㅇㅇ ― [대박이네. 아까비, N탑만 아니면 당장 데스크 올리겠는데.]

A일보 ― [조심하세요. 진짜 걔들이면 팬덤 장난 아니니까. 걔들 SNS에 기자 저격도 막 하잖아요. 팬들 그거 보면서 좋다고 고나리하고.]

카들 ― [아무튼 아직은 엠바고니까 이거 기사 내지 마세요. 각도기 잘 재서야 합니다.]

"미친 새끼들이 어디서 이니셜질이야."

개인 사정으로 500살 종방 현장에 가지 못한 황 기자는 집에서 단톡방을 확인하다가 눈살을 찌푸렸다.

정보 때문에 이따금 생존 신고만 하면서 눈팅만 하던 단톡방이었다.

그런데 지금 이 안에서 핵폭탄급 찌라시가 터졌다.

일단 C가 누구인지는 그녀도 알고 있었다.

'10넘버즈 리더 차강준.'

동영상 내용도 얼핏 알고 있는데, 클럽에서 술에 타는 마약, 흔히 물뽕이라 불리는 것을 사용해서 여성들을 유린하는 영상이고 현재 마약수사대에서 수사 중이라고 한다.

'하지만, 유유라니.'

최정상 아이돌그룹 멤버 유유가 차강준의 단톡방 멤버였다?

차강준이 핵폭탄이라면, 유유는 지구 멸망 수준의 충격일 거다.

당장 세상이 뒤집힐 것이고, 모든 포커스는 차강준이 아닌 여섯소년들 유유에게 맞춰질 것이다.

연예인의 연예인, 슈퍼스타니까.

"이걸 N탑이 어떻게 막냐."

황 기자는 인상을 찌푸리며 단축번호 1번을 꾹 눌렀다.

[퓨처엔터 대표 최고남]

화면에 상대방 이름이 뜨고 신호가 간다.

"왜 안 받아!"

아무리 기레기라고 해도 핵폭탄급 사건을 터뜨릴 정도면 최소 단톡방에 여섯소년들 멤버의 참여 사실은 검증했다는 얘기.

사상 초유의 스캔들이 담긴 모래시계가 지금 막 거꾸로 뒤집혔는데, 이 중요한 때에 이 문제를 해결할 수 있는 유일한 사람이 전화를 받지 않는다.

＊　　　　＊　　　　＊

「〈연상의 그녀는 500살 마녀〉 마지막회」

마녀는 소멸했지만 톱스타 우진우는 겉으로 보기에 누구보다 밝아 보였다.

촬영도 문제없이 해내고, 팬 미팅도 무리 없이 소화했다.

하지만 곁에서 두 사람을 지켜봤던 소속사 대표만은 우진우가 지금 정상이 아니라는 것을 알고 있었다.

─쟤 또 멍때리고 있네.

─대표님, 어쩌죠?

차 안에서 멍하니 앉아 있는 톱스타 우진우를 바라보는 소속사 대표와 매니저.

─시간이 약이지 뭐.

─차라리 울기라도 했으면 좋겠어요.

─울걸?

─진우가요? 우는 거 못 봤는데.

─난 우리 마누라 죽으면, 마누라 없는 집에 못 들어갈 거야. 눈물 나서.

─사모님이랑 갈라서신다고 하지 않으셨어요?

─내가 언제, 인마!

―지난번에 술 마시고 그러셨는데. 용돈 5만 원 깎여서 서럽다고.

하루의 스케줄을 마친 톱스타 우진우는 대저택에 돌아온다.

대리석 바닥, 창틀, 주방의 고급 식기, 욕조의 보수 흔적까지 온통 마녀의 손길이 닿아 있는 곳을 확인하면서 그녀를 떠올리는 우진우.

그러다가 댕댕댕… 갑작스레 울리는 거실 괘종시계에 혹시나 싶어서 부엌으로 달려간다.

하지만 그곳에 마녀는 없다.

잠깐 본 것 같았는데, 착각이다.

―흐흑!

톱스타 우진우는 바닥에 쓰러져 흐느낀다.

눈물은 침대에까지 이어진다.

침대 위에서 밤새워 뒤척이며 눈이 퉁퉁 부을 때까지…….

장면이 바뀌고, 원탁에 둘러앉은 장로들이 회의에 열을 올리고 있었다.

―다행히 흩어진 영혼을 상당 부분은 회수할 수 있었습니다.

―힘은 돌아오지 못하겠죠?

―그건 장담할 수 없죠. 문제는 기억입니다.

장로들은 저마다의 표정을 지었다.

눈살을 찌푸리고, 안타까워하고, 고개를 끄덕이고.

―언제가 그 아이가 그런 말을 했습니다. 우진우를 사랑하게 된 것 같다고요.

―으흠.

—그래서 마법도 포기하고 인간이 되길 택한 거겠죠. 마녀가 마법을 포기한다는 것이 어떤 의미인 줄 잘 알면서.

—이제 우리에게 달렸습니다. 악을 물리쳤으니, 그에 합당한 보상을 해줘야지요.

—그건 안 됩니다. 규칙에 어긋납니다.

—쯧쯧, 그놈의 똥고집은.

—뭐라고요!

—어차피 부활한다 해도 기억은 잃을 테고, 마법을 잃은 아이를 여기에 둔들 무슨 의미가 있습니까?

—나도 그 말에 동의합니다. 마녀의 영혼은 부활한 세계의 생의 계획을 부여받습니다. 이곳에서 부활하면 또다시 마녀. 그걸 그 아이가 원할까요?

—나도 찬성이요. 그 아이를 아끼는 장로의 마음은 알지만, 그 아이가 어디에서 부활하는 게 행복할지 잘 헤아려 보시오.

—좋습니다. 하지만 우진우의 곁으로는 못 보냅니다. 악의 사념이 아직 지구에 남아 있습니다. 비록 그 아이가 악을 소멸시켰다고는 하나, 아직 한 번의 힘은 쓸 수 있을 터. 그 사념의 조각이 두 사람을 해하기 위해서 호시탐탐 기회를 노리고 있으니까요.

*   *   *

1년 후, 캐나다 옐로나이프.

우진우는 비행기에서 내려서 눈으로 덮인 풍경을 바라본다.

우연히 해외 다큐멘터리 프로그램에서 마녀를 본 그는 모든 스케줄을 취소하고 캐나다행 비행기를 탔다.

소속사 대표가, 매니저가 잘못 본 거라고, 그냥 닮은 사람이라고 만류했지만 소용없었다.

가까운 호텔에 짐을 푼 우진우는 렌트한 차를 끌고 미리 알아둔 다큐멘터리 프로그램 촬영 장소로 이동한다.

그 시각, 마녀는 이유 없이 가슴이 불안해서 서성거린다.

몇 년 전 그녀는 기억을 잃은 채로 눈 위에서 발견됐다.

이후 마을 사람들은 그녀에게 이름을 지어주고 일자리를 알아봐 줬다. 덕분에 도움을 받아 카페에서 일하면서 이곳 생활에 적응됐다.

하지만 늘 가슴 한편은 공허했고, 누군가의 이름이 떠오를 듯 말 듯 했다.

―우진…….

―샬롯, 왜 그래?

―아니야. 미안한데 나 바람 좀 쐬고 올게.

앞치마를 벗은 그녀는 카페를 나와 마을을 거닐었다.

그리고 한 걸음 한 걸음 걸으면서 눈 덮인 마을을 눈에 담았다.

공허한 마음이 가라앉길 바라면서.

한편 우진우가 탄 차는 눈 위를 달렸다. 덜컹거리는 차는 위태위태해 보였다. 마음이 급해진다. 무리인 줄 알면서도 액셀을 힘껏 밟는다.

장면이 바뀌어 차량 밑에 어두운 기운이 몰려든다.

긴장감이 고조되는 배경음악.

모래가 튀고, 균열이 생기고 기름이 새기 시작했다.

그것은 나쁜 마녀의 마지막 사념.

덜컹!

차가 강한 충격과 함께 하늘로 솟구쳤다.

우진우의 몸은 공중을 회전하는 차 안에서 균형을 잃었다.

이대로 그녀를 못 보고 죽는 것일까.

우진우는 되레 미소를 머금었다.

그녀가 없는 시간은 어차피 아무런 의미가 없었으니까.

차가 땅에 충돌하기 직전.

더디게 흐르는 시간 속에서 우진우의 몸은 누군가에 의해 구해져 차에서 빠져나오게 된다.

우진우는 눈물을 머금으며 그녀를 바라본다.

그토록 찾고 싶던 500살 마녀를…….

"수고하셨습니다!"

"고생들 했어!"

"500살 마녀 화이팅!"

오늘을 위해 숨 가쁘게 달려온 사람들은 박수갈채와 환호로 서로를 자축했다.

"우리 배우들 소감 들어봅시다!"

이문철 카메라 감독이 두 손을 모으고 외쳤다.

누가 먼저 일어나나 할 때, 윤소림이 먼저 일어났다.

"안녕하세요, 배우 윤소림입니다!"

"예쁘다!"

나는 두 손을 모으고 식당이 떠나가라 외쳤다.

푼수 소리 좀 들으면 어떤가.

윤소림의 물기 어린 눈동자에 내 모습이 잠깐 스쳤다.

녀석은 나를 잠깐 본 뒤 다시 모두를 바라봤다.

"아마… 평생 오늘을 잊지 못할 거예요. 감독님, 작가님, 카메라 감독님, 조명 감독님, 미술 감독님, 제작부장님, 모든 스태프 여러 분들……."

윤소림은 조곤조곤하게 감사 인사와 작별의 인사를 했다.

스태프들은 귀담아들었고, 나는 저 녀석이 이제 한 뼘 정도 더 커졌으려나 생각하면서 바라봤다.

다음 차례로 강주희, 그리고 조연배우들이 이어갔다.

이미 술은 실컷 마셔서 분위기는 상당히 가라앉았다.

다들 알고 있다. 배우들의 이야기가 끝나면 이 자리도 끝이라는 것을.

그래서인지 배우들은 전에 없이 말이 길었고, 사람들은 전에 없이 크게 웃었다.

마지막으로 박신후가 일어났다.

"배우 박신후입니다!"

크게 한번 일갈한 박신후는 앞서 일어선 배우들과 크게 다르지 않은 얘기를 이어갔다. 자식, 결국에는 마지막에 주인공이 되네.

피식 웃은 나는 직원들에게 턱짓했다.

일어날 채비를 하자고.

"그리고… 마녀와 함께해서 정말 행복했습니다."

이야기가 길어지자 강주희가 하품을 늘어지게 한다.

"쟤 왜 저렇게 오버하고 있어."

"아직 역에서 헤어 나오지 못한 모양이네요……."

나는 핸드폰을 꺼내서 확인했다. 황 기자 전화였다. 그녀는 오늘 교육 일정이 있어서 종방연 현장에는 오지 않았었다.

[여기 거의 끝났으니까, 연락할게.]

전화를 받는 대신 메시지를 보내고 박신후를 힐끗 쳐다봤다.

바로 황 기자에게서 문자가 도착했다.

[지금 유유한테 큰일 났어요!]

[유유가 왜?]

나는 문자를 재차 보냈고, 답문을 기다리며 눈을 부릅떴을 때였다.

"제가, 소림 씨를 많이 좋아합니다."

[대형 스캔들…….]

나는 문자를 읽다 말고 고개를 치켜들었다.

그 시끄럽고 와자지껄하던 식당 안에 모든 소리가 일순 사라졌다. 그 침묵의 공간에서 박신후는 또다시 입을 열었다.

"소림 씨를 사랑……."

"야이, 미친 새끼야!"

*   *   *

「SBC, 생방송한밤 녹화 스튜디오」

"아이, 기레기 새끼들… 터뜨릴 거면 방송 전에 미리 언질을 줘야지!"

AD가 정신없이 뛰어다닌다.

한 시간 전 단독으로 뜬 기사 때문에 녹화가 전면 중단 됐다.

"포털에 기사 뜨는 거 놓치지 말고 체크해요! 댓글도!"

[단독] 10넘버즈 리더 차강준 어젯밤 긴급체포!

[단독] 10넘버즈 차강준 강남 클럽에서 마약(일명 물뽕) 사용하던 중 광수대 마약수사대에 체포

[단독] 10넘버즈 차강준 메신저 단톡방 충격적 실태!

—차강준이 평소 메신저 단톡방을 통해서 개인 음란물을 공유했던 것으로 알려졌다. 현재 경찰은 익명의 제보를 받고 단톡방 멤버를 파악하고 있으며, 단톡방 멤버 중에는 유명 아이돌그룹 멤버 Y도 있는 것으로 알려져 충격……

ㄴ포털사이트 메인 완전 장악!

ㄴ원래부터 약쟁이었대. 연생 때부터 대마초 들고 다녔대.

ㄴㅋㅋㅋ 연예인들 다 그렇지

ㄴ그래도 어떻게 클럽에서 물뽕 타다가 걸릴 수가 있냐.

ㄴ걔뿐이겠어? 아마 더 있을걸? 같이 있던 애들 다 조져야 해!

ㄴ진짜 완전 영화다, 영화!

수요일의 연예면 메인은 드라마 얘기가 아니었다.

유명 남자 아이돌그룹 10넘버즈의 리드싱어가 클럽에서 상습적으로 물뽕을 사용했다.

매체란 매체가 이 사건을 누가 먼저랄 것 없이 헤드라인으로 다루면서 웬만한 이슈는 죄다 묻어버렸다.

TVX 월화드라마의 마지막 회 시청률이 23프로를 기록했다는 기사는 밀려드는 단독과 우라까이 기사 사이에서 겨울나무의 마지막 잎새처럼 위태위태하게 버티고 있을 뿐이었다.

그 밖의 모든 기사는 장마철 불어난 강물에 떠내려간 멧돼지 기사와 함께 이면으로 사라져 버렸다.

대중에게 더 재밌는 관심사가 생겨 버린 것이다.

여야 정치인들의 싸움보다, 어두운 경제보다도 재밌는.

"유유 얘기는 뭐야? 진짜 유유가 단톡방 멤버라는 거예요?"

대한민국 톱 아이돌, 세계로 뻗어 나가는 아이돌 여섯소녀들, 그 여섯소녀들의 리더 유유가 물뽕 스캔들 단톡방 멤버라니.

"N탑에서는 뭐래요?"

"확인 중이래요!"

생방송한밤 작가진은 팩트 체크를 위해서 정신없이 전화 중이었다.

"단톡방 내용 확인할 수 있나?"

"기자한테 연락하고 있는데 전화 안 받아요!"

"같이 좀 나눠 먹자고 문자 보내요!"

AD는 까치집이 된 뒷머리를 북북 긁으며 상황을 체크했다. 윗선에 보고하러 올라간 피디 대신 현장을 진두지휘해야 하는 상황.

"아, 친구들 한번 훑어보죠!"

"서준 고등학교 친구요?"

"그래, 중고등학교 졸업장 구해서 연락해 봐! 줄기 만지면서 찾다 보면 장님 광명 찾는 거니까!"

인터넷이 아무리 발달했다고 해도 중장년층은 아직 TV라는 매체의 정보력에 기댈 수밖에 없다.

그래서 방송을 보는 누군가에게는 생방송한밤의 소식이 최초 보도가 될 수도 있었다.

"피디님, 기자 말로는 차강준이 혐의 모두 부인하고 있대요! 술에 물뽕 탄 것도 비타민인 줄 알고 그랬다는 황당한 진술을 하고 있다네요."

"팩트 체크 된 거 맞아요?"

"100퍼!"

"그 자식 제대로 미쳤네. 유유 단톡방 존재는요?"

가장 중요한 진실.

어떻게든 유유의 단톡방 존재 사실을 확인하기 위해 분주한 이때, 스태프 한 명이 조심스럽게 물었다.

"500살 마녀 종방연 사건은 어떻게 하죠?"

간밤에 종방연에서 배우 박신후가 윤소림에게 기습 사랑 고백을 했다. 그러자 윤소림 매니저가 쌍욕을 퍼부었다고 한다.

3인칭시점의 먹방 매니저.

전해지는 소식에는 그가 그렇게 광분하는 모습은 다들 처음 봤다고 할 정도로 심각한 분위기였다는데.

"둘이 썸을 탔으니까 박신후가 그랬지 않겠냐는 게 현장에 있던 기자들 생각인 것 같은데……."

"그건 일단 킵! 지금은 무조건 유유예요, 유유!"

"아, 피디님."

"또 왜요!"

AD는 이마를 긁적거리다가 인상을 확 찌푸렸다.

"남여울… 대기실에서 계속 기다리는데, 어떻게 할까요?"

그제야 게스트의 존재를 깨달은 AD가 맥이 탁 풀린 사람처럼 의자에 기대앉으며 속삭였다.

"아, 남여울."

깜박 잊고 있었다.

문제아의 존재를.

오늘 남여울은 생방송한밤에서 눈물의 똥꼬쇼를 펼칠 예정이었다.

두근두근 스캔들로 데뷔도 제대로 못 한 그녀로서는 이번 기회에 대중에게 사과하고 시간이 흐른 뒤에 화려한 복귀를 계획하고 있는 것 같았는데…….

"에잇, 제 팔자지 뭐."

*   *   *

"소림이 기사 뜬 건 없어? 아, 유 팀장은 그걸 못 참아서."

나는 콧잔등을 슬슬 긁으면서 김나영 팀장을 바라봤다. 그녀가 피식 웃더니 속삭인다.

"유 팀장이 안 일어났으면, 대표님이 일어나셨을 테니까요."

그래, 내가 일어나서 뒤집어엎었을 거다.

썸을 탄 것도 아니고, 제 혼자 감정의 늪에서 허우적거린 것도 모자라서 그런 자리에서 찬물을 끼얹다니.

이 일은 분명 기사화될 거다. 기자들이 그런 좋은 먹잇감을 놓칠 리가 없으니까.

아무튼 그날 유병재가 욕이란 욕은 다 퍼부은 것 같다.

강주회하고 민 대표가 진땀 흘리며 말렸을 정도니까.

엔코어 본부장이 너무한 거 아니냐며 눈을 부라렸지만, 민 대표가 입 다물라고 하니 바로 합죽이가 됐다.

"기자들 좀 만나볼까요?"

"됐어. 내가 처리할게."

"어떻게 하실 건데요? 이거, 아무리 해명해도 사람들 안 믿을 텐데. 둘이 뭐 있었겠거니 할 거 뻔하고요."

사실 그냥 박신후의 충동적인 고백일 뿐이다.

술 한잔 걸친 상태에서 감정이 출렁였을 뿐이다.

하지만 그 고백이 윤소림의 앞길에 급브레이크를 걸어버렸다.

그러니 확실하게 매듭지어야 한다. 윤소림과 박신후가 호감을 느꼈느니 어쩌니 그딴 말도 안 되는 찌라시가 돌기 전에 단도리를 칠 생각이다. 하지만 그 전에……

나는 책상에 놓인 신문을 손에 들었다.

[단독] 단톡방 멤버의 정체는 여섯소년들 '유유'!

─유출된 차강준의 메신저 단톡방에서 음란물이 공유된 사실이 확인돼 경찰의 수사가 진행되고 있는 현재, 본지는 취재 중에 단톡방 멤버에 여섯소년들 유유가 있는 것을 확인……

세상이 뒤집혔다. 그리고 나는 이 기사의 결말을 알고 있다.

솔직한 마음으로 막고 싶었지만 일어날 일이었고, 막아서도 안 되는 일이었다.

곪은 상처는 터져야 한다. 내버려 두면 안 된다.

그걸 잘 알지만, 이번 일이 유유에게 얼마나 큰 상처가 될지……

김나영 팀장이 나가고, 나는 사무실 소파에 앉았다.

맞은편에는 저승이가 긴 다리를 꼬고 앉아 있다.

곱슬머리 사이로 나를 응시하는 눈빛이 보인다.

[명부를 보니까, 이번 일이 아저씨를 많이 망가뜨리던데.]

그때를 떠올리려면 어쩔 수 없이 윤소림이 스캔들로 이 바닥을 떠났던, 짜증 나는 기억을 되새겨야 한다.

윤소림이 떠나고 나는 날마다 화가 난 상태였다.

당연히 은별이도 신경 쓰지 않았다.

그렇다고 퓨처엔터에 희망이 없는 것은 아니었다.

자존심 때문에 주저했을 뿐이지, 전화만 하면 계약할 배우는 많았다.

소규모 레이블과 합작해 걸 그룹을 론칭할 계획도 있었다.

아무튼 화난 상태로 바쁜 나날이었다.

그런 시기, 지금처럼 유유 스캔들이 터졌다.

[유유가 아저씨를 찾아왔었네요.]

"도와달라고 하더라."

[그래서요?]

"미안하다고 그랬지."

N탑의 일이었다. 내가 나서면 안 된다고 생각했다.

솔직히 신경 쓸 겨를도 없었고.

[그래서 어떻게 됐어요?]

"아무도 유유를 믿지 않았지."

경찰조사에서 유유는 누명을 벗었다.

하지만 사건의 모든 진실이 드러났어도 사람들은 의심했다.

─소속사에서 힘쓴 거지!

─유유 정도 스타면 검찰을 매수했겠지.

─대체 유유 빽은 누구야?

실컷 때리던 기자들도 누명이었다는 기사는 보도하지 않았다.

결국, 단독콘서트는 취소되고 유유는 자신의 말을 믿지 않고 멋대로 일을 처리한 회사와 전속계약 해지 소송을 시작한다.

그렇게 소송으로 한 해, 두 해 시간이 흐르면서 유유라는 내 스타는 빛을 잃었다.

그때의 기억에 나는 눈살을 찌푸렸고, 저승이와 다시 눈이 마주쳤다.

[그래서, 아저씨는 믿었어요? 유유를.]

"당연하잖아."

내 S급 연예인인데.

제3장

—

가려진 진실

[공식입장] N탑 측 "현재 확인 중. 억측 자제 부탁."
[종합] 네티즌들 철저한 수사 요구!
[단독] N탑 건물에 들어가는 마스크 쓴 유유!
─여섯소년들 유유가 이날 소속사인 N탑에 들어가고 있다.
[단독] 구치소로 이송되는 차강준!

러브강** 1분 전 [좋아요 16053 싫어요 2223]
강준 오빠는 무죄다!
답글 1235
성추행범새** 1시간 전 [좋아요 8021 싫어요 9268]
강준아 전자발찌 차자!
답글 2580

＊　　　　＊　　　　＊

「N탑 엔터테인먼트」

"유유야, 한 번만 더 확인할게."

매니지먼트 1팀장이 허리를 굽혀 유유를 바라봤다.

"너, 차강준 단톡방에 들어간 적 있어?"

"팀장님, 유유는 아닙니다. 본인도 아니라고 했잖아요?"

"넌 조용히 하라니까! 우리도 확신이 서야 법적 대응이든 강경 대응이든 할 거 아니야!"

"아니라고 하는데 뭘 확인을 계속하냐고요!"

백승준 매니저와 1팀장이 서로 언성을 높인다.

그 앞에서 유유는 무표정하게 창밖만 바라봤다.

매니저한테도 아니라고 했고, 법무팀이 질문했을 때도 아니라고 했다. 한 번이 아니라, 벌써 몇 번째 듣는 질문이었고 또 몇 번을 지금처럼 대답했다.

얼마나 더, 아니라고 해야 믿을까.

유유는 다시 고개를 돌려 주위를 바라봤다. 유리 벽 너머의 회의실 안이 사람들로 미어진 것이 보였다.

3층 홍보팀부터 꼭대기 법무팀에 있는 사람들까지.

각층에서 내려온 직원의 시선 앞에서 유유는 마치 우리 안의 원숭이가 된 기분이었다.

'믿어줬을까?'

그라면 내 말을 믿어줬을까.

문득 궁금해진 순간, 팀장의 우락부락한 손이 유유의 어깨를 강하게 잡았다. 그가 서슬 퍼런 눈을 하고 다시 물었다.

"핸드폰 어디 있어."

"무슨 핸드폰이요?"

"단톡방에 들어갔던 네 핸드폰!"

＊　　　＊　　　＊

「세러데이 서울」

"그룹명은 정했어요?"

"아직 계약서도 안 찍었어. 애들 부모님들과 더 얘기해 봐야 해."

"와, 퓨처엔터가 내보이는 걸 그룹이라. 벌써부터 기대되는데요? 그럼 곡 선별 들어가겠네요?"

"그러다 체해. 뭘 그렇게 급해."

"아니, 재밌잖아. 내 손으로 만드는 걸 그룹이라. 그 맛에 독립하는 매니저도 있다면서요?"

"게임이냐?"

한참을 더 아이들 얘기를 하고 나서 스캔들 얘기를 꺼냈다.

황 기자가 손에 쥔 신문을 거칠게 흔들었다.

자극적인 타이틀, 자극적인 사진이 메인에 걸린 종이신문.

"연예부 기자로 살면서 이 정도로 큰 사건은 처음인 것 같아요.

너도나도 써 대는 확인되지 않은 단독에, 종합 기사, 우라까이 기사가 인터넷 새로 고칠 때마다 쏟아져 나온다니까요. 포털사이트가 쓰레기장이 된 것 같아요."

그녀는 옆에 있는 빈 의자에 신문을 내려놓고 다시 말했다.

"솔직히, 이런 일 벌어질 때마다 기자 생활에 회의감이 들어요. 포커스는 범죄와 피해자한테 맞춰져야 하는데, 세상은 오직 톱스타의 사생활과 일탈에만 관심이 있으니까. 뭐, 이러는 나도 특종 찾아 필리핀까지 갔지만."

대중의 관심은 항상 연예인에게 쏠린다.

접근하기 쉽고, 친숙하고, 또 그게 당연해졌다.

누구부터 시작한 걸까.

인기가 필요한 연예인이? 흥밋거리를 원했던 대중이? 클릭 수에 목마른 기자가?

"단톡방 내용 아직 못 보셨죠? 여기요."

황 기자는 주머니에서 손가락 두 마디 크기의 USB를 꺼내서 내게 건넸다.

"N탑 소식 들은 거 있으세요?"

"초토화지. 차강준이 체포만 안 됐으면 어떻게든 막았겠지만, 체포되자마자 기자들도 더는 N탑 눈치 안 보고 터뜨리고 있으니까."

일명 '차강준 게이트'.

하지만 타이틀이 무색하게 차강준보다는 유유가 훨씬 주목받고 있는 상황.

유유 매니저를 통해 돌아가는 상황을 듣고 있지만 N탑은 지금 내부적으로 정신이 없는 모양이었다. 하필 연성만 대표도 일본에 체류 중이고.

"황 기자가 보기에는 유유 같아?"

잠깐 생각하더니, 황 기자는 찌푸린 얼굴로 고개를 가로저었다.

"제가 그래도 유유랑 인터뷰할 때는 진짜 기자 기분 들거든요? 예의 있지, 인터뷰에 집중해서 대답하지, 힘들어도 피곤한 티 안 내지. 그런 애가 단톡방에 있었다고 하면… 와, 저 진짜 이 바닥, 장난 아니게 싫어질 것 같아요. 대표님 생각은요?"

"나야 당연히, 유유는 아니라고 믿지."

황 기자가 고개를 끄덕이고 다시 묻는다.

"앞으로 N탑은 어떻게 대응할 것 같아요?"

"유유 스케줄이랑 단톡방에 유유가 등장한 시간대하고 대조하고 있는 것 같아."

"그게 쉬운가. 몇 달 전 스케줄을 어떻게 파악해. 그것도 개인 스케줄을. 똥 누러 가는 것까지 회사가 감시하는 것도 아니고. 설사 파악한다 해도 그 시간에 다른 일을 하고 있다는 걸 증명해야 하는데, CCTV 자료 구하기도 쉽지 않을 테고."

트래픽 올리려고 우라까이 기사 치고 앉아 있어도 기자는 기자 다.

말은 안 해도 황 기자 역시 스캔들을 취재 중일 거다.

"자료를 구할 방법이 없진 않지."

"몇 달 전 자료를 구할 방법이 있다고요?"

황 기자가 습관처럼 손에 쥔 볼펜을 똑딱거린다. 기자의 예리한 촉이 발동했을 때의 눈빛이다.

다 털어놓았다가는 당장 세상에 까발려질 것 같아서 어깨를 으쓱해 버렸다.

"유유의 자료를 가지고 있는 사람들이 있거든."

"누구요?"

"바로 알려주면 재미없지."

"뭐야."

나는 자리에서 일어났다. 황 기자가 따라 일어났다.

"황 기자는 이 사건 파. 황 기자 말처럼, 유유가 아닌 차강준이 저지른 범죄와 피해자에게 초점을 맞춰서 기사 방향을 잡아."

왜냐고, 눈이 묻고 있다.

"그동안 나는 유유가 단톡방 멤버가 아니라는 사실을 밝혀낼 거야. 물론, 황 기자가 제일 먼저 전말을 알게 될 거고."

"대체, 대표님의 그럴싸한 계획은 뭘까요?"

"황 기자, 내가 전에 말한 적 있지 않나?"

"뭘요?"

나는 상체를 살짝 숙였다. 구부러진 앞머리 사이로 비치는 그녀의 쌍꺼풀 진 눈을 보며 속삭였다.

"계획에 그럴싸한 것은 없어. 확실한 것만 있지."

"…대표님의 그 느끼함은 여전하네요. 손가락이 마비될 것 같네요."

"아직 가을이라서 괜찮아. 겨울에는 조심할게. 아, 우리 소림이 인터뷰 잘 챙겨주고."

오늘 유병재와 윤소림이 세러데이와 인터뷰가 잡혀 있어서, 겸 사겸사 황 기자도 볼 겸 따라왔을 뿐이다.

"아니, 그럼 오늘 결국 빈손으로 오신 거네? USB만 가져가고."

"빈손이라니. 뜸 들이고 있는 거지. 뜸 다 들이고, 내가 황 기자 밥그릇에 고봉밥 퍼서 줄게. 그리고 나 벌써 단톡방 내용 입수했어. 내가 황 기자 말고도 아는 기자가 좀 되거든?"

구시렁거리는 황 기자의 어깨를 툭 치고 웃었더니, 그녀가 콧방귀를 흥흥 뀌면서 인터뷰실을 향해 작은 발을 부지런히 움직인다.

카메라 세팅이 끝난 인터뷰실 안에서 윤소림은 메이크업을 고치고 있었다.

늘 차가희가 앞에 있었지만, 오늘은 배서희가 앞에 있다.

표정은 무심한데 메이크업을 수정하는 손놀림은 피아니스트만큼 경쾌하다.

"그럼 나는 가볼게."

황 기자가 눈으로 배웅한다.

나는 윤소림을 한 번 더 눈에 담고 인터뷰실을 나왔다.

주차장에 내려와 윤소림의 밴 옆에 주차된 내 차에 탔다. 조수석과 뒷좌석이 꽉 차 있다.

김나영 팀장, 차가희 팀장, 그리고 권박하까지.

"이제 가는 거예요?"

잠에서 깬 차가희가 눈을 껌뻑거리며 기지개를 쭉 켠다.

"차 팀장, 긴장 좀 하자. 눈곱 좀 떼고."

"으허어."

하마도 저렇게까지 입을 벌릴까 싶을 정도의 하품이다.

입에 침이나 좀 닦지.

"근데 대표님 차 안 바꾸세요? 요즘 할부 이자도 얼마 안 하던데?"

"차 팀장 월급도 할부로 줘도 돼?"

"이거 왜 이러십니까, 대표님."

회사가 궤도에 오르기까지는 나한테 쓰는 지출은 줄이는 게 좋다. 차는 바퀴만 굴러가도 충분하고, 한 칸짜리 냉장고도 냉각만 잘되면 훌륭하다.

"N탑 사람들, 대표님 보고 깜짝 놀라는 거 아니에요?"

"그런가. 한 일 년 사이 내가 더 잘생겨지긴 했는데."

"아재 개그 그런 거 좀 검색하지 마세요."

차가희의 핀잔을 듣는 것도 좋지만, 라디오를 켰다.

─원하시는 곡 있으시면 언제든지 신청 문자 보내주세요. 단문은 50원, 장문은 100원의 유료 문자입니다. 사연 하나 읽어드릴게요. 이분은 여섯소년들 팬이신가 봐요. 지금 밝혀진 것은 하나도 없지만, 멤버 중 한 분이 지금 논란이죠? 저는 아니라고 믿고 싶습니다. 그럼 신청곡 들려 드리겠습니다. 여섯소년들 1집 앨범 수록곡이죠? '힘을 내!'.

*   *   *

"안녕하세요, 여러분 이슈 찾는 유튜버 뿡뿡TV입니다! 저는 지금 N탑 앞에 나와 있는데요, 여기는 지금……."

N탑 앞에는 여섯소년들 팬들과, 그녀들을 취재하러 나온 기자들, 이때를 노리고 구독자를 올리려는 유튜버들로 붐볐다.

[유유야 여소소는 너를 믿어!]

[유유야, 넌 한 번도 우릴 실망하게 한 적 없어!]

손 팻말을 든 팬들이 한목소리로 노래를 부른다.

여섯소년들 1집 앨범 수록곡 '힘을 내!'.

―내가 여기 있는 거 너는 알잖아!

―멈춰 버린 세계에서 잠깐 쉬고 있어!

―바람과 함께 달려갈게!

―너에게 가는 길은 하늘처럼 맑아!

―바람이 시원해서 금방 갈 것 같아!

"유유 팬은 극성이라고 알려졌는데요, 이곳 분위기는 생각보다 밝고, 의외로 굉장히 질서 있고 차분합니다. 유유는 지금 안에 있는 것으로 알려졌고요……."

팬들을 촬영하던 유튜버의 카메라가 N탑의 주차장으로 움직인다.

꽉 찬 외제 차들 사이에서 주인을 알 수 없는 밴 한 대가 서 있다.

"여러분, 사건을 다시 짚어볼게요. 강남 클럽에서 마약이 사용된다는 제보가 있었고, 그 와중에 차강준 핸드폰이 해킹인지 유출인지로 세상에 알려졌고요, 핸드폰 단톡방 멤버에 유유가 있다는 기사가 뜬 겁니다!"

유튜버가 카메라 앞에서 실컷 떠드는 사이에도 팬들은 노래를 멈추지 않았다.

하지만 일부 팬은 이 상황이 답답한지 무거운 표정이었다.

"직원들 한 명도 안 내려오네. N탑에서 보도 자료 낸 거 없어요?"

"없어요. 확인 중이라고 낸 것 말고는."

"왜 이렇게 늦지? 작년에 라희 스캔들 터졌을 때는 반나절도 안 돼서 확인, 부정, 사실관계 보도 자료까지 연타로 냈잖아요?"

"그때랑 지금은 완전히 분위기 다르죠."

"왜요?"

"부문장 바뀌었잖아요. 바뀌고 나서 부서들 커뮤니케이션도 안 되고, AR팀 일정 수시로 바뀌고. 내부 분위기도 엉망이래요."

"아니, 그러면 지금은 누가 이거 처리하는 거예요?"

"없죠."

팬은 희망을 잃은 듯 한숨을 내쉬었다.

"그 부문장 다시 데려오면 안 되나. 잠깐 와서 이 일 좀 해결해 주고 가지."

"그 사람, 지금 윤소림 소속사 대표래요."

"진짜요?"

"예. 지금 퓨처엔터 대표고, 윤소림 빵 띄웠고. 거기 공식 SNS도 있어요."

그때, 누군가 불쑥 아이디어를 꺼냈다.

"우리 퓨처엔터 SNS에 도와달라고 멘션 보내는 거 어때요?"

"그럴까요? 다 같이 보내면 혹시 알아요? 도와주러 올지!"

"맞아맞아! 그러자!"

"가자! 멘션 가자!"

팬들이 핸드폰을 꺼내 드는 이때, 차 한 대가 꽉 찬 주차장 입구에 섰다.

N탑 경비 아저씨가 차로 다가간다.

팬들이 질서 정연하게 시위할 수 있게 도왔던 그는 차창이 열리자 모자를 벗고 허리를 숙였다.

몇몇 팬들이 그쪽으로 시선을 돌렸고, 카메라를 든 팬은 뷰파인더로 열린 차창을 확인했다.

"누구야? 설마… 부문장?"

하지만 뷰파인더를 보던 팬은 신경질적으로 카메라를 내려놓았다.

"에잇, 백 본이야, 백 본!"

얼마전 쫓겨났던.

팬들의 시름이 깊어진다.

*   *   *

「N탑 A&R(지하 1층)」

A&R팀에서 한창 회의가 진행 중이었다.

회의 주제는, 스케줄 조정.

갑자기 터진 스캔들로 유유의 향후 스케줄이 올 스톱 될 위기에 처했다.

단독콘서트가 연기되면 대관료가 날아가는 것은 물론이고, 기껏 연출한 무대도 그냥 뜯어내야 한다.

프로듀싱 중인 여섯소년들 차기 앨범 역시 멈춰야 한다.

유유와 관련한 모든 스케줄이 멈추는 것이다.

"그나마 다행이네. 유유가 웬디즈 타이틀까지 프로듀싱 했으면 웬디즈 컴백 일정까지 밀릴 뻔했어.”

다행히 유유가 프로듀싱을 거절했기 때문에 그런 일은 일어나지 않았다.

실장이 턱을 긁적거린다.

“단콘 때 공개하려던 곡은 진짜 아까운데.”

“맞아요, 그 노래 대박인데.”

유유의 단독콘서트에서 공개하려던 곡이었지만, 이번 일로 그 곡 역시 공개 여부가 불투명해졌다.

“근데 위에서는 지금 어떻게 진행되고 있는 거야?”

“유유 명의의 핸드폰이 하나 더 있는 건 확인했대요. 유유는 아니라고 하다가 지금은 침묵하고 있고요.”

“빨리 정리해야지 다들 고생이야.”

“그러니까요. 홍보팀 애들도 광고주들 들고일어날까 봐 공식 발표 계속 미루고 있고. 언제 끝날지 기약이 없다니까.”

“최 부문장 있을 때는 이런 일 금방 처리했을 텐데.”

“부문장님이야 계획이 있는 사람이잖아요. 언제까지 끝내겠다 하면 딱 지키는 사람이었으니까. 그나저나, 이러다가 유유 울겠어요.”

“울어?”

여직원의 말에 실장이 피식거린다.

“왜요? 울 수도 있지. 팀장들이 눈 부릅뜨고 계속 쪼는데.”

“민지 씨는 아직 유유를 잘 모르네. 걔가 운다고? 아니, 지금 지켜보는 거야. 회사가 어떻게 일 처리를 하는지.”

“정말요?”

"걔가 부문장도 쥐었다 폈다 했던 앤데. 울기는 무슨."

피식거리던 실장은 급기야 낄낄거리며 웃기까지 했다.

그때, 회의실에 남직원 하나가 들어왔다. 그가 의자를 빼 앉으며 입을 연다.

"위에 백 본부장님 왔는데요? 아카데미 간."

"백 본?"

"예."

그 말에, 실장이 코를 파며 중얼거린다.

"오라는 꿩은 안 오고, 닭이 왔네."

*　　　　*　　　　*

「N탑 매니지먼트 사무실(3층)」

"홍보팀 뭐 하는 거야? 확인 중이라고 내면 어떻게 해? 그럼 인정하는 꼴이잖아!"

"사안이 사안인지라."

"그럼, 지금까지 유유 스케줄하고 단톡방에 유유가 나타난 시간대를 대조하고 있었던 거야?"

"예."

"너희들 지금 그거 하나에만 매달려 있는 거네?"

백대식은 혀를 내두르며 핸드폰을 꺼냈다. 쳐다보는 직원들에게 조용히 하라고 지시하고 통화 버튼을 누른다.

"검사님, 저 N탑 백 본부장입니다."

—그 일 때문에 전화한 거지? 그거 아직 경찰 수사 중이야.

"그래도 체크는 하고 계시잖아요. 형사 3부에서 모르는 게 어딨습니까? 이 은혜 잊지 않겠습니다!"

—하, 참… 사람 곤란하게 한다. 궁금한 게 정확히 뭐야?

"차강준이가 유유 맞댑니까?"

—맞대, 유유.

"감사합니다, 검사님!"

백대식은 바로 전화를 끊었다. 지켜보던 직원들은 결정타를 맞은 것처럼 오만상을 찌푸렸다. 그 모습을 보면서 백대식은 입술을 잘근 씹었다.

'이번 일만 잘 해결하면……'

N탑으로의 복귀가 앞당겨질지도 모르는 일이다.

회심의 미소를 짓고 일어난 그는 창가로 가서 살짝 창문을 열고 밖을 살폈다. 사옥 앞이 여섯소년들 팬들로 붐빈다.

"유유 대답만 들으면 결론 나는 거지?"

"근데, 애가 도통 입을 열지를 않아요. 홍보 이사님이 물어봐도 소용없어요."

"애 입 열게 하는 게 뭐가 어렵다고. 기다려 봐."

백대식은 어금니를 씰룩거리며 회의실로 향했다. 유리 벽 저편에서 유유는 헤드폰을 끼고 음악을 듣고 있었다.

문을 열고 들어간 그는 기대하는 직원들의 시선을 뒤로하고 유유 앞에 섰다.

삐딱한 시선이 닿자, 그는 꽉 다물었던 입을 열었다.

빙긋 웃음과 함께.

"유유야, 힘들지?"

．

．

．

「주차장 옆 흡연실」

"그래도 백 본부장이 오니까 상황이 정리되긴 하네."
종일 전화에 시달렸던 직원들은 담배 한 대를 태우며 긴장을
풀었다.

"그럼, 대조하는 건 그만해요?"

"처음부터 그게 말이 됐냐? 몇 달 전 유유 개인 스케줄을 어떻
게 다 파악해. 파악하면? CCTV를 구할 수 있냐, 위치 기록을 구
할 수 있냐?"

"그래, 우리가 매니저지 무슨 형사야."

"근데 유유는 아니라잖아요?"

"야, 분칠한 것 믿지 말라는 진리의 말을 또 꺼내야겠냐?"

"찝찝한데. 부문장님이 있었으면 뭔가 좀 확실하게 방향이 보일
것 같은데."

"뭐, 백 본도 보통 아니더만. 아까 검사랑 통화하는 거 봤잖아?
조금 멋있더라."

"그런데 본부장은 좀 기대가 없지 않아요? 뭘 해도 티가 안 나."

"맞아. 그런 건 있어."

"부문장님은 뭔가 하면 막 그런 거 있잖아요? 뭔가 될 것 같고,
일이 벌어질 것 같고. 그런 거."

"기대감이 드는 사람이지. 그런데 또 그런 사람들이 적이 되면 곤란해. 봐, 윤소림 데리고 가서 우리한테 아주 충격과 공포를 줬잖아."

"에휴, 어쨌든 유유는 이제……."

"승준이 온다."

백승준 매니저와 1팀장이 내려오자 직원들은 입을 다물었다. 오전에 둘은 멱살잡이 직전까지 갔었다.

"담배 한 대 피우고 털자."

1팀장이 담배를 건넸다.

백승준은 받지 않고 제 담배를 꺼내 물었다.

"새끼가 진짜."

"유유는 아닙니다."

"그만하자, 그만."

"아니라고요."

"야!"

한 모금 빤 담배를 집어 던진 1팀장과 달리 백승준은 건들건들서서 담배를 뻑뻑 빨고 말했다.

"만약에 유유 아닌 거로 밝혀지면 뒷감당 어떻게 하실 거예요?"

"무슨 뒷감당?"

"제가 유유면 계약 해지하죠."

"인마, 계약기간 아직 3년이나 남았어!"

"3년 동안 삐딱선 타겠죠. 아니면, 마음에 안 드는 직원 자르라고 요구하든가. 누구 같은."

"뭐 이 새끼야?"

"그것도 아니면, 인스터에 이름 주르르 올라오겠네. 요기, 요기, 요기."

백승준은 툭 내민 입술로 1팀장을 비롯한 직원들을 가리켰다. 그 바람에 1팀장은 붉으락푸르락 구겨진 얼굴로 콧바람을 거칠게 쉬고 있고, 직원들은 목 언저리를 긁적거리며 눈을 피했다.

"이 자식이 정말……."

1팀장이 입술을 꽉 깨물 때였다.

갑자기 큰 소리가 들렸다. 모여 있는 팬들이 함성을 지르고 있었다.

"뭐, 뭐야?"

   *   *   *

"여기 차 대시면 안 되는……."

"잘 지내셨어요?"

내 얼굴을 본 경비 아저씨의 이마 주름이 환히 펴진다.

"부문장님!"

"아드님 신혼여행 잘 떠났어요? 죄송해요, 결혼식 날은 일이 생겨서 못 갔어요."

"아휴, 축의금을 그렇게 많이 보내주시고 죄송은요."

"돈 봉투만 달랑 보내서 죄송하더라고요."

서로의 근황을 잠깐 묻는 사이 차 문이 닫히는 소리가 들린다.

탁. 탁. 탁.

나는 뒤를 돌아봤다. 우리 퓨처엔터의 여자들이 만반의 준비를 하고 차에서 내렸다.

근데 나야 운전했으니 그렇다 쳐도, 여자들은 왜 선글라스를 쓰고 있는 걸까.

우리 넷은 동시에 선글라스를 벗고 팬들을 돌아봤다.

유유를 응원하는 팬들을 눈에 담는 것이 N탑에서의 첫 번째 할 일 같았기 때문이다.

"그럼, 이제 들어가 볼까."

경비 아저씨가 문을 열어주겠다며 건물 입구로 안내했다.

그런데 뒤에서 누군가 외쳤다.

"최고남이다!"

"N탑 부문장이다!"

이어진 소리는 하늘이 무너져 내릴 것 같은 함성이었다.

왜 갑자기 소리를 지르는 건지 모르겠지만, 우리 넷은 크게 한 발 내디뎠다. 그때였다.

"형님!"

유유 매니저다. 백승준이 주차장에서 뛰어 나와서 나를 보더니 울상이다.

"형님……."

왜 이러는 거야.

버선발로 뛰어와서 눈물 흘리면 사람들이 오해하잖아.

이유는 모르겠지만, 나는 녀석의 어깨를 두드렸다.

백승준이 입을 꾹 다물고 눈물을 주룩주룩 흘리며 웃는다. 고개를 끄덕거리며 무언의 대화를 시도하고 있다.

'형님, 기다렸습니다.'

뭐 그런 건가.

어쨌든 백승준까지 뒤에 달고 우리는 N탑으로 들어간다.

안내 데스크 여직원이 고개를 끄덕거린다.

'이제 오셨네요.'

뭐 그런 거겠지.

반들반들한 엘리베이터 문에 우리 다섯의 모습이 비친다. 비장미 가득한 퓨처엔터 식구들이 듬직하게 내 등을 받치고 있다.

엘리베이터 문이 열리자 그 안에 있던 사람들이 눈을 동그랗게 뜬다.

A&R 식구들.

매니지먼트 사무실이 있는 3층에 도착했을 때는 우리는 이제 열 명이 돼 있었다.

*   *   *

탁.

물 한 컵을 마시고 회의실에 다시 들어온 백대식은 유유를 잠시 노려봤다. 부탁에, 협박에, 애걸복걸까지 해봤는데도 좀처럼 입을 열지 않는다.

"유유야, 회사가 네 탓을 하자고 이러는 거 아니야. 상황을 알아야 해명할 거리를 만들 거 아니냐. 그러려면 전체를 봐야 하고."

"……."

"너 단톡방 들어간 핸드폰 말이야. 그거 어디다 숨겨놓은 거야? 나한테만 말해."

유유는 여전히 꿀 먹은 벙어리다.

"너 이거 단순하게 잘못했습니다 하고 끝날 상황 아니야. 말 그대로 초유의 사태고, 경찰서 앞 포토 라인에 설 수도 있는 상황이야."

이번에는 겁을 살짝 주고 유유의 표정을 살폈다.

그런데, 이번에는 약발이 들었는지 유유의 눈이 붉어졌다.

"사내자식이 뭐 이런 거 가지고……."

우냐는 말을 하려던 백대식은 하품하는 유유의 모습에 이맛살을 구겼다.

"너 이 자식, 진짜!"

백대식이 의자를 밀치고 일어났다. 순간, 회의실 밖이 소란스러웠다. 무심결에 돌아본 그는 유리 벽 너머에서 한 무리 여자들과 매니지먼트 사무실에 들어온 남자를 볼 수 있었다.

"최… 고남."

놀란 것은 백대식만이 아니었다. 사무실에 있던 직원들도 최고남의 등장에 넋 놓고 일어났다. 집 나간 놈이 당당하게 들어오니 놀라지 않을 수가 있나.

드르륵.

의자 소리에 정신을 차린 백대식의 옆으로 유유가 지나가며 헤드폰을 벗는다.

앞머리를 쓸어 올린 녀석이 중얼거린다.

"되게 늦게 왔네."

백대식은 유유를 따라서 회의실을 나왔다.

최고남과 유유가 눈빛을 주고받는다.

백대식 역시 최고남과 눈빛을 주고받으려고 했는데… 최고남은 지나가는 버스 보듯 스쳐 넘기고 직원들을 향해 말했다.

"다들 일 안 해? 회의실로!"

.

.

.

회의실에 직원들이 들어오고, 나는 김나영 팀장에게 눈짓했다. 체크무늬 스카프를 둘러맨 목이 꼿꼿하게 섰다.

"퓨처엔터테인먼트 미디어홍보팀 김나영입니다. 지금부터, 우리가 할 일은 유유를 비롯한 여섯소년들 전 멤버의 지난 반년간의 스케줄을 파악해서 단톡방 메시지 시간과 대조하는 겁니다."

다들 멀뚱히 있길래, 내가 이유를 물었다.

"왜죠?"

"예를 들어 메시지가 오간 시간에 유유가 헬스장에서 운동하고 있었다면, 유유가 메시지를 보낸 게 아니라는 증거가 되니까요."

"그럼 어떻게 파악할 거죠? 사생활 스케줄까지 파악하는 것은 어려울 텐데."

"팬들에게 공식적으로 요청할 겁니다."

김나영 팀장의 말이 끝나기 무섭게 백대식이 테이블을 탕치고 인상을 구겼다.

"팬? 우리라고 그 생각 안 한 줄 알아? 그리고 이미 사실 확인 끝났어!"

"무슨 사실 확인?"

"유유가……."

기세 좋게 입을 열었던 백대식이 회의실 벽에 삐딱하게 기대고 있는 유유를 보며 입맛을 다신다.

　그래서 이번에는 내가 테이블을 탕 치고 말했다.

　"다들 첫 번째 규칙이다. 유유를 믿고 움직일 것!"

　웅성거리는 사람들 속에서 백승준이 손을 들었다.

　"팬들이 가수의 스케줄을 아무리 잘 알고 있어도 전부 아는 것은 한계가 있을 텐데요? 그것도 몇 달치의 기록을."

　그 질문에 김나영 팀장이 잠깐 숨을 고르고 답을 말했다.

　"그래서, 사생팬과도 거래할 계획입니다."

　웅성거리는 소리가 더 커졌다.

　"사생팬이라고?"

　"그건 좀 아니지 않나."

　"나중에 문제 생길 텐데."

　"저기……."

　여직원이 손을 들었다.

　"그럼 유유 스케줄만 파악하면 되는 거 아닌가요? 왜 여섯소년들 전 멤버의 스케줄이죠?"

＊　　　　　　＊　　　　　　＊

　SNS 라이브 방송.

　유유를 제외한 나머지 다섯 멤버들은 숙소 거실에서 팬들에게 인사했다.

　"안녕하세요, 여소소 여러분."

@준혁아사랑해 어? 지금 시작하는 거예요?

@최슬 여섯소년들 영원해!

@KONGKONG 오빠들 아프지 마요!!

@UsFan Jun, I'm curious about you.

@kkker ?????????33333

@Th?o you so cute

@Rhain わいい

채팅창에 팬들의 응원과 이모티콘이 쏟아졌지만 멤버들 사이에는 무거운 공기가 맴돌았다.

한참 만에야 리드보컬인 준혁이 대표해서 입을 열었다.

"먼저 여소소 여러분에게 할 말이 있어요. 최근에 안 좋은 일이 생겼잖아요… 아직 아무것도 밝혀진 것은 없지만, 저희 멤버들은 유유를 믿는다는 걸 얘기하고 싶어요."

믿는다는 말을 힘주어 말한 준혁은 잠깐 얘기를 멈췄다.

파르르 떨리는 숨소리에 채팅창이 난리가 났다.

"여러분도 알겠지만, 유유는 절대 그럴 애가 아니잖아요? 여소소 여러분, 그거 믿죠? 저희 그거 말씀드리고 싶어서 잠깐 방송 켰던 거예요. 여소소 여러분하고 오래 얘기하고 싶지만 오늘은 이만 작별 인사를 해야 할 것 같아요."

준혁은 팬들에게 감정을 호소하고 서둘러 방송을 껐다.

방송이 제대로 꺼진 것을 확인한 멤버들은 누가 먼저랄 것 없이 맥이 풀린 사람처럼 소파와 바닥에 주저앉았다.

"씨발… 차강준 이 멍청한 새끼!"

갑자기 준혁이 고함을 질렀다.

이어 다른 멤버들의 불만도 봇물 터지듯 쏟아졌다.

"진짜 강준이 형 바보 아니야?"

"그 새끼 아주 뇌가 없는 놈이라니까! 핸드폰을 잠금도 안 걸고 스타일리스트한테 어플 깔라고 맡기는 놈이 어딨냐?"

"병신 새끼. 단톡방 폭파하라고 했더니만 그걸 또 내버려 뒀어요."

차강준의 단톡방에서는 수시로 음담패설이 오갔다.

클럽에서 꼬신 여자들과의 잠자리 썰은 기본이고, 몰래 찍은 영상도 공유했다.

단톡방 멤버들은 그걸 보면서 아무런 죄의식도 없이 낄낄거리며 여자들 등급을 매기기도 했다.

"형, 우리 진짜 괜찮겠지?"

준혁에게 모두의 시선이 꽂혔다.

"우리가 뭐 했어? 유유가 한 건데? 우리는 모르는 일이잖아?"

사실 별거 아닌 일이었다.

로드매니저의 가족이 핸드폰 가게를 해서 멤버들이 도와준다고 핸드폰을 개통했던 것뿐이고, 그때 유유 핸드폰도 추가로 개통했다.

차강준과는 우연히 음악방송에서 만났다.

친한 척하길래 준혁이 개통한 핸드폰 번호를 알려줬고, 단톡방 초대에 응한 것뿐이었다.

그리고 재밌는 것은 원래 나눠 보는 것 아닌가.

"준혁이 너, 핸드폰 제대로 처리했지?"

"당연히 처리했지."

짜증 섞인 투로 대답하자 메인보컬이 상황을 정리했다.

"그럼 됐네. 이제 누가 알겠어. 한강 바닥이라도 수색하면 모를까. 경찰도 이거 못 캐. 우리가 했다는 증거가 없잖아?"

"그래그래, 시치미만 뚝 떼고 있으면 아무도 몰라! 차강준도 정말 유유랑 얘기한 줄 알고 있으니까. 대화도 유유 한국에 있을 때만 해서 절대 들킬 리 없어. 막말로 우리한테 감시 카메라 붙여둔 것도 아니고 어떻게 알겠어?"

"유유 형이 눈치채지 않을까요?"

"답답한 놈아. 그래서 우리 지금 방송 켜고 똥꼬쇼 한 거 아니야?"

"차라리 잘됐어. 어차피 유유 솔로 활동 때문에 우리 활동 무기한 연기나 다름없는데, 이참에 유유 빼고 우리끼리 활동하지 뭐. 안 그래?"

"역시 준혁이다. 아무리 생각해도 네가 리더가 됐어야 했다니까."

메인보컬은 준혁의 어깨를 두드리며 흡족하게 웃었다.

이때, 현관에서 도어 록 누르는 소리가 들렸다.

멤버들은 숨죽이며 현관을 바라봤다. 혹시 유유인가 싶었지만, 현관을 열고 들어온 사람은 숙소 정리를 해주시는 이모님이었다.

안도한 다섯남자들의 한숨 소리가 거실을 채운다.

*　　　　*　　　　*

[개당 0.7인데, 많이 사시니까 0.5에 드릴게요]

[고마워요! 인스타랑 트윗 계정, 전화번호, 오빠 스케줄, 주민번호 다 가능한 거죠?]

[예예 속옷 사이즈까지 다 가지고 있어요]

[혹시 오빠 며칠 몇 시에 어디에 있었는지도 알아요? 시간 좀 지난 거]

[그건 좀 비싸요]

[알 수는 있는 거죠?]

[예예 오빠들 24시간 다 기록해 놓으니까]

[정말 죄송한데, 인증 가능할까요? 솔까 지난번에도 사기당했거든요.]

[아 진짜 믿음 없으면 거래 못 해요 저 오빠들 숙소 옆에서 숙소 잡고 움직여요]

[네⋯ 그럼 믿어볼게요. 근데 대량 거래니까 저도 확실하게 하고 싶은데 직거래 가능하죠?]

[직거래는 좀⋯⋯.]

[반 선입금 반 직거래로 해서 물건 보고 줄게요. 참고로 저희 삼촌 경찰이라서 사기면 후회하실 거예요.]

[예예]

"오늘은 현장 안 뛰는 거야?"

택시 기사의 질문에 검은 마스크를 쓴 여자애의 눈이 둥글게 휘었다.

"오빠들은 다른 팀이 붙었고요, 저는 오늘 거래하러 가요."

"거래?"

"헤, 그런 게 있어요."

"오케이, 그럼 오늘은 내가 돈 안 받는다!"

"앗, 진짜요? 고맙습니다!"

마스크 쓴 여자애는 싱긋 웃었다.

'칫, 뜰딱충 같으니라고. 맨날 10만 원씩 처묵처묵 하면서 선심 쓰는 척하기는.'

사생택시는 하루에도 몇십만 원씩 들어간다.

여러 명이 나눠 내기는 해도 큰돈이기 때문에 팬질을 계속하기 위해서는 거래가 필수일 수밖에 없다.

"감사합니다!"

목적지에 도착한 여자애는 핸드폰을 손에 쥐고 직거래 상대방에게 문자를 보냈다.

[저 도착했는데 어디세요?]

문자를 틱 보내고 답문을 기다렸다.

"비 오나?"

하늘이 어둑어둑 하다. 빠르게 바뀌는 구름을 넋 놓고 보고 있는데, 어깨를 톡톡 두드리는 느낌이 들었다.

고개를 돌린 여자애는 흠칫 놀라서 주춤 물러섰다.

등 뒤에서 노랑머리에 짙은 눈 화장을 한 여자가 웃고 있었다.

"물건 파시는 분?"

"예, 맞아요."

여자애는 노랑머리를 힐끗힐끗 보며 주머니에서 USB를 꺼냈다.

"많이 사시니까 USB값은 서비스예요."

"근데 이런 거 어떻게 구해요?"

USB를 건네던 여자애의 손이 움츠러들었다.

노랑머리가 USB를 꽉 쥐며 씨익 웃는다.

"그냥 궁금해서 묻는 거예요."

"아… 영업 비밀이요, 헤헤. 근데 언니, 유유한테 입덕하신 지 얼마 안 됐나 보다? 이렇게 많이 필요한 거 보면."

왠지 느낌이 싸해서, 여자애는 주저리주저리 떠들며 노랑머리가 지갑을 열기를 기다렸다.

'뭐야, 왜 이렇게 기분 더러운 거야.'

불길함이 스쳤지만 입꼬리를 계속 말아 올리고 기다린다.

노랑머리의 손이 느릿느릿 움직이며 지갑을 열다가 멈칫.

"근데, 내가 자료만 봐서는 잘 모르잖아요. 설명을 좀 해줘야 알지. 어떤 파일에 유유 스케줄이 있는지, 그런 거."

"아, 그거 파일리스트에도 적어놔서 어렵지 않아요."

"에이, 그러지 말고, 돈 더 줄게요."

뭔가 이상해서, 뒤로 주춤 물러나던 여자애는 누군가와 부딪쳤다.

"유유… 매니저?"

백승준 매니저.

그럼 이 노랑머리는 누구야.

"언니는… 경찰이에요?"

"나? 스타일리스트."

*　　　　*　　　　*

「익명의 카톡방」

익명1― [이제 우리 좆 됐다… 나 지금 똥줄 타서 촬영도 못 나가고 있단 말이야!]

익명3― [다들 이럴 때일수록 침착해야 해!]

익명2― [침착 같은 소리 하고 있네. 우리 다 엿 된 거야.]

익명4― [너무 걱정하지들 말자. 강준이 빽 중에 경찰 간부 있잖아. 시간 끌다가 여론 잠잠해지면 그쪽에서 힘써줄 테고, 그럼 수사 흐지부지하게 끝날 테고. 솔직히 동영상 그거 별거 아니잖아? 거기에 증거가 있냐 뭐가 있냐.]

익명3― [그래그래, 우리한테는 빽이 있으니까!]

익명2― [진짜 이거 잘 해결해. 나 CF 계약기간 아직 많이 남아서 위약금 장난 아니란 말이야.]

익명1― [너만 위약금 걸린 거 아니거든? 아 진짜 개짜증 나네.]

익명4― [그래도 우린 그나마 낫지. 유유는… 근데 유유 들어왔냐? 왜 이렇게 조용해?]

익명1― [지금 유유가 떠들 기분이겠냐? 아무튼 다들 앞으로 텔레그램만 써! 이건 보안 쩌니까! 핸드폰 간수 잘하고!]

준혁은 입술을 잘근잘근 씹으며 단톡방 멤버들이 새로 판 비밀방에서 오가는 대화를 살폈다.

뭐라도 정보가 있을까 하고 살폈지만, 딱히 건질 게 없다.

"형, 우리 핸드폰 버려야 하는 거 아니야? 갓슈 형이 버리라고……"

"황금폰을 왜 버려, 병신아! 그리고 버리면 돌아가는 상황을 어떻게 아냐?"

준혁은 짜증을 내며 뒤를 돌아봤다. 갓슈를 제외한 멤버들이 이층 침대에서 뒹굴고 있었다.

"근데 형, 유유 형이 우리 다음 앨범 프로듀싱 하고 있잖아. 그건 어떻게 하지?"

유유는 단독콘서트 준비 중에도 멤버들이 적어낸 가사를 체크하고, 다른 프로듀서와 상의를 하고, 녹음까지 거치는 살인적인 스케줄을 소화하고 있었다.

"뭘 어떻게 해. 회사에 프로듀서가 몇 명인데."

"하긴. AR팀에 곡이 남아돈다던데. 솔직히 유유 형이 전곡 프로듀싱 하는 건 시기상조죠. 솔까말 가사며 멜로디며 우리도 지분 들어가잖아요?"

"야, 말은 바로 해야지. 넌 겨우 한 줄 써넣었잖아?"

"아. 형!"

"농담, 농담! 자식, 흐흐흐."

멤버들은 유유의 존재를 완전히 제쳐두고 있었다.

어차피 한배를 탄 거, 다섯이서 똘똘 뭉치면 되는 일이었다. 물론 그동안 회사에서 받은 차별도 한몫하고 있었다.

뭐만 하면 유유.

멤버들의 의사는 아랑곳 않는 솔로 활동까지.

그동안 유유는 멤버들에게 미운털이 제대로 박혀 있었다.

"생각해 보니 열받네. 우리 지난번에 화장품 사업 하자는 거, 유유 부모님이 반대해서 못 했잖아?"

"맞아요. 그때 다 같이 뭉치면 할 수 있는 거였잖아요? 부모님들 다 동의했는데 유유네 부모님만 못 한다고."

"완전 회사 끄나풀이라니까! 무슨 일만 있으면 부문장한테 보고하고."

"자자, 다들 모여봐."

준혁이 손을 흔들었다. 손목에 걸린 은팔찌가 치렁거리자 멤버들이 머리를 모았다. 눈빛을 빛내는 멤버들을 보면서 준혁은 일이 잘 풀리는 듯한 느낌을 받았다.

"명심해. 우리는 아무것도 모르는 거야."

"예!"

"그런 의미에서 우리 피자나 시켜 먹을까?"

"제가 주문할게요! 어디 보자, 오늘은 어디 걸 시킬까나."

"야, 치즈크러스트로 시켜!"

"오케이!"

막내가 서둘러 배달 앱을 열었다.

광고모델인 강주희가 핸드폰 화면에 잠깐 나왔다가 사라졌다.

"야야, 냉장고에 맥주 충분하지?"

"예. 어제 신입 매니저 형이 피처로 사다 놨어요!"

"여자 친구가 준혁 형 좋아한다던 매니저?"

"흐흐, 언제 한번 보자고 할까요? 예쁘다던데."

"씨발, 아서라. 클럽 가면 스테이크가 널렸는데 인스턴트 먹을 일 있냐?"

"근데 클럽은 문제없는 거예요? 차강준 클럽에서 그 짓 하다 잡힌 거라며?"

"거긴 절대 안 털려. 경찰도 봐주는 데야, 거기."

"역시 대한민국!"

준혁은 피식 웃으며 핸드폰 화면을 스윽 밀었다.

차강준이 그동안 올린 수많은 음담패설과 사진, 동영상이 가득한 단톡방.

그러니 어떻게 이 황금폰을 버리나.

낄낄거리며 동영상 하나를 보려는데 문이 덜컹거렸다.

놀란 준혁이 문을 향해 소리쳤다.

"아씨, 이모! 내가 함부로 들어오지 말라고 했잖아요!"

＊　　　　＊　　　　＊

─내가 여기 있는 거 너는 알잖아!

─멈춰 버린 세계에서 잠깐 쉬고 있어!

─바람과 함께 달려갈게!

─너에게 가는 길은 하늘처럼 맑아!

─바람이 시원해서 금방 갈 것 같아!

팬들의 목소리는 꺼지지 않는 촛불 같았다.

모두가 한마음.

다른 사람은 몰라도 유유는 그럴 리가 없다. 내가 좋아하는 스타는 그럴 리가 없다는 믿음.

그런데 일부 팬이 노래를 중단하고 술렁거린다.

"N탑 트윗에 공지 올라왔어요!"

「여섯소년들 팬 여러분들께 알려 드립니다」

―N탑은 지난 4월부터 현재까지 여섯소년들 전 멤버의 개인 스케줄을 정리하고 있습니다. 날짜, 시간, 장소를 기준으로 세부적으로 정리하고 있으며, 해당 기간 중 공식 스케줄 외의 시간에 유유를 비롯해 여섯소년들 멤버들을 목격하신 팬 여러분이 계시다면 가능한 육하원칙에 따라 제보해 주시길 부탁드립니다.

.
.
.

N탑 홈페이지를 비롯해 SNS 계정에 공지가 올라갔다.

그리고 한 시간 뒤……

전화와 이메일 제보가 빗발치기 시작했다.

"예, 어디서 유유를 목격하셨다고요?"

"오후 5시에 유유가 동물 병원에 있었다는 거죠?"

"헬스장에서 보셨다고요? 정확한 시간은요?"

여직원이 확인이 끝난 스케줄표를 가지고 회의실로 뛰어 들어간다.

그러면 회의실에 있는 퓨처엔터 직원들을 비롯한 N탑 직원들이 단톡방 메시지 시간대와 대조한다.

"대표님! 하나 찾았어요! 이 시간에 메시지가 오갔는데 유유는 마트에서 쇼핑 중인 게 목격됐어요. 지난달이니까, 잘하면 CCTV 기록도 찾을 수 있을 것 같습니다!"

"저도 하나 찾은 것 같은데요?"

"저도요!"

퍼즐이, 맞춰지고 있다.

*   *   *

↑ HOT 게시글 ∥ 현재 논란 중인 N탑의 무리수.JPG

─어제 N탑에서 유유 문제로 팬들에게 공지 올렸는데, 매니저
들이 일부 사생까지 만나면서 자료 모으고 있다고 함. 이것 때문
에 안방 팬들 어리둥절. 왜 사생을? 더 웃긴 건 어제까지만 해도
사생한테 쌍욕 하던 사람들이 N탑 매니저들이었음.

ㄴ이거 해명 올라왔어요. 내부적으로 많이 고민했는데 진짜 어
쩔 수 없는 상황이어서 불가피했다고 하네요.

ㄴ어, 논란은 너님 혼자 만들고 있음.

ㄴ평소 유유가 사생 애들 얼마나 싫어했는지 알면 이런 글 못
쓰지. 사생택시 때문에 교통사고 날 뻔한 적이 몇 번인데. 지금 정
말 초유의 사태라서 그러는 거야.

ㄴ그래도 사생한테까지 손 벌리는 건 아니지 않아? 어차피 경찰
조사 하면 밝혀질 일인데.

ㄴ어, 그때는 유유 이미지 분리수거도 못 해

ㄴ밝혀지면? 아니 땐 굴뚝 운운할 거면서.

ㄴ난 타 팬인데, 솔직히 이 상황 어렵다. 유유가 아니라고 제대
로 해명을 못 하고 있어서 생긴 일 아니야? 회사 내부 문제면 본인
SNS에 해명 올리든가. 꼭 쇼하는 것 같아.

ㄴ진짜 타팬 고나리 쩌네. 유유가 왜 침묵하냐고? 어린 나이에

데뷔해서 형들 제치고 리더 맡았어. 그 중압감 아나 몰라. 말 한마디 잘못하면 바로 기사 뜨고 회사 뒤집히고 매니저한테 혼나는 사이클 몇 번 겪어봐. 사교성 좋고 말 잘하는 일타강사도 우울증 걸리지.

┗오죽하면 1집 활동 때인가, 개그맨 MC가 유유한테 '리더라서 힘들죠?' 라고 물으니까 입 꾹 다물고 눈물 참더라.

┗어딜 가도 카메라 수십 대가 찍고 있는데 멘탈이 정상이겠냐. 유유가 천재 소리 들으며 곡 잘 뽑는 게 신경안정제빨이라는 말이 괜히 있는 게 아님.

"단톡방 얘기는 쏙 들어갔네."

"부문장님이 얘기한 대로네요. 이걸 또 쇼로 보는 사람들이 있어."

"그래도 인터넷 반응은 대체로 우호적이야. 이슈도 엄청나게 됐고."

홍보2팀 직원들은 노트북 모니터 앞에서 충혈된 흰자위를 번뜩이며 인터넷 여론을 지켜봤다.

"제보는 그만 받아도 되지 않을까요? 이제 유유가 아니라는 건 충분히 증명할 수 있잖아요."

지금까지 제보받은 유유의 지난 행적을 취합한 결과, 단톡방 메시지에 등장한 것은 유유가 아닌 사칭이라는 확실한 결론을 낼 수 있었다.

"전화는 내려놓고, 이메일 제보는 계속 받아야지. 기껏 관심 돌려놨는데 멈출 이유가 없으니까. 기자들한테도 팬들에게 자료 계속 들어오고 있다는 거 알리고."

"예. 기자들에게 실시간으로 중계해서 분위기 계속 만들겠습니다."

"그래, 유유가 아니라는 사실은 대중의 관심이 정점에 달했을 때 공개하면 되는 거야. 지금 정도로는 단톡방 멤버라는 오명을 씻어내기에 아직 부족해."

홍보2팀 박수경 팀장은 커피와 샌드위치를 베어 물며 모니터를 노려봤다.

밤샘 탓에 피부는 창백해졌고, 캔 커피 20캔을 위에 쏟아부은 터라 온몸이 카페인 덩어리가 된 지 오래.

다른 직원들도 좀비처럼 기운 없이 어슬렁거리며 탕비실을 기웃거린다.

탕비실 냉장고 안에는 아침에 퓨처엔터 직원이 근처 편의점을 털어 와서 먹을 것들을 한가득 쟁여놨다.

마침, 좀 전에 들어간 매니지먼트 사업부 1팀장이 샐러드와 커피를 들고 비척대며 나온다. 먼 산 보듯 걸으며 회의실로 향하던 그가 홍보2팀 직원들 곁으로 걸음을 틀었다.

"박 팀장, 인터넷 분위기 어때?"

"후끈 달아올랐죠."

박 팀장이 커피를 들어 올리며 미소 짓자, 1팀장이 버석한 얼굴을 쓸어내린다.

"다행이네. 우리도 이제 나머지 멤버까지 자료 다 취합했어."

"그럼 이제 여섯소년들은 이 건하고 완전히 결별이네요."

"티끌 하나 안 묻게 해야지. 이런 일 있을 때마다 아니 땐 굴뚝

운운하는데."

"해보는 데까지 해봐야죠. 근데, 이렇게 해도 안 믿을 사람은 안 믿어요."

비운 캔을 내려놓은 박 팀장은 반쯤 남은 샌드위치를 입에 물며 회의실을 바라봤다.

유리 벽 너머로 최고남이 보였다.

그는 허리춤에 손을 얹은 채로 취합한 자료가 빼곡하게 붙어 있는 회의실 벽을 보고 있었다.

"역시 부문장님은 다르네요."

"어제 갑자기 딱 나타나는데, 도깨비인 줄 알았다니까."

직원들은 그동안 최고남을 언급하는 것을 금기처럼 여겼다.

인터넷에 기사에, 윤소림 이름이 언급될 때마다 박 팀장을 비롯해 다른 부서 팀장들은 종일 윗선의 심기를 신경 쓰느라 눈칫밥으로 배를 채워야 했다.

그랬는데, 어제 그가 나타나는 순간 다들 언제 그랬냐는 듯이 그의 말을 경청하고, 상황을 진두지휘해도 누구 하나 불만을 보이지 않았다.

"이참에 나도 퓨처엔터나 갈까?"

1팀장의 혼잣말에 박 팀장이 피식 웃는다.

"팀장님 데려갈 거면 부문장님이 진즉 데려갔죠. 뭐, 커피라도 하나 가져가서 잘 보여보든가요."

"그러려고 들고 왔잖아."

1팀장이 어깨를 으쓱하고 커피를 들어 보였다.

책상 파티션에서 몸을 뗀 그는 박 팀장과 함께 회의실로 향했다.

그리고 최고남을 향해 커피를 내밀었다.

"부문장님 커피……."

입을 떼기 무섭게 퓨처엔터 직원들의 시선이 1팀장에게 닿았다. 괜히 무안해진 1팀장은 서둘러 호칭을 정정했다.

"커피 드세요, 대표님."

"땡큐."

최고남이 커피를 건네받는 그때, 유리문이 열리고 턱선 굵은 남자가 들어왔다.

뭉툭한 코에 큰 입을 가져서 불독이라는 별명이 붙은 얼굴. 백대식 본부장, 아니, 아카데미 원장이었다.

그가 커피를 탐욕스럽게 노려보며 말했다.

"나는 아메리카노!"

*   *   *

나는 1팀장이 준 커피를 마시며 회의실 벽을 바라봤다.

피곤하긴 하지만 마음은 편안하다. 내가 여기 있다는 것에, 이번에는 유유를 돕고 있다는 것에 스스로 만족하고 있는지도 모르겠다.

불편한 게 있다면, 백대식이 자꾸만 날 흘깃거린다는 것 정도?

새벽같이 매니저 몇 명 이끌고 사우나에 가더니 찬물 맞으며 전투의지라도 불태우고 온 모양이다.

때도 밀었는지 얼굴이 우윳빛이네.

아무튼 회의실 벽에는 여섯소년들 전 멤버의 지난 반년간의 행적이 날짜와 시간대별로 정리돼 빼곡하게 붙어 있다. 어떤 날은 분 단위로 적혀 있는 것도 있었다.

이 모든 것이 팬들이 제보하고, 논란이 되는 사생팬들과 거래해서 얻은 자료.

"근데, 차강준 그 자식은 반년 동안 유유 얼굴 한 번을 못 봤으면서 왜 유유라고 믿은 거야?"

백대식이 턱을 매만지며 부스럼을 긁어낸다.

그러자 회의실 벽에 가까이 간 박 팀장이 단톡방 내용을 눈에 담으며 속삭였다.

"사칭한 놈이 이 핑계 저 핑계 대면서 잘 빠져나갔네요."

"멍청한 놈 같으니라고. 그러니까 현장에서 잡히지."

"아무래도 사칭한 놈이 아주 지능적인 것 같아요."

흥미롭게 보고 있는 박 팀장.

그 옆에서 1팀장이 인상을 찌푸리고 있다.

"이제 유유 얼굴 어떻게 보냐?"

1팀장이 뒷머리 숱을 거칠게 헤집는다. 한숨 쉬는 바람에 벽에 붙은 종잇장이 펄럭거렸다.

애를 얼마나 갈궜길래 저렇게 썩은 표정일까.

"기자들 사이에서 단톡방 내용이 돌고 있다는 소문 듣고, 처음에는 저희도 단순히 사칭 계정인 줄 알았어요. 그랬는데 유유 명의의 핸드폰 번호가 나왔잖아요."

1팀장이 억울한 듯 항변하고.

박 팀장이 덧붙였다.

"법무팀에서 확인하고 물어봤는데, 유유가 입을 다무는 거예요. 유유가 말수가 없긴 하지만, 그래도 이런 일은 적극적으로 나서서 아니라고 해야 했던 건데 말이죠."

"근데, 핸드폰은 누가 개통한 거야?"

백대식이 묻자, 박 팀장은 입술을 잘근 씹으며 속삭였다.

"아무래도 사생 애들 짓 같은데. 예전에도 그런 적 있잖아요?"

"요즘 같은 때도 본인이 아닌데 그게 가능한가?"

"주민등록번호에 집 주소, 심지어 계좌번호까지 알아내는 애들인데, 못 할 건 없죠."

"뭐, 그건 경찰에 고소하면 답 나오겠지. 그럼 이렇게 대표님에게 보고할게."

백대식이 털북숭이 손을 주머니에 찔러 넣어서 핸드폰을 꺼내 들었다.

찰칵.

벽 사진을 찍더니 연 대표에게 보낼 문자메시지를 적기 시작했다.

참, 충성이다.

아카데미로 쫓겨나서 더는 본부장도 아닌데 무척 열심이네.

뭐, 저마다 사는 방식이 다른 거니까 충분히 이해할 수 있다.

그래도 백대식이 회사에 충실한 직원이기도 하고.

헛발질을 잘해서 문제지.

"상황 끝났으니까, 최 대표도 인제 그만 가봐."

"상황, 아직 끝나지 않았어."

나는 팔짱을 풀고 굴러다니는 형광펜을 손에 쥐었다.

백대식의 오른손 엄지가 문자메시지 보내기 버튼 위에서 솟구친 상태로 굳어버렸다.

"아직도 모르겠어? 누가 진짜 단톡방 멤버인지."

벽으로 다가가서, 단톡방에 가짜 유유가 등장하는 시간대 하나를 동그라미 치고, 여섯소년들 다섯 멤버가 집에 있는 시간대 하나에 동그라미를 쳤다.

이 작업을 몇 번 했더니, 눈치챈 몇몇이 경악한다.

1팀장은 샐러드를 퍼먹던 플라스틱 수저를 떨어뜨리기까지 했다.

"진짜 범인은 유유가 아닌, 나머지 다섯 멤버야."

백대식은 정신이 번쩍 든 모양이다.

"마, 말도 안 돼. 나머지 다섯 멤버들이라고?"

"잘 봐, 단톡방에 가짜 유유가 등장하는 시간대에, 멤버들 중 어느 한 명은, 혹은 다들 그 시간에 숙소에 있잖아?"

다들 우르르 다가와 회의실 벽에 바싹 붙었다.

자료들을 훑어보면서 시시각각으로 표정들이 바뀐다.

"유유가 답답할 정도로 말을 안 했던 거는, 너희를 못 믿어서도 아니고, 말을 아껴서도 아니야."

나는 뚜껑을 닫은 형광펜을 내려놓았다. 빠르게 구르던 형광펜이 멈추는 모습을 보고, 다들 들어먹도록 분명하게 말했다.

"차강준 단톡방에 있던 가짜 유유가, 멤버들인 걸 눈치챘기 때문에 말을 못 한 거야."

사람들은 한참을 웅성거렸다.

확인하고 또 확인하면서.

시간이 좀 지나, 박 팀장이 놀란 얼굴을 반쯤 가리며 속삭였다.

"유유는… 침묵 속에서 얼마나 많은 생각을 했을까요?"

＊　　　　＊　　　　＊

"우와, 팬들 엄청 많이 왔네."

"어제 공지 때문에 그런가 본데?"

멤버들은 차창 밖을 보며 혀를 내둘렀다.

팬들이 회사를 찾아오는 게 어제오늘 일은 아니지만, 회사 앞 길목까지 빼곡하게 찬 것은 처음이었다.

—준혁이 차다!

—오빠!

준혁의 외제 차를 알아본 팬들이 환호하며 달려들었다.

중간에 경비가 제지하는 통에 가까이 오지는 못했지만, 멤버들은 선팅 된 차창 너머로 그 모습을 흥미롭게 구경했다.

"아침에 매니저한테 전화해 보니까, 공지 올라오고 제보 쏟아졌다는데? 유유 누명 벗을 것 같다고."

"형, 그럼 이제 우리 어떻게 되는 거예요?"

"아이, 또 헛소리한다. 무슨 상관이야, 그게. 유유 아니면 아닌 거지. 회사가 우리가 단톡방 멤버인걸 아는 거는 아니잖아."

"갓슈 말대로야. 다들 표정 관리 잘해라. 눈물도 좀 글썽이고."

"흐흐, 어제처럼요?"

눈물의 SNS 라이브 방송은 실검에 오를 정도로 화제였다.

기사도 주르륵 올라왔다.

"너무 오버하지는 말고."

준혁은 피식 웃으며 말하고 경비의 안내를 받아 지하 주차장에 차를 주차했다.

'아씨, 유유 탈퇴하면 흔적 싹 지우려고 했는데. 뭐가 어떻게 돌아가는 거야?'

아무리 생각해도, 준혁은 자신이 유유보다 못한 걸 찾을 수가 없었다.

작곡이야 곡 받아서 적당히 트렌지션 하고 가사 좀 건드려서 이름 올리면 되는 거고, 카리스마 까짓것 신비주의에 팬들 애간장 좀 태우면 되는 일이니까.

그래서 유유를 대신해 리더 자리를 맡을 생각이었는데, 지금 유유의 무죄가 밝혀지면 계획이 어긋난다.

"야, 매니저 안 내려왔는데? 전화한 거 맞아?"

밤새우느라 고생한 직원들을 위해 먹을 것을 사 왔다.

미담을 만들려고 음료와 빵을 차 한가득 실어 왔는데, 들고 갈 매니저가 보이질 않는다.

"전화할까요?"

"됐어. 뭘 또 전화해. 젠장, 신입 매니저가 빠져 가지고."

구시렁거리면서 짐을 챙긴 멤버들은 좁은 엘리베이터에 겨우 몸을 구겨 넣었다.

"다들 표정 관리 잘하자."

"예!"

"긴장하지 말고."

준혁은 한 번 더 멤버들을 다독였다.

엘리베이터에서 내린 다섯 멤버들은 적당히 우울한 표정을 짓고 매니지먼트 사무실에 들어갔다.

매니저와 직원들이 회의실에 빼곡하게 모여 있었다.

"안녕하세요!"

한목소리로 크게 인사하고, 멤버들은 음식 상자를 내려놓았다.

준혁을 앞세워 회의실에 들어온 멤버들도 직원들을 향해 큰 소리로 외쳤다.

"다들 고생하셨습니다!"

"아침 사 왔으니까, 드세요!"

그러자 사람들이 고개를 돌려 멤버들을 바라봤다.

반기는 모습을 기대했던 준혁은 사람들의 눈빛 앞에서 저도 모르게 입술을 핥았다.

굉장히 차갑고, 싸늘한 시선이 엄습한 그때, 얼마 전 아카데미로 쫓겨났던 백대식 본부장이 우윳빛 얼굴을 들이밀었다.

"요 깜찍한 새끼들!"

*　　　　　*　　　　　*

유유를 제외한, 여섯소년들 나머지 멤버들.

한때는 연습실에서 땀 흘리면서 서로를 향해 웃던 친구들.

"본부장님, 왜 그러세요?"

"왜 그래? 내가 왜 그런지는, 단톡방 멤버들한테 물어봐."

백대식이 혀를 차며 말했다.

순간, 서준혁의 표정이 잠깐 어긋났다가 돌아왔다.

초점이 나갔다가 맞춰진 카메라처럼 다시 선명해지더니, 곧바로 태연하게 되묻는다.

"단톡방이요?"

"유유 명의로 핸드폰 개통한 거, 누구 아이디어야?"

"그게 무슨 소리세요?"

"다 같이 돌려 본 거야? 아니면 누구 한 사람만 본 거야?"

"진짜 왜 그러세요. 저희 그런 거 몰라요. 어제 라방 못 보셨어요? 저희는 진짜 유유 걱정돼서 한숨도 못 잤는데."

오리발도 잔잔한 수면 아래서나 쓰는 거다.

회의실 안은 폭풍전야의 바다다.

"단톡방에서 구경만 한 거야? 너희들도 뭐 올리거나 한 건 없지? 아니면 우리가 모르는 다른 단톡방이 또 있는 거야?"

"저희 아니라니까요?"

"멍청한 놈아, 너 혼자 용쓰면 뭐 하냐. 뒤에 있는 애들은 얼어붙었는데."

백대식의 낚시질에 놀란 서준혁이 재빨리 뒤를 돌아봤다.

그랬는데, 뒤에 서 있던 4명은 오히려 당황해서 준혁을 쳐다본다. 왜냐하면 4명도 꽤 그럴듯한 표정 연기를 하고 있었으니까.

"어떻게 이런 놈이 차강준을 반년이나 속였대."

백대식이 혀를 찰 때, 유리문이 열리고 백승준 매니저가 들어왔다. 손에 메모리칩을 들고 있다.

"뽑아 왔어?"

"예."

서준혁 차의 블랙박스에서 뽑은 메모리칩을 컴퓨터에 연결했다.

오래전 날짜까지 확인할 필요도 없었다. 어제오늘 날짜만 확인했는데도 차강준 단톡방 멤버가 자신들이라고 광고를 하고 있었다.

오늘 아침 건, 아주 대박이다.

—근데 매니저들 진짜 속이기 쉽다니까.

—흐흐, 어젯밤에 전화 온 거 졸라 웃기지 않았냐? 우리 보고 걱정하지 말라고 위로하던 거.

—원래 머리 없고 덩치만 있는 애들이 하는 게 매니저잖아. 이 바닥의 막노동꾼.

—실장은?

—막노동꾼 리더니까, 현장소장?

—미친놈. 그럼 홍보팀 애들은? 걔들은 좀 고급 직종이냐?

—홍보는 박쥐지, 박쥐.

서준혁과 갓슈의 웃음소리가 노트북 스피커에서 크고 선명하게 들린다.

그룹에서 형 라인인 두 녀석은 스물셋 동갑내기.

그런 둘이서 매니저들을 비하하고 낄낄거리고 있으니 매니저들 표정이 여태보다 훨씬 심각해졌다. 여섯소년들을 담당하고 있는 김 실장은 숨소리마저 거칠어졌다. 솥뚜껑 같은 손이 희미하게 떨리는 게 보인다.

홍보팀은 뭐…….

좀 전까지 머리가 터지지 않는 게 다행일 정도로 고민하던 사람들이 홍보팀이었다.

단톡방 멤버가 유유가 아니라는 것은 밝혀졌지만, 이제는 여섯소년들 다섯 멤버가 경찰 수사를 받게 생겼기 때문이다.

 이대로 기사 하나라도 뜨게 되면 여섯소년들은 해체 수순.

 그런데 지금은, 제 발로 신문사를 찾아가더라도 이상하지 않을 것 같은 분위기다.

 "아씨, 이게 뭐가요? 우리가 했다는 증거가 아니잖아요? 우리가 단톡방에 있는 거 봤냐고요? 황금폰이 저희한테 있는 거 보셨어요?"

 "황금폰? 그건 또 뭐야."

 "아, 아니, 핸드폰이요!"

 서준혁은 말실수를 깨닫고 입을 벙긋거렸다.

 관자놀이에 식은땀이 한 방울 흐르길래, 나는 휴지를 내밀며 말했다.

 "그거 지금 찾으러 갔어. 네 방 책상 서랍에 있지? 자물쇠 걸어 놓은 네 번째 서랍."

 결정타에 서준혁은 휘청거렸다.

 얼굴은 사정없이 구겨졌다. 그런데, 그 뒤가 가관이다.

 "예, 우리가 했어요. 잘못했어요!"

 서준혁이 별거 아니라는 것처럼 어깨를 으쓱하고 다시 말했다.

 "잘못했다고요. 다음부터는 안 그럴게요. 유유한테도, 사과할게요."

 "얘 웃기네. 그럼 끝나는 거야?"

 "어차피 우리가 메인이잖아요! 벌어 오는 돈이 수백억인데."

 "누가 쟤 데리고 나가."

백대식이 손을 내젓는다. 순간, 서준혁이 이를 악물었다.

"잘못했다니까요?"

"필요 없으니까 가. 뭐? 여섯소년들이 메인? 유유 아니면 너희가 뭔데?"

"맨날 유유, 유유! 그 새끼는 우리보다 정산도 많이 받으면서 화장품 사업도 반대하고, 회사는 우리 얘기 귓등으로도 안 듣고, 이게 다 회사 탓이라고요!"

잠깐 이성을 잃은 서준혁의 눈에 나와 매니저들의 싸늘한 시선이 비친다.

녀석은 실수를 수습하려고 급하게 날 쳐다봤다.

"아, 부문장님이 막아줄 수 있잖아요? 예전에 갓슈 음주운전 했을 때, 부문장님이 여배우 스캔들 대신 터뜨려서 막았으니까!"

내가 했던 수많은 악행 중에 하나지.

"준혁아, 여기 어느 누가 네 앞에 날아오는 화살을 막아주려고 할 것 같냐?"

앞으로 쏟아질 수많은 화살은 온전히 서준혁의 몫이다.

*　　　　　*　　　　　*

"대표님, 아무래도 한국 들어오셔야 할 것 같습니다."

직원 휴게실에서 잠깐 눈을 붙이고 있던 홍보 이사는 여섯소년들 멤버들이 범인이라는 소리에 허겁지겁 일어났다.

그는 곧장 연성만 대표에게 연락했다.

"일단 직원들 입단속은 했는데, 아무래도 사안이 사안인지라 빨리 결정을 내려야 할 것 같습니다."

정신없이 얘기하던 홍보 이사는 잠깐 걸음을 멈췄다.

연습실의 좁은 창 너머에 유유가 있었다. 녀석은 연습실 전면 거울 앞에서 말없이 서 있었다.

'지금 상황에 연습을?'

무심결에 시선을 주던 홍보 이사는 다시 핸드폰을 귀에 붙이며 움직였다.

"예, 대표님."

.

.

.

'괜찮아?'

'형, 어디 아파요?'

녹음실 앞에서 조금 비틀거렸을 뿐인데, 멤버들은 호들갑을 떨며 걱정했다.

'괜찮아. 작업 거의 끝났어.'

'녹음 전까지는 계속 가사 수정할 거잖아.'

'맞아, 유유 형 맨날 우리한테 괜찮다고 하고 밤새우잖아.'

'브릿지 가사만. 그게 계속 걸리네.'

빙긋 웃으며 말했더니, 준혁이 이마를 긁적거리다가 눈을 반짝인다.

'안 되겠다. 오늘 유유 묶어놔야지.'

'오, 나 찬성!'

'저도요!'

'우리 오늘 녹음 째고 숙소 가서 게임 한판 하자!'

'오, 그거 굿 아이디어! 한판 뜨자! 피자 내기!'

'난 유유랑 편!'

'나도!'

'콜.'

'콜은 무슨. 게임기 고장 났는데.'

'뭐라고?'

멤버가 여섯 명이라서 한시도 조용해지는 순간이 없었다.

그래도 처음보다는 훨씬 나아진 편이었다.

데뷔조로 묶이고 나서는 걸핏하면 싸우고 토라지는 일들의 반복이었다.

각자가 살아온 환경이 다르고 성격이 다르니 당연한 일이었다.

'아, 게임기 안 되면 최악인데!'

'내 숙소 생활이 다시 암흑기에 빠지는 건가.'

'그냥 나가서 풋살이나 하자!'

'오케이!'

멤버들이 후다닥 뛰어나갔다. 멀어지는 등을 보다가 옆을 쳐다봤다. 준혁이 피식 웃으며 말한다.

'저 바보들이랑 어느 세월에 되냐.'

'뭘?'

물었더니, 준혁이 씨익 웃는다.

'월드 스타 말이야.'

.

.

"뭐 하고 있냐?"

여기에 있을 줄 알았다. 유유는 연습실 구석에 앉아 있었다.

땀에 젖어 꼴이 엉망이다. 얼굴은 무언가 빠져나간 것처럼 창백했다.

그리고, 혼자였다.

나도 잠깐 옆에 앉았다.

연습실 전면 거울에, 우리 둘이 나란히 앉아 있는 모습이 비친다.

"나 그날 한강 엄청 뛰어다녔다? 그 사진 올린 거 나 아니야."

"홍보팀에서 아이피 추적했어요."

흠, 가상 아이피로 변경하고 올린 거였는데.

"아이피가 비슷했나? 그런 우연이 다 있네. 뭐, 한강 오랜만에 뛰니까 좋더라고. 운동도 하고 좋았지. 아무튼 이번 일은 잘 해결될 거니까 걱정하지 말고. 아, 고맙다고? 됐어, 뭘 이 정도로. 우리 직원들한테 나중에 밥이나 사."

"누가 이런 거 가지고 고마워해요. 어차피 경찰조사 받으면 다 밝혀질 일인데. 그리고 부문장님이 한 건 없잖아요? 직원들하고 팬들이 열일했지."

창백한 놈이 말은 왜 이렇게 잘하는 거야.

"야, 경찰이 그렇게 성실하지 않아. 그리고 나 이제 대표야, 퓨처엔터 대표. 참고로 나 이번에 여자애들 영입할 거야. 4명인데, 팀으로 만들지 어떨지는 아직 결정한 건 없고. 연기에 소질이 있으면 그쪽으로 보낼 수도 있고. 그래도 팀으로 만든다고 하면 언제 한번 애들 인사시킬 테니까, 그때 가서 애들 노래 한번 들어보고…….”

“그냥 곡 달라고 말하지.”

“그래. 줘, 곡. 내가 너 괜히 도와준 줄 알아?”

“되게 생색내네.”

“생색이 아니라 팩트야. 넌 인마, 애가 왜 그렇게 삐뚤어졌냐? 그리고 인스터에서 왜 내 이름 안 내려?”

“사진 내렸잖아요?”

“이름을 내리라고. 해시태그에 왜 내 이름을 박아 넣어? 박카수 사진 한 장 달랑 올리고!”

투덜거리는 통에 여기 온 이유도 까먹게 생겼다.

잠깐 얘기를 멈추고 거울을 바라봤다. 유유는 이제 고개를 푹 숙이고 있었다. 흘러내린 앞머리는 꽉 닫힌 커튼 같다.

“유유야.”

“……”

“애들인 거 알았냐?”

“……”

밤새 그런 생각이 들었다. 오래전 유유가 날 찾아와서 도와달라고 했던 것은, 자신이 아닌 여섯소년들을 지켜달라는 거였을지도 모른다는.

“그래도 말을 했어야지.”

“말하면, 다 사라질 것 같았어요. 여섯소년들도, 팬들도…….”

“여섯소년들이 너한테 중요하냐?”

여섯소년들은 눈부신 속도로 성장했다.

데뷔 3년 만에 대한민국 톱이 됐고, 월드 투어를 도는 그룹이 됐다.

월드 투어 한 번에 굴러들어오는 수백억 원의 캐시.

멤버들의 부모들은 사업에 손을 대기 시작했고, 자식들이 더 빛나기를 바랐다.

그러나 기대와는 달리 유유에게 대중의 포커스가 맞춰졌고, 회사도 유유를 적극 케어하면서 멤버들 간의 사이는 삐걱거리기 시작했다.

그런 상황에서 유유에게 여섯소년들은 어떤 의미일지 궁금했다.

"리더잖아요."

"네 탓 아니야."

"애들하고 잘 어울렸어야 했는데."

자책하는 유유를 보면서 예전에 내가 했던 말들이 떠올랐다.

'너 리더야. 그것도 못 참아?'

'멤버들이 잘못해도 리더의 책임인 거야.'

'넌 뭐 하고 있었어? 리더가.'

'애들 멍때리고 있을 때 너까지 그러고 있으면 어떻게 해? 너 리더 아니야?'

유유를 처음 본 건, 학교 앞에서였다.

녀석이 반 친구들과 어울려 다 같이 떡볶이를 먹으러 가던 길에서였다.

그날이, 유유가 전교 회장이 됐던 날이던가.

녀석이 맑게 웃는 모습을 본 순간 나는 깨달았다.

무조건 된다, 이 녀석은.

그런 애가 데뷔하고 나서는 말을 잊은 들풀처럼 가만히 서 있는 날이 많아졌다. 스타로 만들어줬는데. 그래서 나는 유유에게 많이 미안했다.

"이제 어떻게 되는 거예요?"

"네 이름은 이틀 후에 포털에서 내릴 거고, 포커스를 차강준 사건에 맞추는 쪽으로 기자들 움직일 거야."

"멤버들, 말이에요."

"아마 서준혁만 책임을 지게 할 것 같아. 돈은 현실이니까. 다만 그 시기를 언제 발표할지 모르겠다. 네가 잘못 없는 거와는 별개로, 굳이 다른 멤버가 널 사칭했다는 사실까지 미리 공개할 필요는 없으니까. 뭐, 그게 N탑의 정석이지."

유유가 무슨 생각을 하는지 모르겠다.

"넌 어떻게 하고 싶은데?"

"더는 속이고 싶지 않아요. 팬들한테, 미안해서."

나는 고개를 들어 천장을 바라봤다.

유유가 N탑에 얼마나 벌어줬을까를 생각해 봤다. 한 천억쯤 되려나.

그 정도면 뭐, 회사도 유유한테 한 대 맞는 것쯤은 감내해야지.

"팬들도 네 편이지만, 직원들도 네 편이라는 거 명심하고 잘 결정 내려라."

유유는 여전히 힘이 없어 보였다.

여기서 무슨 말을 더 해줘야 할까. 유유의 상황에 필요한 말이 뭐가 있을까.

말이라는 건 그때그때 다르게 와닿으니까.

나중에는 의미 없는 말이어도 지금 당장 유유에게 힘이 될 수 있는 말을 떠올려 봤다.

"너 웹툰 좋아하잖아?"

"웹툰이요?"

"그래, 예전에 대기실에서 내 핸드폰으로 네가 결제해서 봤잖아. 그거 보니까 재밌더라. 주인공이 오직 목적 하나만 보고 나아가면서 상황을 해결하고, 주변 사람들을 납득시키면서 앞으로 가는 게 아주 시원했어."

나는 엉덩이를 털고 일어났다.

유유의 곱상한 뒤통수를 보며 이어서 말했다.

"앞으로는 너만, 네 목적만 생각해. 리더의 책임 같은 거 그만 생각하고 네 목적을 최우선으로 두라고. 주변을 설득할 때도, 결정을 내릴 때도."

"저만요?"

"그래. 웹툰 속 주인공처럼."

유유 넌, 분명 좋은 주인공이 될 수 있을 거다.

나는 녀석의 머리를 쓰다듬으면서 왼쪽 눈을 가렸다.

『유유 : 정축(丁丑)년 정미(丁未)월 계축(癸丑)일』

『운명 : SS』

『현생 : S』

『업보 : 720』

『전생부(前生簿) 요약 : 끝없는 전쟁으로 황폐해진 산골짜기 국가를 대국으로 만들었다. 수많은 이들의 피와 살점이 대륙의 바위, 나무에 흩어졌다. 살아생전 대왕이었기에 죽어서도 수많은 영혼이 그를 위해 길을 안내했으니, 그의 다음 생은 외롭지만 찬란하고, 무겁지만 힘이 있으리라.』

*　　　　*　　　　*

퓨처엔터로 돌아가기 전, 홍보 이사가 사무실로 날 따로 불렀다.

이마주름이 깊게 파인 얼굴을 마주했더니 팔뚝에 소름이 돋는다. 이런 말은 좀 그렇지만, 내가 이 양반 장례식장에도 갔었거든.

"이번 일로 회사가 얼마를 잃을 것 같아?"

많이 잃겠지.

여섯소년들이 해체하면 콘서트, 시즌 그리팅, 굿즈 같은 수익원에서 향후 벌어들일 수천억의 돈이 날아갈 테니까.

"그러니 브랜드는 유지해야 해."

"서준혁 하나만 총대 메게 하실 생각입니까? 걔 입이 가만히 있겠어요?"

"가만히 안 있으면? 계약만 묶어두고 조금 챙겨주면서 입 다물게 해야지. 그래도 여섯소년들 리드보컬이었잖아."

남은 멤버들이 갈등을 겪든, 곪아서 썩든, 비즈니스만 되면 그뿐.

"유유는요?"

"리더잖아."

글쎄, 그 리더 자리 아까 졸업한 것 같던데.

"이사님."

"응?"

"지금이 선택과 집중이 필요할 때라면, 저라면 유유한테 올인하겠습니다."

잠깐 생각하던 홍보 이사는 이내 서랍을 뒤적였다.

계약서 하나를 꺼내 든다.

내게 건네기 전, 그가 물었다.

"근데 애들 핸드폰이 집에 있는 건 어떻게 알았어?"

"경비 아저씨 사모님께서 애들 숙소 청소하시잖아요."

홍보 이사가 한 대 맞은 표정이다.

"이거 최고남 귀에 안 들어가는 소식이 없겠네. 그럼 어제 그 생쇼를 왜 했어? 핸드폰만 챙기면 될 걸."

"이사님도 검경에 라인 있으시면서 가만히 있으셨잖아요. 유유가 아닌 거 아셨을 테니까. 뒤집을 판 준비하고 계셨죠?"

"스캔들이나 하나 준비하고 있었지. 이럴 때 제일 쓸 만한 거잖아. 눈길 돌렸다가 분위기 턴하기에는. 그래도 사생팬까지 동원한 건 진짜 놀랐어. 그건 어떻게 생각한 거야?"

나는 잠깐 대답을 고민했지만, 어정쩡한 미소와 함께 말했다.

"그게… 되네요?"

"뭐어? 하… 실없는 사람."

홍보 이사는 피식거리고 나서 계약서를 건넸다.

나는 받아 든 계약서를 보며 깊이 숨을 들이켰다.

"어차피 UCC 사업은 매니지먼트 사업 부서하고 통합할 생각이었어. 유튜버 하나를 키우는 것보다, 스타가 직접 유튜브 채널을 개설하는 게 효과가 좋더라고."

유유가 만약 유튜브에 진출한다면 하루 만에 수십만 구독자가 붙을 거다. 진정한 생태계 파괴인 것이다.

"내 말은 그 애가 안 아깝다는 거야."

"아까우셔도 어쩔 수 없습니다. 이제 은별이 계약서는 제 거니까."

이번 일을 돕는 대가로 은별이의 계약서를 받기로 했다.

그리고 하나 더.

"트레이닝은 언제부터 하면 될까요?"

홍보 이사가 못 말리겠다는 듯 고개를 휘휘 젓는다.

"뻔뻔하다. 어떻게 자기 소속사의 연습생들을 여기서 가르치려고 해. 트레이너까지 붙여달라는 건 너무하지 않아?"

아마 연습생들 얼굴 보면 더 짜증 날 거다.

얼마 전 계약을 해지한 권하준도 있으니까.

"다섯 명이니까, 앞으로 잘 부탁드립니다."

"평가 같은 건 기대하지 마. 트레이너만 붙여주는 거니까."

그게 어딘가. N탑인데.

여기는 못 가르치는 것이 없는 회사다.

노래, 춤, 연기. 연습생에게 필요한 모든 것을 가르친다.

연습생은 얼굴과 키만 가져오면 된다.

"그리고, 이왕 해주시는 거 은별이 스튜디오 비용도 계속 내주시면… 안 되겠죠?"

"가, 이제."

일어나서 인사를 하고 나오는데, 홍보 이사가 그윽하게 날 쳐다본다.

"대표님 계실 때 한번 놀러 와."

"가보겠습니다."

나는 우리 직원들을 데리러 매니지먼트 사무실로 내려가면서 핸드폰을 꺼냈다. 엔코어 대표와 해결할 일이 남아 있으니까.

"주 대표님께서… 전화를 안 받으시네."

갑자기 또 화가 난다.

*   *   *

"유유 팬들 어제보다 더 늘었네요."

"근데 왜 갑자기 애들이 환호성을 지른 거야?"

"유유 이제 괜찮을 거라고 귀띔해 줬더니 저러네요."

백승준 매니저는 미소를 지으며 사무실을 돌아보다가 물었다.

"유유 보러 가신 거예요?"

"부문장, 아니, 최 대표님 지금 유유랑 울고불고 하고 있을 걸?"

1팀장이 낄낄거리며 말하자, 박 팀장은 이때다 싶어 제안했다.

"내기할래요?"

"아니, 돈 날릴 일 있어? 그 돈으로 찜질방이나 가서 등 지지는 게 낫지."

그냥 하는 말이었을 뿐, 누구도, 절대로 두 사람이 그런 닭살스러운 짓을 할 거라고 믿지 않는다.

"저기 박하 씨, 퓨처엔터 미디어 팀장님 그분 QM 수석 에디터셨다며?"

1팀장은 잠깐 자리를 비운 김나영 팀장에 대해서 물었다.

안경 쓴 퓨처엔터 여직원이 고개를 끄덕인다.

"예. 그쪽에서는 꽤 유명하시다고 하더라고요."

"그렇지. 유명하지. 와, 어제 보니 입이 벌어지게 일을 하시던데."

"저도 매일 놀랍니다."

"그럼, 박하 씨도 원래 엔터 회사 출신이에요?"

"아니요. 퓨처엔터가 처음이에요."

"근데 어떻게 그렇게 이 바닥 생리를 잘 알아요? 유유 팬하고 통화하는 거 보니까 1, 2년 경력이 아니던데."

"어머니가 오래전에 가수 팬클럽 회장이셨거든요. 그래서 이것 저것 궁금한 거 있으면 여쭤보고 배웠어요."

"와, 어머니시면 1세대 아이돌 시절이네요."

박 팀장이 감탄하고, 1팀장이 혀를 내두른다.

"QM 수석 에디터에, 1세대 아이돌 팬클럽 회장님의 핏줄까지. 퓨처엔터 들어가려면 그 정도는 되어야 하는 거야?"

1팀장의 황당해하는 어투 덕에 냉랭했던 분위기는 가라앉고 웃음소리가 회의실을 채웠다.

"하, 퇴근하고 싶다. 솔직히 난 어제 최 대표님 얼굴 보자마자 아, 오늘은 야근이구나 싶었다니까."

"맞아요. 예전부터 그랬잖아요. 어. 퇴근해! 그러면서 자기는 밤새우고."

백승준 매니저가 머리를 주억거리며 웃는다.

"또 그럼 다음 날 그러잖아. 재훈이 출근했어? 난 밤새웠는데."

"근데 그러고 자기는 퇴근 안 하잖아요. 그러면 우린 죽어나는 거지. 하품이라도 한 번 하면, 난 밤새웠는데 박 팀장은 졸린가 봐?"

"최악, 최악!"

1팀장과 백승준 매니저는 과거를 회상하면 진저리를 쳤다.

어제만 해도 냉랭한 찬바람이 불던 두 사람 사이에, 지금은 가마솥 사우나 안처럼 뜨끈뜨끈한 눈빛이 오간다.

"근데 성격이 좀 유해지신 것 같지 않아요?"

"유해지긴 무슨. 어제는 나보고 1팀장, 힘들지? 그 말 하는데, 소름이 그냥. 그거 그 말이잖아. 겨우 그거 하고 힘들어? 그거잖아."

"하긴 그러네요. 내가 잠깐 홀렸네. 그럼 어제 나보고 역시 승준이라고 하면서 미소 짓던 거는⋯⋯."

"변한 게 하나도 없네, 뭐 그런 뜻 아닐까?"

"으아, 그거였구나. 최악이다, 진짜. 나가더니 사람 엿 먹이는 방법을 더 연구하고 왔네."

"원래 꽈배기과였잖아."

"에이, 너무 비관적으로 보시는 거 아니에요? 전 부문장님 오랜만에 보니까 너무 좋던데. 손가락 하트라도 날리고 싶던데."

구석에서 흥미롭게 귀 기울이고 있던 AR팀 직원의 낭만에 다들 고개를 절레절레 흔든다.

"손가락 하트? 민지 씨가 손가락 하트 날리면 내가 민지 씨한테 선배라고 부른다."

"진짜요? 진짜죠?"

AR팀 직원이 바득바득 우겨서 확답을 받을 때였다.

최고남이 들어왔다.

그런데, 얼굴 한가득 인상을 쓰고 있다.

손가락 하트를 내밀려던 AR팀 직원이 목울대만 꿀꺽 울리고 있다가 눈이 마주쳤다.

"민지 씨, 뭐 할 말 있어?"

"퇴, 퇴근하실 거예요?"

"퇴근은 무슨. 집에 가야지."

다들 소리 없이 웃느라 얼굴이 새빨개졌다.

최고남이 인상을 찌푸리고 사람들을 보다가 입을 연다.

"박하 씨, 가자. 집으로."

"예!"

                    *   *   *

"그럼, 가보겠습니다!"

"박하 씨, 놀러 와요!"

권박하는 짧은 만남을 뒤로하고 N탑 직원들과 작별 인사를 했다. 마주한 미소들이 엘리베이터 문이 닫히자 사라진다.

여운도 느낄 새 없이 적막이 찾아왔지만, 아주 잠깐일 뿐이었다.

"그럼 내일모레 11시죠? 테스트 촬영."

김나영 팀장은 수첩을 뒤적거리면서 전화 통화에 여념이 없었고.

"뭐? 결국 기사 났어? 주 대표, 박신후!"

대표님은 친분 있는 기자와 바로 통화하더니 또 인상을 찌푸린다.

밤새 불태우고, 잠깐의 쉴 틈도 없이 또다시 본연의 위치로 돌아가는 모습에서 권박하는 슬쩍 미소 짓고 말았다.

항상 봤던 모습이니까.

N탑에 와서 퓨처엔터 대표님이 아닌 N탑 부문장에 대한 얘기를 하도 들어서 왠지 거리가 느껴졌었는데, 지금 눈앞에 있는 사람은 역시 퓨처엔터 대표님이었다.

'역시, 대표님은 멋있어.'

차가희 팀장이 들으면 학을 뗄 소리지만, 사실인걸.

슬쩍 보이던 권박하의 미소가 짙어졌다.

"박하 씨가 기분이 좋은가 보네."

최고남이 살짝 내려다보고 웃는다.

"예. 집에 가니까요."

"집이 압구정이라고 그랬지?"

"지금 가는 집은 퓨처엔텁니다!"

최고남이 눈을 질끈 감는다.

"참된 직원이로다."

그는 실실 웃으며 엘리베이터에서 내렸다.

김나영 팀장과 권박하도 옅은 웃음과 함께 뒤따라갔다.

"가면서 아침 먹을까? 박하 씨, 먹고 싶은 거 있어?"

"전, 아침에 샐러드 먹어서……."

생각이 없다고 말하려고 했던 권박하는 다음 순간 정말 생각을 할 수가 없었다.

N탑 사옥 앞에 모여 있던 팬들이 최고남을 보자마자 환호성을

질렀기 때문이다.

"나온다, 나온다!"

"꺄아!"

[고맙다, 최고남!]

[대표님, 사랑합니다!]

[윤소림 앞길은 여소소가 책임진다!]

[왔노라, 보았노라, 이겼노라. 그 이름은 최고남!]

"최고남! 최고남!"

언제 준비한 건지, 손 팻말을 든 채 최고남을 연호한다.

생전 처음 보는 광경이었다.

연예인도 아닌, 매니지먼트 회사 대표에게 저런 환호성이라니.

권박하는 왕년에 팬질 좀 해봤다는 엄마한테도 이런 얘기를 들어본 적이 없었다.

최고남이 유유 팬들을 바라본다. 그리고 엄지를 척.

차를 타고 빠져나오는 길은 마치 대통령 행차길 같았다.

골목에 서 있던 팬들이 손을 흔든다.

조수석에서 그 모습을 보던 김나영 팀장이 나직이 물었다.

"유유는 뭐래요?"

"고맙대."

"진짜요?"

"음, 그렇게 들은 것 같아."

김나영 팀장이 피식 웃고 다시 말했다.

"여기 온 것도 유유가 도와달라는 말을 들은 것 같아서 온 거잖아요."

"들었다니까. 다만 말을 안 했을 뿐이지."

"그걸 어떻게 아세요."

"알아. 내 사람이니까. 멋있다고? 알아. 나영 씨도 내 사람이니까."

내 사람.

권박하는 왠지, 그 말을 잊지 못할 것 같다는 생각이 들었다.

아마도 오랫동안.

*　　　　*　　　　*

[여섯소년들 리더 '유유' 현 소속사 N탑에 '전속계약 해지' 소송 제기! 무너진 신뢰 관계, 회복할 수 없다 판단!]

[유유의 소송에 칼 빼 든 가요 제작자들. 활동 보이콧한다]

[법원의 조정 제안 양측 모두 거부]

[첨예한 대립, 쟁점은 신뢰]

[1심은 N탑의 승리! 유유 측 변호사 곧바로 항소 방침]

[활동 올 스톱. 유유는 어디로 갔는가?]

[양측 결국 합의로 마무리. 심신이 지친 유유는 미국으로.]

[작년 미국으로 떠난 유유는 현지에서……]

내 기억 속의 수많은 기사 타이틀.

하지만 이제는 지워도 될 것 같다. 바뀌었으니까.

[여섯소년들 리더 '유유' 단톡방 멤버 아니야!]

[N탑 공식 입장 발표, 자체 조사 결과 유유 아니야. 증거 공개!]
[여섯소년들 팬클럽 '여소소' N탑 입장 환영!]
[팬들이 도왔다! 하룻밤 사이 쏟아진 제보만 30만 건!]
[내 스타는 내가 지킨다! 이것이 팬이다!]

기사들을 훑어보고 검색창에 검색어를 쳤다.
차강준 단톡방 피해자들?

[비하인드 Scene]

"아, 씨발. 좆같네."

새벽을 틈타 경찰서를 나온 차강준은 어스름한 밤을 마주하고 인상을 찌푸렸다.

비가 왔는지 안개가 자욱하다.

"야, 차 가져올게."

"어디에 주차했는데?"

"기자들 눈치챌까 봐 밖에 댔지."

"아씨, 그러게 왜 혼자 와? 밖에서 로드 대기하고 있다가 들어오면 되는 걸."

"말했잖아. 기자들 시선 피하려고 혼자 왔다고. 설사 찍혀도 욕덜 먹으려고, 인마!"

인상을 찌푸린 실장이 한숨을 확 내쉬며 걸음을 서두른다.

멀어지는 모습을 보면서, 차강준은 핸드폰을 들었다.

그리고 바로 단톡방 멤버들에게 문자메시지를 보낸다.

[나왔다. 한잔 빨자!]

바로 답문이 쏟아진다.

[여윽시, 차강준이!]

[강준아, 그럼 이제 끝난 거야?]

[씨, 괜히 쫄았네! 룸 잡아놓을 테니까, 빨리 와!]

"새끼들, 졸라 쫄았었나 보네. 별것도 아닌 것 가지고."

피식 웃던 차강준은 주위를 다시 돌아봤다.

혹 기자가 있을지도 모른다. 경찰서 앞에서 웃고 있는 거 찍히면 또 기사 쏟아질 테니까.

"아씨, 안개야 뭐야? 하나도 안 보이네. 뭐, 기자들도 이 정도면 못 찍겠네."

차강준은 내심 다행이라 생각하며 다시 문자를 보내려고 했다. 그런데.

발소리가 다가온다.

마치 영화관에서 들리는 것처럼 귀에 울리는 소리.

차강준의 심장박동에 일부러 맞춘 것처럼 묘하게 일치하던 발소리의 주인공은 안개 사이에서 훅 나타났다.

그 누군가와 차강준은 눈이 마주쳤다.

마주친 순간, 온몸의 털이 바싹 선다. 얼어붙을 것 같은 찬 공기가 확 밀려왔다.

발부터 무릎, 허리와 심장을 얼리며 목까지 올라온 찬 공기는 차강준을 바싹 조였다.

입만 벙긋하고 있는 그에게 그 누군가가 말했다.

"후회하게 될 거야, 너의 업을. 그리고 또 후회하게 될 거야, 살아 있음을. 그런 다음에 가게 될 거야."

"어, 어디를……."

"지옥."

그건 분명, 저승사자의 미소였다.

제4장

—

하루쯤 놀면 어때

「황금 사우나」

차가희는 다섯 손가락을 쭉 뻗어서 계란을 집었다.
껍데기를 까서 벗기고, 입안에 쏙 넣었다.
입을 오물오물거린 다음에는 식혜를 쪼옥 빨았다.
"와, 살 것 같다. 역시 밤샘 후에는 사우나야."
"팀장님, 너무 많이 드시는 거 같은데요."
양 머리 수건을 쓴 배서희가 눈을 흘긴다.
매의 시선으로 슬쩍 스캔하더니, 전문가의 견해가 바로 나온다.
"퓨처엔터 스타일팀 차가희 팀장님. 키 163센티미터, 몸무게 비
공개, 쓰리사이즈는… 얼마 전만 해도 지독한 다이어트로 44사이
즈에 성공했지만, 뷔페 대첩 이후 현재 55사이즈를 입고 있으며,

놀라운 것은 이 모든 것이 현재 진행형."

가만히 듣던 차가희가 손을 뻗어 배서희의 볼을 집었다.

"복수냐?"

"충심입니다."

"쳇."

볼을 자유롭게 풀어준 차가희를 본 김나영 팀장은 식혜를 한 모금 마시며 포털사이트 연예면을 살폈다.

—차강준 스캔들로 연예계가 충격에 빠졌다. 누리꾼들도 연일 갑론을박하며 사건을 지켜보고 있는 가운데 일부 차강준 팬들은 기자에게 항의… (중략) 언론은 사건의 본질을 잊고 연예인의 단톡방이라는 호기심과 자극적인 대화 내용만… (중략) 피해자들이 응당한 피해보상를 받고 마음의 치유가 끝날 때까지, 우리 모두 피해자들을 응원하고 지켜줘야 할 것이다.

황숙희 기자(misshwang@saturdayseoul.com)

자극적인 제목과 내용의 어뷰징 기사들.

그 기사의 홍수 속에서 황 기자가 송고한 기사는 네티즌의 많은 공감을 받고 있었다.

기사에 '좋아요'를 누른 김나영 팀장은 또다시 연예면 카테고리를 살피다가 손가락을 멈췄다.

N탑을 나올 때의 사진이 메인에 걸려 있었다.

환호하는 팬들, 차에 오르는 최고남.

[퓨처엔터 대표 최고남, 그가 바로 유유의 히든카드였다!]

타이틀을 눈에 담는 순간 뒷목에 에어컨 바람이 닿는다.

'대표님은 이것까지 생각했구나.'

최고남은 이번 일을 전면에 나서 해결하면서 많은 이의 주목을 받았다.

N탑을 나와서 완벽한 홀로서기를 했음을 각인시켰고, 스스로 의 가치를 끌어올렸다.

한마디로 급을 올려치기 한 것이다.

또 은별이의 계약서를 손에 쥠으로써 가시적인 성과까지.

'유유의 신뢰도 얻었지.'

궁금한 것은, 단지 유유를 도우려다가 얻은 부수적인 성과였을 까, 아니면 치밀한 계산이었을까. 그것도 아니면 이런 일이 벌어질 것을……

'설마.'

김나영 팀장은 생각을 지우며 식혜를 한 모금 삼켰다.

지금은 꿀맛 같은 휴식을 즐길 때였다.

그런데 차가희의 표정이 심상치 않다. 식혜 컵을 높이 든 채 로, 눈을 가늘게 뜨고 있었다.

"왜 그래?"

"이상하게, 갑자기 찝찝해졌어."

"찝찝?"

"허기지다는 말을 잘못하신 건지도……."

배서희의 목을 탁 치고, 차가희는 계란 반 개를 입에 오물거리며 핸드폰을 살폈다. 그런데 식혜 컵을 다시 들던 그녀가 갑자기 눈을 크게 떴다.

"소림이!"

핸드폰 화면 속 기사가 모두의 시선에 들어온다.

[단독] 배우 박신후, 윤소림에게 사랑한다!

*   *   *

「엔코어 엔터테인먼트 ‖ 대표 주선희」

"샤랄라라, 라라라라라."

콧노래를 부르며 출근한 주선희 대표는 거울에 비친 자신의 헤어스타일을 보며 흡족하게 미소 지었다. 염색도 잘 먹고 커트도 잘 나와서, 완벽한 코랄베이지 컬러의 단발머리였다.

사르르.

손짓 한 번에 실크 자락처럼 흩날리는 머리카락.

더할 나위 없이 완벽한 아침에 신문이 빠질 수 없다.

하지만 주선희 대표는 신문을 집다 말고 짧은 비명을 질렀다.

"엄마야!"

퓨처엔터 대표가 N탑으로 들어가는 사진이 대문짝만 하게 걸려 있었고, 제목은 '구원자의 등장!' 이었다.

"누가 신문 가져다 놓은 거야!!"

소리를 꽥 질렀더니 바짝 긴장한 얼굴의 비서가 들어와서 신문을 치우려고 했다.

"됐어! 그냥 둬!"

비서가 나가고, 주 대표는 주먹 쥔 손을 계속 꿈틀거리다가 신문을 들었다.

"구원자는 무슨, 도깨비 같네."

종방연에서, 박신후의 일탈로 지금은 상황이 좋지 않았다.

화음의 민 대표는 드라마 잘 찍고 다 된 밥에 코 빠트렸다면서 가만 안 둔다고 엄포를 놨고, 강주희는 앞으로 박신후 연기 생활이 순탄치 않을 거라며 반협박을 했다.

문제는 퓨처엔터인데, 최고남이 그녀에게 간간이 전화를 해왔지만 받지 않았다.

기사도 몇 개 뜨긴 했지만, 다행히 차강준 단톡방 스캔들이 터져서 사람들 이목을 집중시키지는 못했다. 그래서, 더 미칠 것 같다.

"왜 퓨처엔터는 조용한 거지?"

이쪽이 전화를 피하긴 했지만, 그래도 공식 발표는 할 수 있었을 텐데.

박신후와 윤소림은 아니라고 말이야.

그러면 이쪽도 못 이기는 척 재빨리 보도 자료를 발표할 생각이었다.

박신후가 연기에 너무 몰입해서 종방연 때는 우진우의 상황이었다고.

"그런데 왜 연락이 안 와!"

"대표님!"

본부장이 아침부터 하얗게 질린 얼굴로 대표실을 찾았다.

"왜?"

"기사 났습니다."

주선희 대표는 순간 눈을 떨궜다가, 천천히 다시 들었다.

"우리?"

"대표님, 그냥 우리가 먼저 보도 자료 내죠. 아니라고요. 지금 최 대표 건들면······."

"건들면 뭐?! 겨우 윤소림 하나 데리고 있는 구멍가게에, 내가 뭐? 나 주선희야! 박신후, 김솔이가 내 배우라고!"

"그냥 구멍가게가 아니잖습니까. 기사 못 보셨어요? 이번에도 N 탑 들어가서 유유 스캔들 뚝딱 해결하고 나온 사람이라······."

"본부장!"

주 대표의 외침에 우는소리가 뚝 그쳤다.

숨을 나직이 고르고, 그녀는 본부장을 향해 침착하게 다시 말했다.

"배우 기죽일 일 있어? 배우가 촬영하다 보면 눈 맞을 수도 있는 거고, 감정에 휩쓸릴 수도 있지. 그걸 소속사에서 가타부타 잘못된 거라고 보도 자료 내면 배우 기분이 어떻겠어?"

주 대표의 논리가 일견 그럴듯해서, 본부장은 더 이상 얘길 꺼내지 않았다. 그런데, 대표실 창 너머를 힐끗 본 그가 숨을 헉 들이켰다.

"왜 그래?"

뒤돌아본 주 대표.

순간, 그녀 역시 최고남을 발견하고 숨 쉬는 법을 잠깐 잊어버렸다.

천만다행이라면 윤소림의 덩치 큰 매니저는 없다는 것이었다.

지난번에 피를 보고 얼마나 놀랐던지. 그때를 생각하면 아직도 속이 울렁거린다.

하지만 안도의 한숨을 쉴 여유 같은 건 없었다.

최고남이 들어왔다.

"오랜만입니다, 주 대표님."

"아이고, 전화를 주시고 오시지……."

하고 말하는데, 최고남이 눈을 부릅뜬다.

"커피 드릴까요?"

"바로 얘기하죠. 아, 본부장님은 자리 좀 피해주시죠. 대표들끼리 얘기할 일 같은데."

주 대표는 고개를 끄덕이고 소파에 먼저 앉았다.

최고남이 앉으라는 말도 하지 않았는데 옆에 앉는다. 그 모습을 보고 있으니 손이 땀에 젖어서, 주 대표는 주먹을 꽉 쥐고 입을 열었다.

"지난번에는 신후가 잘못했습니다. 저희도 보도 자료 준비하고 있었습니다. 배역에 몰입해서 실수한 거라고……."

부릅뜬 최고남의 눈이 가늘어졌다.

"…민 대표님한테 얘기 들으셨겠지만, 드라마가 끝났어도 앞으로 부가 수익이 창출되는 만큼 문제는 빨리 털고 가는 게 좋지 않으시겠어요?"

이번에는 최고남이 빤히 쳐다본다.

주 대표는 문득 저 시선이 어디선가 본 것 같다는 생각이 들었다. 그래, 본부장이 멍청한 짓을 할 때면 저걸 죽일까, 말까 고민하며 노려볼 때의 제 모습…….

"물론 여배우 입장에서 이런 논란은 피하고 싶어 하죠. 저도 여배우를 데리고 있으니까 압니다. 그래서 최 대표님 마음 충분히 이해하고요."

빙빙 돌려서 얘기를 꺼냈는데, 최고남이 고개를 푹 숙인다.

뭘까.

'좀 전보다 더 기분 나쁜 이 느낌은.'

마른침을 꿀꺽 삼키는데, 최고남이 고개를 든다.

입가에 미소가 서려 있었다.

"주 대표님, 예전에 최서준이 무협영화를 찍은 적이 있어요."

"최서준이요?"

"최서준이 맡은 배역이, 화가 나면 칼춤을 춰요. 다 썰어버리더라고요. 지금도 그 영화 보면, 속이 뻥 뚫리거든요."

"아, 〈검의 노래〉 그 영화 말하는 거죠? 한중 합작영화."

"영화 얘기가 아니라, 칼춤 얘기를 하는 겁니다. 제가 오늘 칼춤을 추려고 왔거든요."

흠칫 놀란 주 대표는 입을 다물었다.

지난번 그 덩치가 피를 흘렸던 모습이 머릿속에서 스친다.

"주 대표님."

"……."

"저는 주 대표님의 비밀을 알고 있습니다."

주 대표의 눈이 동그래졌다.

"비밀이요?"

"오래전의 일이기도 하고, 주 대표님이 감추고 싶은 과거이기도 하죠."

그것이 뭔지는 모르겠지만.

"지금 저 협박하시는 건가요? 최 대표님, 의외로 양아치 근성이 있으시네요?"

"모르셨습니까? 나는 내 연예인을 위해서라면 무슨 짓이든 합니다. 그게 양아치 짓이라면 양아치라고 하셔도 좋습니다."

"오후에 보도 자료 낼 겁니다. 그러니까……."

"그걸로 끝내면 안 되죠. 이미 연기는 피었습니다. 사람들은 생각하겠죠. 아니 땐 굴뚝에 연기 날까?"

"그때 분위기가. 신후가 배역에 여전히 몰입한 상태에서 회식이라 술도 한잔 걸쳤겠다, 사람들이 두 사람한테 케미 같은 것도 기대하다 보니까 실수 좀 한 거 아닙니까?"

"실수 좀?"

아차.

최고남이 핸드폰을 꺼낸다. 지난번과 같은 패턴이었다.

주 대표는 일부러 티가 나게 코웃음을 쳤다.

"나도 모르는 무슨 비밀을 가지고 있는지는 모르겠는데, 이번에는 누구한테 전화하시려고요? 민 대표님? 그러시던가."

"문자가 와서 잠깐 보려고 꺼낸 겁니다."

"하."

허탈해서, 주 대표는 코웃음을 쳤다.

그런데 최고남이 문자를 확인하고 그녀에게 내밀었다.

"이 사진, 기억하세요? 92년도, 그러니까 26년 전의 사진입니다.

연성만 대표님이 가수로 활동하던 시절에 교통사고가 났었죠. 그때 가해자 차량에 탑승했던 고등학생 여자애들 중 한 명의 사진입니다."

사진을 본 순간, 주 대표는 입술부터 빨아들였다.

두피에서는 식은땀이 솟구쳤다.

"그때는 사생이라는 개념이 없었지만, 지금보다 더하면 더했지 못하진 않았죠. 연 대표님의 열애설 상대방에게 피가 적힌 혈서를 보낸다거나, 칼을 보낸다거나, 집에 몰래 들어가서 속옷도 가져오고, 24시간이 모자를 정도로 쫓아다녀서 사람 피 말리고."

머리에서 흐른 땀이 주 대표의 목을 타고 흘러내렸다.

"그때 그 애는 알았을까요? 자기가, 나중에, 엔터테인먼트 회사의, 대표님이 될 거라는 걸."

꿀꺽.

*　　　　　*　　　　　*

예전에 연 대표한테 들은 기억이 있다. 이 여자가 한 짓을.

사생을 넘어 스토커 수준이었던 한 팬의 이야기를.

"그게, 그러니까, 옛날이야기죠. 잠깐 철없던 시절."

"잠깐 철없던 시절치고는 꽤 길던데요. 연 대표님이 은퇴하신 뒤에도 찾아와서 접근금지명령도 받으셨고요."

"하고 싶은 말이 뭐예요?"

날 쏘아보는 주 대표의 볼살이 떨리고 있었다.

"기사 내려고요. '충격, 배우 박신후 소속사 대표는 악질 사생팬이었다!'라고 타이틀을 붙이면 재밌을 것 같지 않습니까?"

생각만으로도 흥미가 생긴다.

네티즌도 재밌어할 기사다.

"접근금지 판결문도 기사에 붙일 생각입니다. 진짜, 역대급 아닙니까?"

주 대표의 날카로운 손톱이 소파 팔걸이에 상처를 낸다.

새빨개진 목선이 다음 순간 힘껏 움직였다.

"이 새끼, 진짜 양아치네!"

*   *   *

[주 대표, 아저씨는 양아치가 아니야. 악덕이지.]

주선희 대표 뒤에 서 있는 저승이가 입꼬리를 올리며 웃었다.

"우리 미디어팀 직원들이 꽤 유능합니다. 분기마다 커뮤니티 돌면서 핫게 올릴 거고, 잊을 만하면 기사 재탕할 겁니다. 아주 오랫동안 주 대표님의 이름을 네티즌들이 기억하겠죠. 아, 그 여자? 사생? 스토커?"

나도 씨익 웃으며 말했고, 주 대표는 콧바람을 씩씩거렸다. 저승이가 풍기는 냉기조차 녹일 것 같은 뜨거운 콧바람이었다.

"뭘 원해요? 박신후 사과? 알았어요, 사과시킬게! 보도 자료? 낸다고, 낸다니까!"

급기야 흥분한 그녀는 침을 비처럼 쏟아내며 악을 질렀다.

숨을 쌕쌕거리느라 쇄골 라인이 들썩거린다.

[이 여자, 지금 일부러 침 뱉는 것 같은데요?]

나도 그렇게 느낀다.

하도 귀가 따가워서, 내가 좀 인상을 썼더니 이번에는 흠칫 놀란다.

"내, 내가 뭘 어떻게 할까요? 무릎이라도 꿇어요?"

"박신후, 스캔들 기사 내세요. 이미 다른 사람 사귀고 있다고. 네티즌이 박신후가 자기 열애설 감추려고 윤소림을 이용했다고 생각하게 만들어야겠습니다."

"꼭 그렇게까지… 최 대표 지금 과민 반응 보이는 거예요. 겨우 말실수 한 번 했는데, 열애설을 터뜨리라니!"

"나는 내 배우, 티끌 하나도 묻히기 싫습니다. 그런 경험……"

두 번 다시 하고 싶지 않으니까.

"아니, 그래도… 어떻게 내 배우 열애설을 내요?"

"남자 배우한테 스캔들이 스캔들입니까? 잠깐 홍역일 뿐이지."

"그래도 어떻게 열애설을……"

자꾸 이 대화를 반복할 것 같아서, 나는 뚱한 얼굴로 물었다.

"그럼 대표님 기사 내요?"

"시, 시간을 좀 줘요. 우리도 열애설 붙일 배우 구할 시간은 있어야죠!"

나는 흔쾌히 고개를 끄덕이고 말했다.

"뭘 시간을 끕니까. 가까운 데서 찾으시지."

"설마 김솔이 얘기하는 거예요? 이 사람이 진짜! 김솔이가 어떤 급인데! 그리고 어느 여배우가 열애설 스캔들을 좋아해요? 나중에 헤어져도 꼬리표처럼 남을……"

"일이죠. 그걸 잘 아시는 분께서 책임을 회피하려고 하시면 안 되죠."

스캔들도 안고 살아가야 하는 게 배우라지만, 그래도 아니 땐 굴뚝의 연기는 억울한 일이다.

끙끙 앓던 주 대표가 타협안을 제시했다.

"일반인으로 하죠. 그 정도 선에서 끝내시죠."

"좋습니다."

나는 고개를 끄덕이고 주 대표를 쳐다봤다. 그녀가 한숨 쉬고 중얼거린다.

"누가 괜찮지? 박신후가 급 안 떨어질 만한 상대에, 나중에 헤어져도 문제 안 생기고, 돈 문제 안 생기게 입 무거운 일반인이……."

정신없이 중얼거리는 그녀를 나는 계속 쳐다봤다.

"그만 좀 봐요. 정신 사나우니까."

"대표님, 나이가 어떻게 되시죠?"

주 대표가 잠깐 눈을 감았다가 떴다.

깜빡, 깜빡… 다음 순간 눈이 커졌다.

"미, 미쳤어! 너 미쳤니?"

"그래, 미쳤다. 감히 우리 윤소림을 건드린 것도 모자라서 여태 보도 자료도 안 내고 침묵을 해?"

"본부장! 본부장! 이런 미친놈을 봤나!"

엔코어 본부장이 헐레벌떡 뛰어 들어왔다. 주 대표가 확 쏘아붙이며 물었다.

"소금 있어?"

"소금이요? 탕비실에, 구운 계란 찍어 먹다 남은 거 있을 겁니다! 근데, 소금은 왜?"

"왜긴, 왜야! 재수 없는 인간 와서 부정 탈까 봐 그러지!"

본부장을 밀치고 지나간 주 대표는 탕비실로 몸소 움직였다.

남산타워 높이의 힐 굽에서 또각또각 소리가 난다.

금세 소금 한 줌을 쥐고 온 그녀가 날 향해 던지려고 할 때였다.

"아, 제가 말 안 한 게 있는데, 주 대표님 기사에 기사 하나 더 낼 생각입니다. 예를 들어, 박신후 신인 시절 재벌 3세한테 술 따르면서 배역 딴 거?"

치켜들었던 손이 그 상태에서 스르르 풀린다.

소금 한 줌이 그녀의 블라우스 소맷자락으로 스르르 들어가는 데, 주름진 눈꺼풀만 풍전등화처럼 흔들린다.

"아아."

휘청이더니, 막장 드라마 속 시어머니처럼 소파에 털썩 앉았다.

엔코어 본부장이 대표님을 외치며 그녀를 부축했다.

나는 두 사람을 향해 코웃음을 치고, 바닥에 떨어진 굵은소금을 밟으며 대표실을 빠져나왔다.

"뭐? 부가 수익 창출? 개소리하고 있네."

아침부터 열 냈더니 배가 고프네.

저승이와 아침이나 먹으러 가야겠다.

"뭐 먹을래?"

[알면서.]

엘리베이터 버튼을 꾹 누르는데.

"잠깐만요!"

뭐야.

주 대표가 헐레벌떡 달려오다가 발이 걸려서 넘어졌다.

그런데 갑자기 내 발을 덥석 잡았다. 눈물 때문인지 땀 때문인지, 마스카라가 번져서 엉망인 얼굴로 나를 올려다본다.

"최 대표님……."

*   *   *

[단독] 박신후 심리치료 받는다!

―종방연에서 박신후는 상대배역인 윤소림에게 충격적인 사랑 고백을 했다. 하지만 이는 배역에서 헤어 나오지 못한 상태에서 벌어진 해프닝으로, 박신후는 여전히 우진우 역에서 쉽게 벗어나지 못해서 드라마가 끝난 이후 깊은 상실감과 섭식장애을 겪고 있다고 한다. 이에 소속사는 (중략) 본지 취재 결과 박신후는 전작인 《부잣집 형제들》이 종영했을 때도 감정을 추스르지 못해 상대 배역에게 취중 고백을 했던 것으로 알려졌다.

한편 윤소림의 소속사인 퓨처엔터는 드라마를 사랑한 팬들에게 좋은 여운을 남겨줘야 할 상황에서 해프닝이 발생했다며, 박신후가 하루빨리 병을 털어내고 좋은 배우로서 팬들을 찾아갈 수 있기를 희망한다고…….

"주 대표가 울고불고해서 대표님이 양보하신 거야."

유병재는 기사를 훑어보면서 그날 일을 윤소림에게 전했다. 메이크업은 거의 끝나가고 있었다. 립 브러쉬를 손에 쥔 차가희가 웃느라고 잠깐 허리를 폈다.

"스무 살 연상의 소속사 대표와의 열애설. 재밌었을 텐데."

아쉬움에 입맛을 다시며, 다시 허리를 숙여 윤소림의 입술 라인을 손본다.

"그렇게 됐으면, 드라마에 흠뻑 빠졌던 팬들은 제대로 충격받았을걸?"

드라마가 해외에서 좋은 반응을 얻고 있는 만큼, 최고남도 막장 로맨스까지 볼 생각은 없었다. 그래서 어떤 방식이 소림이에게 도움이 될까를 두고 고민해서 절충한 결론이었다.

"근데, 박신후 전작에서 상대 배역에게 취중 고백 한 거 진짜예요?"

"진짜래. 애가 금사빠가 봐."

"용케 기사 안 났었네."

중얼거리며 메이크업을 끝낸 차가희가 한발 물러났다.

윤소림이 눈을 가늘게 뜨더니 속삭인다.

"출격 준비."

"오케이. 일어나서!"

500살 마녀가 끝났지만, 윤소림과 퓨처엔터는 쉴 틈이 없다. 〈장산의 여인〉이 바로 촬영에 들어가야 했기 때문에 스케줄이 빡빡했다.

"언니, 나 핸드폰 좀."

차가희가 윤소림에게 핸드폰을 건넸다. 받자마자 엄지가 부지런히 움직이길래, 차가희가 물었다.

"누구랑 그렇게 열심히 대화해?"

"문자. 대표님 식사하셨나 해서."

"야, 네가 문자 안 보내도 엄청 잘 드시고 다녀. 저번에는 중국집에서 짜장면에, 짬뽕에, 탕수육까지 혼자 먹다가 우리한테 걸렸잖아."

"배고프셨나 보다."

윤소림이 씨익 웃는다. 그런데 핸드폰을 내려놓자마자 전화가 왔다.

"예, 대표님!"

둘이 통화를 하는 동안 차가희는 메이크업 가방을 챙기고, 유병재는 대본을 챙겼다.

테스트 촬영이 끝나고 바로 배우들의 대본리딩이 이어지기 때문이다.

촬영 역시 간단하게 장비 테스트 겸 배우 얼굴을 매칭해 보는 수준이기 때문에 연기를 보이는 건 아니었다.

통화를 끝낸 윤소림은 핸드폰을 끈 다음 유병재에게 건넸다.

세 사람은 대기실을 나와 세트장으로 향했다.

장산그룹 안주인의 집무실은 고가구와 현대식 서재가 조화롭게 배치돼 있어 고품과 세련미가 동시에 느껴졌다.

가볍게 세트장을 둘러볼 때, 야구 모자를 푹 눌러쓴 여자가 휘적휘적 걸어왔다.

연출을 맡은 감독 이현미였다.

유병재는 전부터 그녀를 알고 있었다. 왜냐하면 8년 전 최서준이 무려 30kg를 늘리면서 열연을 펼쳤던 〈샅바를 잡은 남자〉의 감독이었기 때문이다.

당시 흥행과 작품성을 동시에 잡으면서 무서운 신인 감독으로 주목받았지만, 촬영 중 부상으로 긴 슬럼프를 겪으면서 유학길에 올랐고, 뉴욕필름아카데미를 수료하고 오랜 기간 미국에서 머물렀다.

"병재씨, 3인칭시점 또 안 나와?"

"글쎄요."

유병재는 턱을 긁적였고, 이현미 감독은 시원한 미소를 보이며 그를 올려다봤다. 키 155센티미터의 그녀에게 180센티미터의 거구는 산처럼 컸다.

그녀가 고개를 돌려 윤소림을 바라봤다.

"소림 씨, 500살 마녀 잘 봤어요."

"감사합니다."

윤소림이 고개를 숙였다. 그런데, 이현미 감독이 눈살을 살짝 찌푸린다.

"근데, 마녀는 제대로 떨쳐냈어요?"

그러기에는 시간이 너무 짧다.

"로코 끝나자마자 이런 미친년 역할이라니. 나였으면 정신 나갈 것 같아서요."

"열심히 하겠습니다."

"뭐, 배우는 카메라 앞에서 말하는 거니까. 오늘 잘해봅시다."

이현미 감독이 또다시 팔을 휘적이며 멀어지자, 유병재는 윤소림에게 속삭여 말했다.

"이 감독, 여자라고 생각하지 마. 웬만한 남자보다 꼰대스럽고, 성격도 괄괄하니까."

"예."

"근데, 대표님이 아까 뭐라고 하셨어? 통화했잖아."

"충고요."

"충고?"

윤소림은 배시시 웃으며 세트장으로 향했다.

'소림아, 지금까지의 너에게 배우는 꿈이었을지도 모르지만, 꿈에 가까이 다가간 너에게 배우는 직업일 뿐이야. 500살 마녀는 잊어. 어제의 화려함도 잊어. 다시 일에 집중할 때야. 그래야 롱런한다.'

그리고 이 말도 덧붙였다.

'뭘 하든 네가 하고 싶은 거. 회사는 네가 어떤 선택을 하든 전폭적으로 밀어줄 테니까.'

*   *   *

"표정이 단단하네."

이현미 감독은 모니터링 화면을 들여다보며 입꼬리를 올렸다.

"분위기가 제법이야. 그렇지 않아요?"

턱짓하며 묻자, 촬영감독은 또 무슨 꿍꿍인가 싶은 눈으로 그녀를 쳐다본다.

아니나 다를까, 이현미 감독이 고개를 빼꼼 내밀고 윤소림에게 외쳤다.

"소림 씨, 혹시 우리 영화 씬 연기 지금 하나 보여줄 수 있어요?"

"아무거나 괜찮아요?"

"오케이, 아무거나."

예정에 없는 일이었지만, 윤소림이 고개를 끄덕인다.

당돌한 여배우의 모습에, 이현미 감독은 새어 나오던 웃음을 지우고 집중했다.

"액션!"

사인이 떨어지기 무섭게 윤소림이 바로 눈을 떴다.

드러난 검은 눈동자에 알 수 없는 불만이 고여 있었다.

"큰아드님이야말로 빨리 왔네. 매번 회장님이 찾으면 클럽이니, 골프니, 혹은 어디 별장이니 그러더니 오늘은 참… 빨리도 오셨네. 하긴, 지분만큼 중요한 것도 없으니까."

그녀는 보란 듯이 입술을 잘근 씹었다.

오징어포처럼 제멋대로 씹히던 입술은 작은 치아를 붉게 만들고서야 멈췄다.

"스물다섯 어린 나이에 나이 오십 먹은 장산그룹 회장의 여자가 된 이유가 뭐냐고? 그거야 너희 엄마가 세상을 떠나고 십 년을 수절했을 만큼 우리 회장님이 로맨티시스트였으니까. 나이 차이야 뭐, 돈과 회장님 성품으로 충분히 견딜 수 있었고."

그녀의 입술이 신나게 비아냥거릴 동안 긴 손가락들은 공간을 찬찬히 어루만졌다. 마치 남자의 넥타이를 톡톡 두드리듯.

그러다 갑자기 무슨 소리를 들었는지 눈빛이 차가워졌다.

매섭다 못해 서리가 내릴 정도였다.

"하. 로맨티시스트라니… 내 입으로 얘기하고도 더럽네. 그 새끼는 종마, 종마야. 오로지 번식을 위해 태어난 동물이라고!"

소리를 내지르기 무섭게 윤소림의 얼굴이 획 돌아갔다.

"후후."

맥없는 웃음소리와 함께 손가락으로 제 볼과 입술을 훔쳐낸 그녀는 이내 머리 끈을 풀어버렸다.

풀어진 머리카락이 축 늘어져 어깨 위로 흘러내린다.

"나한테 고마워해야 할 거야. 내가 다 처리할 테니까. 우리 회장님 씨는, 니들 셋으로도 골치 아프거든."

윤소림이 고개를 돌렸다.

눈이 마주친 이현미 감독이 고개를 끄덕이며 나직이 속삭였다.

"컷."

소리와 함께 윤소림이 가슴을 들썩이며 숨을 내쉬었다.

그 모습을 보며 촬영감독이 속삭인다.

"이 감독 계 탔네."

"계를 타? 미치겠네. 배우가 저러면 나도 빡세진단 말이야."

여주의 심리 변화가 다이내믹해서 어려운 역할인데, 거기다 윤소림은 500살 마녀로 석 달을 살았는데, 그걸 털어낼 시간도 없었을 텐데, 새 캐릭터를 저만큼이나 소화해 내고 있다.

신인이 이게 가능하냐고 되묻기에는…….

'하긴, 최서준도 미친놈이었지.'

그냥 해본 말이었는데 진짜 30kg를 쪄 올 줄 누가 알았을까.

문득, 이현미 감독은 둘의 공통점은 미쳤다는 것 말고 하나가 더 있다는 사실을 깨달았다.

'최고남은 대체 어디서 저런 애들을 데려오는 거야?'

원석 캐는 눈이라도 박아 넣은 걸까.

궁금하다.

　　　　＊　　　　　　＊　　　　　　＊

「퓨처엔터테인먼트」

"저, 화장실 좀……."

"아, 제가 안내해 드릴게요."

최고남 대표와 송지수의 어머니가 자리에서 일어났다.

대표실에는 권아라와 소연우의 부모님들만 남았다.

두 사람은 밖을 힐끗 보며 입을 열었다.

"아라 아버님, 좀 그렇죠?"

"그러게요. 사무실이라고 하는 곳은 쥐꼬리만 하고, 하는 얘기가 거기서 거기네요."

가능성을 봤다, 키워보고 싶다.

언제 이뤄질지 알 수 없는 미래의 비전 같은 얘기들.

"대표가 너무 젊어서, 잘할 수 있으려나 모르겠네요."

의사인 권아라의 아버지는 대표의 외모부터 탐탁지 않았다.

회사를 운영하는 데 있어 연륜을 무시할 수 없건만, 삼십 대 초반이면 의대 나와서 인턴 1년에 레지던트 4년 하고, 군대 갔다와서 이제 막 원내에서 짝다리 짚을 나이다.

그런 사람이 무슨 대표를.

'그리고 우리 딸은 가수보다는 배우상이지.'

권아라 아버지는 배우 강주희를 참 좋아했다.

그래서 딸이 이왕 연예인이 된다면, 가수보다는 배우가 되는 게

낫다고 생각했다.

하지만 그건 소연우의 아버지도 같은 생각.

그 역시 배우 강주희가 이상형이었던 시절이 있었고, 듣자 하니 가수는 몸이 많이 축나고 나이 먹으면 인기도 시들어서 할 수 있는 게 없다는데, 그렇다면 배우가 백번 나을 것 같았다.

"근데, 이 회사에 윤소림이라고 있다던데요."

"윤소림이 누군데요?"

"왜, 500살 마녀요."

"제가 통 드라마 같은 거 안 봐서."

"혹시 박카수 광고 보셨어요? 그 왜 춤추다가 넘어지던."

"아, 그 애가 윤소림이에요?"

"예. 초콜릿 CF도 찍었잖아요. 자전거 타고 가는 여고생."

"걔가, 걔였어요?"

소연우 아버지가 놀라서 눈을 번쩍 떴다.

TV를 보다가 초콜릿 CF를 보면서 학창 시절을 떠올린 적이 있었다.

그때, 여고생들이 많이 쫓아다녔었다는 말을 했다가 마누라한테 한 소리를 들어서 광고가 기억에 남아 있었다.

"근데 아라 아버님은 잘 아시네요."

"예. 저희 과 레지던트 선생들이 전에는 침대에 기어가려고 이제나저제나 눈치만 보더니, 500살 마녀 방송할 때는 월요일하고 화요일은 정신 못 차리고 TV 앞에 앉아 있더라고요."

"그래요? 그게 그렇게 재밌나?"

"볼만은 하더라고요, 하하."

가벼운 웃음을 나눌 때, 유리문이 열리고 대표와 송지수 어머니가 다시 들어왔다. 두 아버지는 다시 턱을 목에 붙이고 묵직한 표정을 지었다.

"그럼, 궁금하신 거 더 있으신가요?"

"우리 딸이 정말 가능성이 있는 겁니까?"

권아라 아버지가 묻자, 대표가 잠깐 씁쓸한 표정을 짓고 말했다.

"솔직히, 걸 그룹 성공 가능성은 10프로도 안 됩니다."

"그럼 도박 아닙니까?"

"한 달에 3팀, 한 해에 많게는 40팀의 걸 그룹이 데뷔한다는 통계도 있지만, 그중 3년을 버티는 팀이 10프로도 안 됩니다. 그럼 나머지 90프로는 재능이 없어서 그런 걸까요? 그건 아닐 겁니다. 소속사의 푸시가 약했을 수도 있고, 기회를 못 잡은 걸 수도 있습니다. 그게 아니고 다 갖췄어도, 될지 안 될지는 뚜껑을 열어봐야 알 수 있는 거고요."

부모들의 눈길은 여전히 곱지 않았다.

특히 권아라 아버지는 노골적으로 불편한 티를 냈다.

"그래도 가능성이 아주 없진 않으니 계약을 하자는 거겠죠?"

순간, 권아라 아버지는 놓치지 않았다.

대표라는 사람의 눈동자가 삐끗하는 모습을.

"가능성이 있습니다."

믿지 못할 소리였다.

"어떤 가능성이죠?"

역시나, 쉽게 대답하지 못한다. 쥐어짜고 있는 게 분명했다.

기껏해야 외모만 보고 계약하자고 했겠지.

어렸을 때부터 딸은 사람들의 관심을 불러일으켰다.

사람들이 어린 딸을 보고 예쁘다며 칭찬한 적이 한두 번이 아니다.

"아라는, 생각이 또렷하더라고요. 얼핏 무뚝뚝해 보이긴 하지만 친구인 연우를 챙겨주는 모습을 보면 마음이 따뜻한 게 느껴지고."

흠.

"그리고 연우는 참 밝더군요. 행동, 생각, 표정이 풍부해서 좋았습니다. 부모님을 보지 않아도 알 것 같더군요. '참 예뻐해 주셨구나'라는 걸요."

대표는 잠깐 멈추고, 이번에는 여기서 유일하게 여자인 송지수 어머니를 바라본다. 대구에서 올라온 그녀는 지금껏 말없이 듣기만 했다.

"지수는 작고 여려 보이지만, 강단이 있습니다. 꿈을 위해 서울에 와서 혼자 지낸다는 건 쉽지 않은 일입니다. 도전했고, 또 작은 성과도 있었죠. 제 힘으로 소속사에 들어갔으니까요."

"지난번 소속사에서는 아이들과 잘 어울리지 못했다고 들었는데요."

"전 소속사의 대표한테 얘기는 들었습니다. 지수를 따돌린 애들이 기가 센 아이들이었다고 하더라고요. 또 원래 친한 무리들이었고. 지수 입장에서는 잘 보이려고 소극적으로 행동하다 보니 아이들이 지수를 쉽게 대한 것 같습니다."

"그럼, 대표님은 그런 일이 안 생기게 해주실 수 있나요?"

"노력하겠지만 싸움이 아예 없진 않을 겁니다. 환경이 달랐던 아이들이 숙소 생활을 하면 많이 부딪칠 수밖에 없으니까요. 대신 저희가 그 부분을 유심히 보면서 서로를 알아가고, 이해하고, 그래서 넷이 똘똘 뭉칠 수 있도록 도와줄 생각입니다."

"계약하겠습니다."

송지수 어머니가 바로 사인을 했다.

고민 끝에 두 아버지는 좀 더 생각을 해보고 결정을 하기로 했다.

"그럼, 충분히 생각해 보시고 연락 주십시오."

대표가 세 사람을 마중해 주겠다며 일어났다.

다 같이 대표실을 나오는데, 택배 기사가 들어왔다.

모자를 벗은 그가 땀을 훔치며 입을 열었다.

"윤소림 씨한테 택배 왔습니다, 내려오셔야 할 것 같은데요? 아, 저 물 한 잔만 마시겠습니다!"

그러자 직원들은 예상했다는 듯이 팔을 걷어붙이며 내려간다.

세 사람도 뒤따라서 내려가는데, 1.5톤 택배 차량이 건물 입구에 세워져 있는 것이 보였다.

권아라 아버지가 눈치를 보면서 혼잣말을 속삭였다.

"택배가 얼마나 되길래 손이 이렇게 많이 필요해."

마침, 물 한 모금 급하게 마시고 뒤따라 내려오던 택배 기사가 그 소리를 듣고 택배차를 가리켰다.

"저 차 안에 있는 게 다 윤소림 겁니다. 전국에 있는 팬들이 보낸 선물."

"에?"

"저게 다, 선물이라고요?"

"뭘 놀라세요. 요즘 대세 아닙니까."

택배 기사가 싱겁다는 투로 뱉고 퓨처엔터 직원들을 쫓아 택배차로 갔다.

"아니, 연예인이 팬들한테 선물 많이 받는다는 얘기는 들어봤어도, 저 정도일 줄은."

두 아버지가 감탄하는 모습을 본 송지수 어머니가 나직이 속삭였다.

"가수들 팬은 더하다고 그러네요. 조공? 그런 걸로 생일 때는 몇천만 원씩 선물하고 그러나 봐요."

"몇 천이요?"

"예에. 뭐, 그런 게 좋은 문화는 아닌 것 같지만요."

그 소리를 들었더니 두 아버지의 발이 갑자기 무거워졌다.

'이거, 계약을 해야 하나.'

'윤소림도 키운 회산데, 가수 하나 못 키우겠어?'

'나중에 계약 늦게 했다고 불이익 주는 건 아니겠지?'

'연습을 하루라도 빨리 시작하는 게 나으려나.'

고민이 이어질 때, 줄지어서 사무실로 들어가는 직원들을 쫓던 퓨처엔터 대표가 갑자기 걸음을 멈췄다.

그가 돌아본 곳에는 언제 들어왔는지 고급 차 한 대가 서 있었다.

차창이 스르르 열린다.

"최 대표!"

맑고 청아한 목소리, 최소한 두 아버지에게는 그렇게 들렸다.

"가, 가, 강!"

"강, 강, 주……."

두 아버지는 너무 놀라서 입을 벌벌 떨었다.

그러자 퓨처엔터 대표가 눈만 동글동글 뜨고 말했다.

"강주희 씨 아세요? 저희 소속 배우입니다."

＊　　　　＊　　　　＊

10년 전.

매미 소리와 함께 여름이 찾아왔던 2008년의 어느 날.

레지던트 4년 차의 권민재 씨는 정신없이 바쁜 날들을 보내고 있었다.

"무슨 얘기를 그렇게 재밌게 하세요?"

그는 간호사들끼리 수다를 떠는 모습을 보고 넌지시 물었다.

"드라마 얘기요. 요즘 '반쪽'이 재밌잖아요."

"아, 반쪽."

바보같이 순진하고 멍청이같이 착한 아이 윤민서.

악바리같이 질기고 어이없을 정도로 나쁜 녀석 류재국.

둘의 이야기.

"권 쌤도 반쪽 보세요? 권 쌤 원래 드라마 같은 거 안 보잖아요?"

"강주희 나오잖아요. 저 강주희 팬이에요."

"와, 진짜요?"

간호사들이 의외인 듯 쳐다보길래, 그는 어깨를 으쓱했다.

"예. 첫사랑이랑 첫 데이트 때 강주희 영화 봤거든요."

밤을 새워서 그런가, 쓸데없는 얘기가 불쑥 나왔다.

"와우, 데이트 잘하셨어요?"

"혼자만의 데이트였죠 뭐."

"어, 왜요?"

간호사들이 호기심을 보인다.

"짝사랑하던 누나였거든요."

"그래서요?"

"뭘 그래서예요. 짝사랑으로 끝났지 뭐."

"그런 게 어딨어요. 고백하면 되지."

"뭐, 저한테 다 큰 조카가 없었다면……."

"그게 무슨 얘기예요?"

무슨 뜻인지 이해 못 한 간호사들이 눈만 말똥말똥 뜨고 쳐다볼 때였다.

멀리서 구급차 소리가 들렸다. 곧바로 환자가 들어왔다.

"선생님, TA 환잡니다! 비피 100에 70, 의식 없고 블리딩 있습니다!"

"인튜베이션 할게요!"

환자를 잡은 그는 바로 기관지 삽관을 시도했다.

자가호흡 없이 5분만 지나도 환자의 뇌 손상이 진행되기 때문에 한시가 급하다.

"양라인 2리터 풀드랍 해주세요! 팩알비시 두 개 걸고요!"

간호사에게 지시하면서 그는 또다시 전쟁이 시작됐음을 직감했다.

끝나지 않는 전쟁이었다.

정신을 차렸을 때 다행히 환자는 고비를 넘기고 수술실로 들어간 뒤였다.

쓰러지기 직전에야 응급실을 빠져나온 그는 숙소로 돌아오자마자 침대에 뻗었다.

그 상태로 눈만 감으면 죽음과도 같은 잠에 빠져들 것 같았다.

하지만 오랜만의 오프를 잠으로 보낼 수는 없는 법.

그는 샤워 후 깨끗한 옷으로 갈아입고 병원을 빠져나왔다.

오프라고 해도 멀리 갈 수 없어 병원 근처의 영화관에서 영화를 보고, 밥을 먹고, 서점에 들러서 책을 읽으며 시간을 보냈다.

"어?"

책을 훑어보던 그는 10년 전 개봉했던 영화의 원작 책을 발견했다.

첫사랑과, 첫 데이트 때 봤던 로맨스 코미디 영화였다.

죽은 언니의 딸을 키우는 여자와 그 옆집 남자와의 이야기는 꽤 재밌었지만, 그는 영화 내내 바싹 긴장했었다.

손을 잡을까, 말까를 두고 내내 고민했던 기억이 어렴풋이 남아 있다.

대본집을 내려놓은 그는 핸드폰을 만지작거렸다.

어물쩍거리다가 짝사랑은 끝나 버렸지만 재작년, 짝사랑했던 그녀가 이혼하면서 다시 혼자가 됐다. 완전한 혼자는 아니었지만. 8살짜리 딸이 하나 있으니까.

서점을 나온 그는 어둑어둑해진 길을 홀로 걸었다.

전공의 시험을 앞두고 요즘 들어 생각이 많아졌다. 병원에 계속 남아 있을 수는 없을 것 같고, 그렇다고 개원을 하기도 빠듯하고. 아니면 페이닥터나 해야겠지만.

"페이닥터 신세에 고백하기는 좀 그렇지."

혼잣말을 중얼거린 그는 고개를 가로저었다.

솔직히 진짜 문제는 그게 아니란 것을 알고 있었다.

진짜 문제는, 용기가 나지 않는다는 것이었다. 10년 전 영화를 보자고 했던 것도 그에게는 엄청난 용기였다.

이제는 그때처럼 용기도, 열정도, 의욕도 없어서 슬픈 밤.

한참 걷던 그는 문득 걸음을 멈췄다. 중고 TV 여러 대가 놓인 가게 앞이었다.

―KIS 드라마 '반쪽'이 시청률 28프로를 기록하면서 장안의 화제인데요, 데뷔 13년 차의 배우 강주희가 열연을 펼치면서 매주 시청자들의 안방을 눈물로 적시고 있습니다.

연예가소식 프로그램에서 드라마 '반쪽'에 대한 얘기가 나오고 있었다.

―강주희 씨는 지금 제2의 전성기를 누리고 있는데요, 얼마 전에는 자선 방송에 출연해 노래를 열창하면서 큰 화제를 낳았습니다. 시청자 여러분들도 들어보시죠.

바로 이어 강주희가 부른 노래가 흘러나왔다.

그녀는 청초한 꽃처럼 어깨를 살랑살랑 흔들며 노래를 불렀다.

민재 씨는 그 모습을 흐뭇하게 바라봤다.

어쩜 저렇게 그대로인지.

자료 화면에 나오는 강주희의 모습은 10년 전이나 지금이나 변함이 없었다.

하염없이 바라보다가, 그는 문득 옆에서 자신처럼 TV를 보고 있는 사람이 있음을 깨달았다.

하지만 신경 쓰지 않고 계속 TV를 시청했다.

TV 화면 상단의 자선 모금 액수가 빠르게 올라가는 게 보인다.

강주희 팬들이 기부하는 금액일 것이다.

민재 씨가 망설임 없이 핸드폰을 꺼내 들었을 때였다.

"이거 옛날 방송이라서, 지금 거시면 소용없어요."

"아, 그래요?"

그는 자신이 바보 같다는 생각이 들어서 조금 창피해졌다.

그래서 알려준 옆 사람에게 고개를 꾸벅 숙이려다가 얼굴을 보고 말았다.

"저 노래 잘 부르죠?"

*　　　　　*　　　　　*

"가, 강주희 씨?"

말문이 막혀서 얼굴이 붉어진 그에게 강주희가 불쑥 우산을 내밀었다.

"비 올 것 같아요."

"주희 씨는… 요?"

"전 우산 또 있어요."

말과 달리 강주희는 빈손이었다.

하나뿐인 우산을 생전 처음 본 그에게 주고, 그녀는 다시 TV를 바라봤다.

자료 화면에는 이제 20대 시절의 그녀가 나오고 있었다.

"와, 나 저때 완전 어렸네."

"지금도, 여전하세요."

수줍게 말했더니 그녀가 기분 좋은 듯 미소 짓는다.

주름 하나 없이 여전히 예쁜 눈웃음을 보면서, 민재 씨는 용기를 가지고 다시 말했다.

"저, 주희 씨 팬입니다!"

"역시, 꼭 그럴 것 같더라."

싱긋 웃으며 그를 마주 보던 그녀가 반대편 도로를 향해 고개를 돌렸다. 어떤 남자가 손을 흔들고 있었다. 인상을 찌푸린 걸 보니 반가워서 흔드는 것 같지는 않았다.

"매니저가 찾네요, 저 바보."

그녀가 살짝 고개를 숙이고 뒤돌아서려고 하는 때였다.

비가 후드득 쏟아졌다.

놀란 그가 우산을 펼치는 사이에 신호가 바뀌었다.

그러자 아까 그 남자가 쏜살같이 달려와서 우산을 펼쳐 그녀에게 씌워줬다.

"누나! 로또 사 오라더니 갑자기 사라지면 어떻게 해요?"

"답답해서 바람 좀 쐬려고 그랬지."

"말 타면서 실컷 바람 쐬다가 낙마하신 분이 뭘 또 바람을 쐬어요?"

"죽을래?"

민재 씨는 우산 아래서 두 사람이 투닥투닥하는 모습을 흐뭇하게 바라봤다. 저 둘은 사이가 좋은 것도 같고, 안 좋은 것 같기도 한데 이상하게 정감이 있었다.

다시 신호가 바뀌었다.

강주희가 건널목을 건너는 모습을 보고 나서 다시 걸음을 재촉하려는데 그녀의 목소리가 그의 발길을 붙잡았다.

"저기 팬님!"

"……."

"파이팅!"

왜 그런 말을 했을까.

그녀는 작은 주먹을 쥐고 그에게 용기를 준 뒤 매니저와 함께 떠났다.

TV에서는 노래가 다시 흘렀다.

비디오인 모양이다.

아무튼 그 노래를 들으면서 민재 씨는 핸드폰을 들었다.

10년 전 그날처럼, 조금 더 용기를 내기 위해서.

*　　　　　*　　　　　*

"좋은 아빠들이네."

"예, 좋은 아빠들이죠."

나는 부모님들이 찍고 간 계약서를 따로 보관하고 강주희와 마주 앉았다.

『강주희 : 갑인(甲寅)년 무진(戊辰)월 을해(乙亥)일 출생』

『운명 : A』

『현생 : A+』

『업보 : 50』

지난번에 저승이는 A급 운명을 S급으로 만들면 보상을 받는다고 했다.

강주희의 현생은 A+.

조금만 더 하면 S급으로 만들 수 있다.

대체 어떤 보상일까 궁금하지만, 저승이는 알려주지 않고 딴청이다.

"아, 소림이 오늘 '장산의 여인' 테스트 촬영 있다며?"

"예."

"너무 무리하게 하는 거 아니니?"

"슬럼프 오는 것보다는 낫죠. 지금은 정신없어야 할 때예요."

"하긴, 소림이는 고민 같은 게 별로 없더라. 얘기하라고 해도 웃기만 해."

"누님은요? 고민 있어요?"

"나이 먹는 게 고민이다!"

그런 얘기를 뭘 그렇게 전투적으로 하는 건지.

강주희는 턱을 괴고 날 뚫어지게 쳐다봤다.

"또 왜요?"

"나 들어오면 너희 회사 이미지 달라질 텐데. 진짜 괜찮아?"

"이미지?"

"자고로, 컬렉션의 시작은 두 번째부터니까."

"컬렉션은 명품 가방 모으는 거로 만족하시고요."

퓨처엔터는 굳이 그런 틀을 고집할 생각이 없다.

스캔들 문제없는 배우. 돈 되는 배우.

두 가지 조건이면 충분하다.

무엇보다, 강주희의 소속사 대표가 될 생각을 하니 벌써부터 기분이 좋아진다.

나는 젊은 날의 고생을 잊지 않았다.

천하의 강주희를 쥐락펴락할 수 있는 이날이 오기를 얼마나 고대했던가.

"이거나 빨리 찍어요."

더 애기할 것 없이 계약서를 내밀었다.

강주희가 도장 케이스를 열면서 투덜거린다.

"근데, 너 돈은 있니?"

"퓨처엔터 재정 상태 걱정 마시고요, 누님은 앞으로 부지런히 일할 생각만 하세요."

"하… 복권 심부름을 하던 네가 내 대표가 될 줄이야."

마침내 계약서에 강주희의 도장이 찍혔다.

혹시 이 변덕 마녀가 다시 마음이 바뀔까 싶어 서둘러 계약서를 치웠다.

아무튼 이걸로 계약은 마무리됐다.

딱히 정리하거나 처리할 것은 많지 않았다.

허한 마음이 들 정도로 전 소속사에서 챙겨 올 게 별로 없었기 때문이다.

10년 전의 강주희였다면 CF부터 시작해서 인수해 올 게 한가득이었겠지만.

강주희도 그걸 의식했는지, 표정이 씁쓸해 보인다.

"계약금은 오늘 입금될 겁니다. 세무사는 계속 같은 곳에서 하시는 거죠?"

"어."

계약금 1억.

돈이 부족한 사람은 아니기에 상징적인 액수였다.

"차기작은 바로 들어가실 수 있죠?"

"쉬엄쉬엄하자. 힘들다."

"드라마 잘돼서 노 저을 때인 거 몰라요? 돈 들어올 때는 잠도 자지 말라던 분이."

"돈… 그래, 돈! 열심히 해야지."

훗.

"예능 출연하실 거죠?"

"해야지. 다 해. 뭐 막장 드라마도 찍고, 예능도 찍고 하자!"

강주희는 입담이 좋아서 예능에서도 환영받는 캐릭터다.

저 성격에 다른 패널 눈치 볼 사람도 아니고.

톱스타 시절에도 배우병 없이 예능 출연을 곧잘 하곤 했었다.

게다가 이번에 3인칭시점에서도 입담을 톡톡히 뽐냈었다.

"막장 드라마요? 괜찮겠어요?"

"뭐 어때. 나 이제 그런 거 났어."

"진짜요? 음료수 마시다가 줄줄 흘려야 될지도 모르는데? 김치 싸대기도 맞고."

"상관없어. 막장 드라마 하고 정극 들어가면 되지."

"우리 누님 철들었네."

"죽을래?"

"좋은 생각이라고요. 막장으로 웃겨도, 클래스는 사라지지 않으니까. 준비 잘해서 정극에서 한 방 보여주면 됩니다."

"괜찮은 거 있어?"

강주희가 제 무릎에 팔꿈치를 기대고 생글생글 웃는다.

"몇 개 쟁여두긴 했는데… 하고 싶은 장르 있으세요?"

"음… 요 몇 년 사이 너무 센 캐릭터들만 맡아서 차기작은 부드러운 걸로 갔으면 좋겠는데?"

드라마 판에서 강주희는 이미지가 굳어버렸다.

나쁜 이모, 악녀와 같은 센 캐릭터들만 들어온다.

당장이야 그런 역할을 해도 문제는 없겠지만 장기적으로 봤을 때는 이미지 전환이 필요하다.

잠깐 고민하고 있는데, 강주희 표정이 씁쓸해 보이길래 궁금해서 물었다.

"왜 그러세요?"

"겨우 10년 지났을 뿐인데."

"뭐가 10년이에요?"

"로맨스 드라마의 여주인공이 당연했던 시절 말이야. 10년 전만 해도, 내가 생각해도 상큼하고 귀여운 맛이 있었으니까."

"20대의 최고남이 들으면 기절할 소리네요."

"죽을래?"

앞으로 목숨이 열 개는 필요할 것 같다는 생각을 하며, 잠깐 그녀를 바라봤다.

스물두 살에 데뷔해서 올해로 23년 차 배우.

20대를 거치고, 30대를 지나, 40대에 이르면서 그녀는 스타일도 외모도 조금씩 변화했다. 원피스보다는 바지를 더 자주 입게 됐고, 주름 하나 없던 얼굴에는 옅은 주름이 자리 잡았다.

생글생글 눈웃음은 여전하지만 그녀도 나이가 들고 있었다.

"왜 그렇게 봐?"

"누님 팬들은 참 좋겠어요."

"무슨 소리야? 뜬금없이."

"누님과 동시대를 살아가니까."

내가 살아가는 동시대의 스타는 추억의 일부가 된다.

첫사랑과 첫 데이트에서 본 영화 속 스타.

직장 생활이 지치고 힘들 때 위로해 준 드라마.

힘든 어느 날 길에서 들린 스타의 노래.

그 기억들이 하나하나 모여 삶의 추억이 된다.

그러니까, 강주희는 존재 가치가 있다.

"대표가 되더니만, 연 대표님처럼 뜬구름 잡는 소리를 하고 있네."

"누나 지금도 한창이라고요. 그러니까, 추억에 빠지는 건 나이 칠십 넘어서 하세요."

"나 내일모레 오십이야!"

"오십은 무슨. 30대라고 해도 믿겠는데."

"야, 그건 좀 오버다."

"오버해 봤습니다."

"너 진짜 죽는다?"

그래도 듣기는 좋았는지 강주희는 한참을 까르르 웃고 나서 문득 사무실 밖을 가리켰다.

"쟤는 누구야?"

"아까 계약한 세 명이랑 같이 팀으로 묶을 생각이에요. 뭐 두고 봐야 알겠지만."

"그래?"

강주희는 뭔가 아쉽다는 표정으로 속삭였다.

"애가 그늘이 졌네. 안쓰럽게."

*   *   *

강주희를 마중하고 돌아와서 박은혜를 사무실로 불렀다.

저승이가 대표실 입구에서 박수를 친다.

미소가 유독 진한 것을 보니, 걸 그룹에 대한 녀석의 깊은 기대 감이 느껴진달까.

『박은혜 : 기묘(己卯)년 기사(己巳)월 갑신(甲申)일 출생』

『운명 : S』

『현생 : C』

『업보 : 99』

와, 기쁘다. 업보가 1 줄었네.

[축하드립니다.]

장난하냐.

창가에 서 있는 음침한 놈을 쏘아붙이고 박은혜를 다시 바라봤다.

"그래, 생각은 해봤어?"

박은혜는 제 입술을 깊이 빨아들이고 나서 고개를 끄덕였다.

"계약, 할게요."

"김 팀장에게 얘기 들었겠지만 N탑에서 연습할 거야. 길게 하진 않을 것 같지만."

"팀으로 활동하는 건가요?"

박은혜가 눈치를 보며 묻는다.

부모님은 이혼해서 연락도 안 되고, 할아버지는 돌아가셨다.

모든 것을 스무 살 여자애가 결정해야 하니 조심스럽고, 두려울 수밖에 없을 거다.

"언제든 방향은 바뀔 수 있어. 네가 팀으로 활동이 부적합할 수도 있고, 연기 재능이 있을 수도 있으니까. 물론 회사는 팀으로서의 활동이 1차 목적인 만큼 시작은 걸 그룹에 포커스를 맞출 거고."

"그럼, 숙소 생활을 해야 하나요?"

"너희들도 친해질 시간이 있어야지. 시간 여유 둘 거니까, 너무 많은 걸 생각할 필요는 없어. 당장은 네가 열심히 하는 게 중요한 거야. 그리고 나도, 너희들과 노력할 거고."

박은혜가 고개를 끄덕이고 나서 물었다.

"아르바이트는 계속해도 돼요?"

"몇 개나 하고 있어?"

"지금은 식당 아르바이트만 하고 있는데, 하나 더 해야 할 것 같아요."

연습에 지장만 없으면 상관없다는 내 말에 박은혜는 계약서에 도장을 찍고 일어났다.

김나영 팀장에게 가보라고 했더니, 그대로 서 있다가 허리를 꾸벅 숙인다.

"할아버지 장례식 치러주셔서 감사합니다."

"그래."

박은혜는 꾹 다문 미소를 들고 김나영 팀장에게 향했다.

설렘과 두려움이 담긴 걸음을 지켜보면서 나는 작게 한숨 쉬었다.

"큰일이네."

[왜요?]

"저 녀석, 한 번도 웃는 모습을 못 봤어."

너무 일찍 어른이 된 아이는 웃는 법을 잊어버린 모양이다.

[업보를 없애기 쉽지 않겠는데요?]

"방법이 없는 건 아닌데……."

[어떻게 하시려고요?]

"힐링해야지."

[힐링이요?]

*   *   *

"은별아, 우리 이번 주에는 한강에서 촬영할까?

"한강?"

김승권의 제안에 은별이가 미어캣처럼 고개를 휙 들었다.

"응. 바람도 쐴 겸."

"멍구도 데려가?"

은별이의 동생이자 사악한 강아지는 여자들 앞에서는 온갖 애교를 부리면서 남자가 다가가면 으르렁거린다. 김승권이라고 예외는 없었다.

"멍구는 나중에 데려가면 안 될까? 아무래도 촬영이니까."

은별이의 표정이 시무룩해졌다.

왈왈 짖던 멍구가 아이의 주위를 맴돈다.

"이리 와, 멍구야."

은별이가 팔을 활짝 펴자 녀석은 단숨에 점프했다.

품에 안긴 멍구가 은별이 볼을 몇 번 핥더니, 김승권과 눈이 마주쳤다.

또다시 이빨을 드러내는 녀석의 모습은 마치 은별이에게 자신은 선택받고 넌 선택받지 못했다고 말하는 것 같았다.

자신감, 승리자, 쟁취와 같은 멍구의 눈빛과 혈육의 자존심이 서린 김승권의 눈빛이 맞부딪쳐 이글이글 타오를 때였다.

"은별아."

스튜디오 문을 열고 들어온 남자.

"대표님!"

은별이가 안고 있던 멍구를 밀어내고 그에게 달려간다.

*　　　　　*　　　　　*

"뭐어? 토토가 암컷이야?"

"예. 갑자기 뚱뚱이 돼서 고민이었는데, 선생님이 토토가 아기 가진 거래요."

나는 은별나라 스튜디오 직원들과 도시락을 나눠 먹으면서 은별이의 학교 얘기를 들었다.

친구들과의 관계, 선생님 말씀, 오늘 배운 것들.

그런 소소한 것들을 듣고 기억함으로써 어제의 은별이와 오늘의 은별이를 이어주는 사람이 돼주고 있다.

근데 이거, 큰일인데.

지난번 토토가 등장하는 영상에서 김승권이 토토의 목소리 연기를 했었기 때문이다. 정작 본인은 아무 생각 없는 것 같지만, 이거 아주 큰일이다.

"은별아, 그러면 당분간 토토는 촬영하지 말자."

"왜요?"

은별이가 큰 눈을 깜빡깜빡하면서 날 쳐다본다.

"아기가 생기면 예민해지는 거야. 그러니까 귀찮게 하면 안 되지."

"예!"

작은 손을 번쩍 든 은별이.

아이는 생글생글 웃으면서 소시지를 포크로 콕 찍었다. 입을 힘껏 벌리더니 한 입 베어 문다.

나는 그 모습을 흐뭇하게 바라보며 물었다.

"은별아, 촬영하는 거 재밌어?"

"예! 골드버튼 가자!"

은별이가 작은 주먹을 쥐고 외치자, 옆에서 젓가락을 깨작거리던 스튜디오 직원들도 주먹을 쥐고 재창했다.

"가자!"

"가자!"

[은별나라 스튜디오는 이러고 노는 모양이네요.]

은별이가 드라마에 출연한 후 구독자 수는 빠르게 늘었다.

광고 제안도 꾸준히 들어오면서 은별나라 은별공주 채널은 일찌감치 흑자다.

하지만 키즈유튜버가 은별이만 있는 것은 아니다.

초등학생 장래 희망 조사 결과에 유튜버가 5위를 차지했을 정도로 1인 방송은 요즘 학생들에게 선망의 대상이다.

다만 키즈유튜버 채널은 부모들이 돈 욕심 때문에 아이들에게 자극적인 콘텐츠를 촬영하게 하는 등의 문제점이 있어서, 머잖아 유튜브 측에서 키즈유튜버 채널의 수익 구조를 바꾸게 될 거다.

수익이 전혀 안 나는 상황이 발생할 수도 있다는 얘기다.

"은별아, 나는 네가 골드버튼 없어도 상관없어."

"골드버튼 있으면 좋은 거잖아요? 구독자도 많고."

구독자가 100만이 되면 유튜브 측에서 상징적인 의미로 골드버튼을 보내준다.

"많으면 뭐가 좋은데?"

"선생님이 목표가 있으면 좋대요."

"골드버튼이 은별이 목표야?"

의외의 대답이어서 다시 물었더니 은별이가 고개를 끄덕인다.

"예. 골드버튼 받고 싶어요!"

열 살이면, 목표의 의미를 알 나이일까.

고민할 부분이긴 한데, 나는 잠깐 생각하고 물었다.

"은별아, 내가 촬영할 때 가장 중요한 게 뭐라고 했지?"

"제가 재밌어야 하는 거요."

"은별이가 재미없으면?"

"안 해도 된다고 하셨어요."

"그럼, 지금은 재밌다는 거지?"

은별이가 방긋 웃는다.

"오케이. 그러면 대표님이 도와줘야겠네. 은별이 골드버튼 받게."

"앗싸! 그럼 오늘 대표님도 출연하시는 거예요?"

"응? 도와준다는 게 출연한다는 말은 아닌데."

말꼬리를 늘어뜨렸더니 은별이가 플라스틱 수저를 찬찬히 내려놓는다.

급 우울해진 모습으로 하염없이 먼 곳을 보길래 결국 져주고 말았다.

"오케이."

"예!"

다시 수저를 든 은별이가 급하게 밥을 먹는다.

밥풀 떼주랴, 소시지 챙겨주랴. 나는 먹는 둥 마는 둥 했지만 보고 있는 것만으로 배가 부르다.

도시락 타임이 끝나기 무섭게 은별이는 화장실에서 양치를 하고 왔다. 몸놀림이 날쎄다.

VJ와 함께 장비를 챙긴 김승권이 낑낑대면서 스튜디오 앞마당으로 올라왔다.

"근데 오늘 뭐 촬영하는 거야?"

"일상 콘텐츠 촬영 날인데, 오늘은 빨래요!"

권박하가 힘차게 대답했다.

"빨래?"

"지난번에 승권 씨가 가을맞이 빨래를 하는 게 어떻겠냐고 제 안했거든요."

"근데 왜 주차장에서 찍어?"

세탁기 놔두고.

"자고로 빨래는 발로 콱콱 밟아야 한다고, 은별이 할머니가 의견을 내셨습니다."

어쩐지 욕조만 한 빨간 대야가 하나 있더라니.

"최 대표, 뭐 하고 있어! 빨래 가져와야지!"

"아, 예!"

은별이 할머니는 여전하시다.

성화에 못 이겨서 나는 소파 커버며 카펫이며 한가득 품에 안고 주차장으로 끌고 올라왔다. 박은혜도 얼떨결에 가슴 가득 커튼을 품고 왔다.

"은혜야, 오늘 이거 수당 챙겨줄게."

"아, 아니에요."

"너 오늘 여기서 일하는 거야. 그러니까 열심히 해."

나는 셔츠 소매를 걷으면서 주위를 둘러봤다.

그냥 빨래만 하는 건 밋밋한데…….

"승권 씨! 가서 배드민턴 채 가져와!"

"옙!"

김승권이 빠릿빠릿 움직인다. 장족의 발전이다.

"승권 씨는 무슨 승권 씨야? 쥐 잡듯이 불러!"

"할머니, 저 직원들한테 존댓말 쓰는 대표예요."

"그게 무슨 존댓말이야? 윗사람이 존댓말 쓰면서 인상 쓰는게 제일 무서운 거야. 안 그래?"

얼떨결에 질문을 받은 권박하는 입술을 동글게 말고 내 눈치를 살폈다.

"오… 안 그런데. 저희 대표님 되게 스윗 하세요."

"월급 주는 사람이 왕이라 이거지?"

할머니가 수더분하게 웃으면서 날 악덕 사장으로 몰고 있는 동안 빨래 세팅이 완료됐다.

"대표님!"

은별이가 빨간 대야 앞에서 깡충깡충 뛰면서 나를 부른다.

졸지에 옆에 서서 오프닝을 찍게 생겼다.

"촬영 시작하겠습니다!"

"대표님, 준비되셨어요?"

은별이가 나를 올려다본다.

목 아플 것 같아서 얼른 고개를 끄덕이자, VJ의 사인이 떨어졌다.

"안녕하세요, 언니 오빠 이모 삼촌들!

카메라 앞에서 은별이가 환한 미소와 함께 손을 흔든다.

"오늘은 게스트와 함께 촬영합니다! 3인칭시점의 느끼한 대표님! 저희 대표님을 소개합니다!"

뭐?

기습 공격에 휘청할 틈이 없다. 카메라는 켜졌으니까.

"안녕하세요. 최고남… 아니, 방송 때문에 느끼한 대표로… 다시, 다시 하자."

"이거 라방인데요?"

뭐?

"느끼한 대표로 오해를 받고 있는, 퓨처엔터 대표 최고남입니다!"

@독보적수사대 방가방가
@dkllsid 은별이 껌딱지 대표님이다!
@나라_엄마 느끼한 대표님 맞네. 머리에 포마드 바르신 것 봐. 백 프로 느끼입니다!
@급식이no11 그런데 말입니다, 오늘 그는 과연 느끼함을 벗을 수 있을까요?

"대표님! 그럼 오늘 저와 뭘 하실 거죠?"

"빨래를 한다고 들었는데요?"

"맞습니다! 오늘, 은별나라 스튜디오는 가을맞이 대청소를 시행합니다! 와아!"

짝짝짝!

은별이가 박수를 치는 타이밍에 맞춰 나도 물개 박수를 쳤다.

"근데 대표님, 배드민턴 채는 왜 가져오신 거죠?"

"제가 생각해 봤는데, 그냥 빨래만 하면 재미가 없을 것 같더라고요."

"그러면?"

은별이가 엄지와 검지를 쭉 내민 손에 작은 턱을 올리고 묻는다.

이거, 따라 하라는 건가.

까짓것 하지 뭐.

나도 그렇게 손에 턱을 올리고 은별이와 눈높이를 맞추며 말했다.

"게임을 해서 진 팀이 빨래 50번씩 밟기!"

"5, 50번?"

@독보적수사대 쿠쿵!

@dkllsid 100번 해라, 100번!

@산초입니다 어휴, 언제부터 라방 한 거예요? 하마터면 못 볼 뻔했네.

@나라_엄마 대표님 이런 말씀 죄송하지만, 지금 두 사람 포즈 졸귀?

@급식이no11 그렇다면! 상대는!

"당연히, 대표님과 제가 한 팀이겠군요."

"예."

나는 고개를 끄덕였다.

근데 언제까지 턱을 얹고 있어야 하는 걸까.

"그럼 상대는요?"

"매니저 김승권과, 권박합니다!"

"오오! 권박하라면 퓨처엔터 미디어홍보팀의 마스코트이자, 은별나라 스튜디오를 서포트하는 미모의 여직원인가요?"

"예, 맞습니다."

은별이는 어쩜 대본 하나 없이 이렇게 술술 말할까.

"도전을 허락하시겠습니까?"

은별이가 오른손 검지를 쭉 뻗는다. 그러자 VJ가 갑자기 주위를 돌며 카메라 워킹을 시도하더니 카메라에 김승권이 잡혔다. 녀석이 악당처럼 흐흐 웃으면서 말했다.

"그 도전, 받아주지!"

@유레카123 허세남 등장!

@dkllsid 미모의 여직원 등장!

@독보적수사대 쿠쿵!

@산초입니다 허허, 이것 참 흥미진진하군요.

@나라_엄마 은별아, 본때를 보여줘!

@급식이no11 미모의 여직원은 어디에?

게임이 시작됐다.

나와 은별이의 환상의 호흡 앞에서 김승권과 권박하는 최선을 다했다.

하지만 우리는 이 게임의 결과를 처음부터 예측할 수 있었다.

왜냐하면 김승권은 싱크홀 같은 존재기 때문이다.

@유레카123 허세남 진짜 못한다! 유치부부터 다시 끊어라!

@dkllsid 권박하 지금 혼잣말로 욕했음. 내가 봤음!

@독보적수사대 너무 일방적인 게임이었다.

@산초입니다 허허, 은별이는 실력이 나날이 느네요. 삼촌이 참 기쁩니다.

@나라_엄마 에이, 일부러 져준 것 같은데요?

"자, 그럼 박하 언니랑 매니저님은 어서 빨리……."

그때였다. 김승권이 양말을 휘리리 벗고, 권박하를 향해 검지를 까닥까닥 흔들며 말했다.

"흑기사!"

"앗, 지금 막 흑기사가 나왔습니다. 대표님, 흑기사가 뭔가요?"

"저건 상대를 대신해서 벌칙을 수행하겠다는 의미입니다. 예를 들어, 지금 권박하가 50번 밟아야 하는 빨래를 자기가 대신 밟겠다는 겁니다. 그러니까, 100번을 밟겠다는 거죠?"

"그게 가능한가요?"

은별이의 오버하는 표정을 보니 골드버튼이 진짜 갖고 싶은 것 같다는 생각이 든다.

"글쎄요. 저 가는 다리로 100번을 한다면 꽤 힘들 겁니다."

"앗! 말씀드린 순간, 매니저님이 빨래를 밟기 시작했습니다."

김승권이 격렬하게 빨래를 밟기 시작했다.

첨벙, 첨벙!

사방으로 물이 튀고 세제 거품이 튄다. 저놈 보게. 일부러 내 쪽으로 세제를 흩날리는 것 같은데.

"34, 35… 67, 68… 81, 82… 100!"

은별이가 카운트를 마치기 무섭게 김승권이 휘청거린다. 밖으로 나오면서 넘어질 뻔했는데, 다행히 박은혜가 제때 부축해 줬다.

@유레카123 !!! 쿵! 지금 뭐지? 진짜 미모의 여직원 등장!!
@dkllsid 소개해 주세요! 소개요! 아, 현기증 난단 말이에요!
@독보적수사대 수신료의 가치, 아, 아니, 슈퍼챗의 가치를…….
@산초입니다 허허, 오늘 시청하길 잘한 것 같네요.
@나라_엄마 되게 청순하네요. 직원은 아닌 듯?

"자, 그럼 배드민턴은 그만할까요, 대표님?"
"예. 그럴까요?"
"노!"
남들이 예스라고 할 때 혼자만 노라고 외칠 용기.
"그 몸으로 다시 도전하겠습니까?"
은별이의 가소롭다는 표정에 김승권은 콧잔등을 찌푸린다.
"단판 승부를 제안한다!"
"단판 승부?"
VJ 카메라가 이번에는 나와 김승권 주위를 돈다.
"승부는 가위바위보! 3판 2선제!"
가위바위보라.
이건 아주 간단하면서 고난도의 승부다.
가위바위보는 과학이니까.
나는 고개를 끄덕였다.

"오케이."

승부가 시작됐다. 김승권이 꽈배기처럼 두 팔을 꼬고 유사 과학 속에서 해답을 찾는 동안, 나는 히든카드를 쓰기로 했다.

'쟤 무슨 생각 하고 있냐?'

[바위요!]

저승이의 힌트만 있으면 이 게임의 승패는 이미 결정 난 것과 다름없다.

"가위바위보!"

"가위바위보!"

"이럴 수가!"

김승권이 제 얼굴을 감싼다. 하지만 아직 승부는 끝나지 않았다.

녀석은 이제 방법을 바꿔 정공법을 택했다.

"저 주먹 낼 겁니다. 주먹 내요!"

"자, 과연 매니저님은 주먹을 낼 것인가!"

"가위바위보!"

*　　　　*　　　　*

―제가 추천한 배우는 어때요?

"재능 있고, 예쁘고, 거기다 싹싹하기까지 하고. 두루 갖췄던데?"

이현미 감독은 소파에 기대며 오늘 본 윤소림을 떠올렸다.

―감독님은 땡잡은 거예요. 지금 그 친구 인기 장난 아니잖아요.

"뭐 결과는 그렇게 됐네. 처음에는 좀 그랬는데."

—감독님 은혜, 잊지 않겠습니다.

"오해하지는 마. 실력 없었으면 무시했으니까. 나 사는 게 우선이지, 부탁이 우선이겠어?"

오랜 외국 생활 끝에 국내 복귀를 준비 중인 만큼, 이 감독 역시 이번 영화가 중요할 수밖에 없었다.

아무리 지인의 부탁이라도 엉망인 배우를 캐스팅할 수는 없는 노릇.

—그럼, 최 부문… 아니, 최 대표님은 아직 못 뵌 거네요?

"그렇지. 병재 씨만 계속 봤지. 서로 얼굴 아니까, 일부러 나 피하는 건가 싶기도 하고."

—듣자니까, 많이 변했다던데요?

"사람 그렇게 쉽게 안 변해. 내 기억에 최고남은 무뚝뚝하고, 깐깐한 사람이었어. 자기가 제일 잘 알잖아?"

이 감독은 한숨처럼 중얼거리며 태블릿을 무릎에 올려놨다.

간단한 영상이나 찾아볼까 했는데, 구독하고 있는 유튜버의 라이브방송 알림이 뜬다.

"세상에. 내가 지금 뭐 보고 있는지 알아?"

—모르겠는데요?

"얼마 전에 은별이라는 애 유튜브 채널 구독 했거든. 500살 마녀 모니터링하다가 관심이 가서. 근데 지금 라이브방송에 최고남 대표가 나오고 있네."

—그게, 감탄사가 나올 정도의 일인가요?

핸드폰에서 낮은 웃음소리가 들린다.

"어. 나올 일이야. 지금 그 사람이 고무줄놀이를 하고 있거든."

—예? 하하! 세상에.

낮은 웃음소리가 한결 커지면서 유쾌한 웃음으로 바뀌었다.

—감독님, 저 이만 끊겠습니다. 스튜디오 들어가 봐야 해서요.

"그래, 촬영 잘해."

—감독님도요. 그리고 캐스팅 부탁드렸던 건, 저하고 감독님만의 비밀입니다. 앞으로도 계속.

이 감독은 피식 웃고 말했다.

"최고남은 알까. 최서준이 타국에서 이렇게 신경 써주고 있는 걸."

핸드폰을 내려놓은 이 감독은 고개를 숙여 태블릿을 가까이했다.

그 최고남이 고무줄놀이라니.

근데 또 의외로 잘하고 있어서, 아무 생각 없이 그 모습을 보다가 낯익은 얼굴을 발견했다.

"윤소림이네?"

방송 중에 윤소림이 매니저와 함께 도착했는데, 은별이가 '언니!' 하고 외치며 달려든다.

제5장

―

까불면 털린다

"언니!"

깡충깡충 뛰어간 은별이가 소림이 다리에 찰싹 붙었다.

차에서 내린 차가희와 유병재가 그 뒤에서 어슬렁어슬렁 걸어온다.

"여긴 어떻게 왔어?"

"대본리딩 끝나고 복귀하는 길에 방송하는 것 보고 들렀습니다."

"피곤할 텐데 그냥 가지."

"뭐라더라. 힐링이 필요하다던데요?"

차가희가 윤소림을 가리키며 어깨를 으쓱했다.

"힐링은 집에 가서 하지."

뭐 하긴, 나도 힐링을 찾아서 여기까지 왔지만.

하지만 은별이의 골드버튼을 향한 열정 앞에서 나는 지금 넝마가 되어가고 있다.

빨래까지는 딱 좋았지.

문제는 그 이후로도 은별이의 방송이 꺼질 생각을 하질 않는다는 거다.

"근데 뭐 하셨어요?"

"말도 마."

빨래 콘텐츠 끝나고 나서, '은별나라 은별공주 이대로 괜찮은가'라는 주제로 대담, 1시간 휴식, 은별이와 국어 숙제 하기, 1시간 휴식, 그리고 방금 전에 고무줄놀이까지.

4시간째 연속 방송 중이니까.

"그렇게 오래 해도 돼요?"

"너무 재밌대. 뭐, 숙제하고 노는 거야 일상이니까. 그래서 딱 30분만 더 하고 방송 종료하기로 손가락 걸고 약속했어."

그랬는데, 윤소림이 온 거다.

1인 방송 천재 유튜버가 이 기회를 놓칠 리가 없지.

은별이는 즉시 윤소림을 카메라 앞에 세웠고, 윤소림은 익숙한 듯 자기소개를 하고 있었다.

"팀장님, 오셨습니까!"

김승권이 휘청거리는 다리를 끌고 다가왔다.

유병재가 피식 웃는다.

"승권아, 너 가위바위보 되게 못하더라?"

"보셨어요?"

"잠깐 봤지."

김승권이 민망한지 이마를 긁적거린다.

"아니, 어떻게 열 번을 연속으로 져? 그래서 내일 운전할 수 있겠어?"

"못 하지."

나는 혀를 차며 끼어들었다.

김승권은 오늘 빨래에 구멍이 날 정도로 밟고 또 밟았다. 내일이면 서 있는 것도 힘들 거다. 그나저나, 차가희가 팔짱을 끼고 은별이의 촬영을 지켜보는 모습이 아주 진지하다.

선배 유튜버에게서 뭐라도 배우겠다는 자세, 뭐 그런 건가.

얼마 전 유튜브를 시작한 그녀.

채널 〈퍼프의 신 차가희〉.

구독자 수 현시점으로 12명.

그중 여섯 명이 퓨처엔터 식구들.

아마 나머지도 지인들일 거라고 추정되는데.

뭐, 꾸준히 하다 보면 늘겠지.

왠지 측은한 마음이 들어서 지켜보다가 차가희와 눈이 마주쳤다. 그런데 그녀가 갑자기 내 쪽으로 성큼성큼 다가온다.

"대표님, 좋은 생각이 있어요."

"좋은 생각?"

메이크업 지출을 줄일 획기적인 생각이라도 있는 걸까.

"콜라보 하는 거 어때요?"

"콜라보? 누가, 누구랑?"

"은별이가, 저랑!"

바로 무시하고 은별이와 윤소림을 바라봤다.

옆에서 모기 소리가 앵앵대기는 했지만, 앞에 보이는 두 사람의

풀 숏이 너무 보기가 좋아서 가볍게 무시할 수 있었다.

두 사람은 카메라 앞에서 별거 아닌 대화를 진지하게 하고 있었다.

보고 있으니까 마냥 흐뭇해진다.

주차장 조명 주위로 날벌레들이 날아다니고, 조금은 쌀쌀한 바람이 널어놓은 빨래를 흔들고 지나간다. 길고양이 한 마리가 하품을 하고 주차장 담 아래서 잠든다.

[S와 S가 만나니, 이 시간이 더할 나위 없이 평화롭구나.]

저승이가 달을 보며 속삭였다.

*　　　　*　　　　*

'예쁘다.'

카메라 앞에 서 있는 은별이와 윤소림.

박은혜는 TV에서만 보던 여배우를 눈앞에 두고 좀처럼 입을 다물 수가 없었다.

감상을 말하자면, 그냥 예쁘다.

예쁜 아이 옆에, 예쁜 사람이 있다고 할까.

"소림이 예쁘지?"

차가희가 슬쩍 물었다.

"예, 너무 예뻐요."

"왜 예쁜지 알아?"

"어……."

"차 스타일의 케어를 받기 때문이지."

허공에 붓 터치를 하는 차가희의 모습에 박은혜의 입에서 웃음이 새어 나왔다.

"왜 웃어? 너 지금 차 스타일을 의심하는 거야?"

"아, 아니에요."

"이거 안 되겠네. 내가 신의 손길을 느끼게 해줘?"

"신의, 손이요?"

그러자 차가희가 박은혜의 손을 덥석 잡았다.

"너의 손은 인간의 손. 나의 손은 신의 손. 이 차이는 엄청나지."

"아……."

왠지 이상한 언니.

"앉아봐. 내가 10분 메이크업 해줄게."

"10분, 메이크업이요?"

차가희는 벌써 1초가 지났다는 듯, 서둘러서 메이크업 가방을 가져왔다. 그러더니 박은혜를 자리에 앉히고, 마주 본 상태에서 입꼬리를 올린다.

"매직 타임."

박은혜의 얼굴 위에서 슥 내려간 신의 손.

자연스레 눈이 감긴 박은혜는 잠깐 긴장했지만, 이어진 손길은 무척 부드럽고 빠르며, 또 섬세했다.

"립라인 들어간다. 입술 가만히."

좀 전과 달리 목소리도 부드럽다.

'와, 이게 프로의 손길이구나.'

감탄이 절로 나올 정도였다.

10분 뒤 눈을 떴을 때, 박은혜는 잠깐 당황했다.

VJ 카메라가 자신을 비추고 있었기 때문이다. 은별이와 윤소림도 옆에서 지켜보고 있었다.

@버지니아m 헐! 대박!
@마녀추종자 이 채널 뭐지? 왜 이렇게 예쁜 사람들만 나와?
@산초입니다 허허, 말 그대로 대박이네요.
@나라_엄마 연예인이었나요? 어쩐지 예쁘더라.
@급식이no11 노랑머리 누나 누규?
@배스타일 퍼프의 신 차 스타일님이네요! 여기서 뵙네요! 팬입니다!

     *   *   *

촬영을 마치고 은별이는 내 등에 기대어 잠들었다.
새근새근 콧소리가 들린다.
윤소림은 숙소로 돌아갔고, 박은혜는 퍼프의 신에게서 이것저것 메이크업 팁을 전수받고 있었다. 얼굴 톤도 한층 살아나서 밝아 보인다.
"은혜야, 오늘 재밌었지?"
"예."
여기 데려와서 박은혜가 웃는 모습을 처음 봤다.
내 생각보다 더 잘 웃는 아이였다.
"너 아르바이트 하나 더 구한다고 했잖아?"
"예."

"그럼 여기 와서 일할래? 어차피 은별나라 스튜디오도 사람 필요하니까."

"여기서요?"

"식당 일하고 연습 시간 겹치지 않게 하루 서너 시간 정도면 괜찮지 않아?"

"저, 할 줄 아는 게 없는데요?"

"배우면서 하는 거야. 촬영하고 편집하는 거 보조하는 거니까 어려울 건 없을 거야. 언제든 그만둬도 되고. 솔직히 식당 일에 비하면 꿀 알바 아니냐?"

"한다고 해."

차가희가 박은혜의 옆구리를 쿡 찌른다.

"할게요!"

"손을 번쩍 들 것까지는 없는데."

무안했는지 올라갔던 손이 스르르 내려온다.

차가희가 깔깔 웃더니, 책상에 허리를 기대다가 무언가를 손에 집었다.

"응? 이거 뭐예요?"

"아, 은별이 국어 숙제."

가족을 관찰하고 특징을 쓰는 숙제였는데, 은별이는 할머니와 김승권, 그리고 퓨처엔터 식구들에 대해서 썼다.

나도 은별이를 관찰하면서 하나 써봤다.

차가희가 피식 웃더니 나직이 속삭인다.

"은별이의 눈빛이 몽글몽글하다……."

푹신해 보이는 턱을 두 손에 받치고 눈동자만 동그르르 굴리면서 나를 엿본다.

여기 가면 또르르르. 저기 가도 또르르.

은별이에게서 소리가 난다.

귀여운 소리가.

재밌게 뛰어논 하루가 지나가고 있었다.

*   *   *

「MNC 예능국」

"오래 기다리셨죠? 저희가 점심이 늦어서."

"얼마 안 기다렸습니다."

조태환 피디는 내게 커피를 건네고 회의실 창문을 확 열었다. 시원한 바람이 쑤욱 들어왔다.

"축하드려요, 소림 씨. 이제 명실공히 스타네요."

"고맙습니다. 3인칭시점 덕분에 많은 도움이 됐어요."

"병재 매니저님이 잘해주신 거죠. 아, 게시판 보셨죠? 그동안 대표님 얘기 꽤 많았는데."

"그래서 안 보고 있습니다."

작가들이 소리죽여 웃는다.

지금 네티즌들에게 퓨처엔터는 느끼한 대표에, 먹방 매니저가 있는, 그런데 윤소림이라는 여배우를 탄생시킨 특이한 회사로 인식되고 있는 것 같다.

"병재 매니저는 맘 안 바뀌었죠? 지난번에 왔을 때 한다고는 했는데."

"은근히 즐기는 것 같아요."

"하하, 그럼 소림 씨 출연은 문제없는 거죠?"

"이번 영화는 촬영 중간중간 스케줄이 되네요. 넷플렉스 공개
도 내년 4월 예정이라서 그 전에는 예능 출연에 문제없을 것 같습
니다."

조 피디의 얼굴이 환해졌다.

"그거 반가운 소리네요. 아, 은별이는 어때요?"

"은별이는 딱히 하고 있는 게 없는데요?"

반문했더니, 조 피디가 아이디어를 끄집어냈다.

"소림 씨랑 동선 겹쳐도 좋고, 아니면 유튜브 영상 촬영하는 거
나오게 해도 좋고요."

흠, 나쁘지 않은 제안이다.

"사실, 지난번 방송에서 잠깐 나왔을 때 은별이 반응 좋았거든요."

한강에서 윤소림이 은별이와 배드민턴을 잠깐 쳤던 장면은 나
도 마음에 들어서 핸드폰 배경화면으로 해뒀다.

소림이야 원래 애들 잘 챙겨주는 편이고, 은별이는 깍쟁이처럼
굴 줄 알았는데 의외로 윤소림을 잘 따랐던 그날.

"그러죠, 그럼. 은별이도 나오는 걸로."

깔끔하게 정리했더니, 조 피디가 음흉하게 날 쳐다본다.

눈빛이 갑자기 탐욕스러워졌다.

"안 됩니다."

나는 바로 선을 그었다.

조 피디가 억울하다는 투로 말했다.

"아니, 말도 안 꺼냈는데, 뭐가 안 돼요."

"저는 출연 안 할 겁니다."

시무룩해진 조 피디가 배웅해 준다며 같이 일어났다.

한산한 복도를 걸으면서 그가 물었다.

"병재 매니저님, 생활에 불편한 건 아직 없죠?"

"예, 본인도 아직은 즐기는 것 같고. 그래도 논란 될 만한 것은 알아서 잘 부탁드립니다."

"그래야죠. 요즘 시어머니들이 너무 많아져서 매니저들한테 감 놔라 배 놔라 하는 인간들이 왜 이렇게 많은지."

3인칭시점으로 인기를 얻은 매니저도 있지만, 스트레스로 일을 그만둔 매니저도 있다.

방송을 통해서 인기도 얻지만 안 좋은 반응도 덩달아 달라붙기 때문이다.

연예인 매니저라지만 엄연히 일반인인 그들이 악플을 견디기란 쉬운 일이 아니다.

그래서 이번에는 유병재한테 진지하게 의사를 물어봤다.

말은 재밌다고 하는데, 유병재 역시 이것이 우리 회사를 위한 기회임을 잘 알고 있다. 그래서 한다고 한 걸 테고.

"응?"

조 피디의 눈썹이 몸을 움츠린 송충이처럼 구부러졌다.

시선이 닿은 곳에 오랜만에 보는 얼굴이 있었다.

[정 피디!]

그래, 두근두근 정윤찬 피디.

저 인간 프로그램에서 빠졌다던데. 그래서인지 나를 보고 주먹을 꽉 쥐는 모습이 보인다.

"아, 오늘 연차 낸다더니만. 하필 여기서 마주쳐."

조 피디가 구시렁거리는 사이, 정윤찬 피디는 눈에 쌍심지를 켜고 이쪽으로 오기 시작했다.

"어휴, 이게 누구야? 최고남 대표님 아닙니까?"

"잘 지내셨어요?"

[뭐 좋은 놈이라고 웃어요?]

그래야 더 열받을 거 아니야.

"덕분에 잘 지냈습니다!"

날 보는 정 피디 얼굴이 달아오른다. 붉은 기가 스멀스멀 올라왔다. 나는 지금 저 인간 입장에서 보면 외나무다리의 원수쯤 되지 않을까.

"윤소림이 요즘 잘나가던데?"

"덕분에 전화위복이 됐습니다."

"전화위복? 지금 사람 약 올려요?"

"약을 올리긴요. 저희야 가만히 있기밖에 더 했나요. 기사에 휩쓸리다가 누명 벗은 것뿐인데. 저도 기사 보고 깜짝 놀랐습니다. 지남철의 연애 상대가 남여울일 줄은… 근데 어떻게 둘을 캐스팅을 하신 거예요? 아시고 하신 거예요?"

훅 찔렀더니, 펄쩍 뛴다. 개구리야, 뭐야.

"알 리가 없잖아요!"

"두 분 서로 오해가 있으신 것 같네요. 선배님이 일부러 그러신 거 아니잖아요?"

조 피디가 냉큼 끼어들었다. 노력이 가상해서 나도 미소를 끄덕이고 맞장구쳐 줬다.

"저도 압니다. 피디님이 일부러 그러셨겠어요."

"흠, 나도 참 상황이 그래서 그랬던 거지. 우리도 기자들한테 열심히 해명했어요!"

[아후, 요 얄미운 인간. 내가 사자만 아니었으면 그냥 확!]

나는 흡족하게 미소 짓고 말했다.

"아쉬우시겠어요. 두근두근 프로그램에 애정이 많으셨을 텐데."

[뭘 그런 말을 해줘요?]

자식아.

이게 바로 얄미운 시누이 전략이야.

위로하는 척 아픈 곳을 찌르는 거.

[아하.]

"큼! 뭐, 총대 멜 사람은 있어야 하니까. 내가 책임져야지 별수 있겠어요?"

"그렇죠. 그게 리더죠."

정 피디가 나를 이상하게 쳐다본다. 그래서 시선을 피하고 물었다.

"그럼, 지금 프로그램 맡은 거 없으세요?"

"프로그램 하나 준비 중인데······."

갑자기 정 피디 얼굴이 밝아졌다.

기분이 왠지 더러워서 엘리베이터 버튼을 향해 손을 뻗었다.

그런데 정 피디가 냅다 버튼을 눌러주고 운을 뗐다.

"최 대표님, 이번에 파일럿 한번 들어가 볼래요? 이게 기획이 또 죽여줘요."

전엔 안 죽였냐? 그래서 윤소림 죽을 뻔했잖아?

"아, 그래요? 뭔데요?"

"톱스타와 함께하는 산티아고 순롓길."

이 자식이 돌았나.

일반인도 하기 힘든 순롓길 여행을 윤소림이 한다고?

이게 말이야 똥이야. 귀를 후벼 파고 싶은 소리를 들었더니 짜증이 확 치솟는다.

"조 피디 생각은 어때? 윤소림이 출연하면 재밌을 것 같지 않아?"

"소림 씨가… 요즘 많이 바쁜 것 같던데……."

"바쁠 때 더 바빠야지. 안 그래요?"

이 인간을 어떻게 하나.

뒤통수라도 한 대 갈겨야 하나 고민하다가 나도 모르게 웃음이 터졌다.

"왜 웃어요?"

"아닙니다, 하하."

웃음이 멈추질 않는다.

저승이가 지금 정 피디 옆에서 이렇게 말했거든.

[너.나.가.세.요.]

제6장
—
플레이리스트 I

"왜 웃는 거야?"

방송국을 떠나는 놈의 뒷모습을 보면서 정윤찬 피디는 끓어오르는 분노를 느꼈다. 재수 없는 자식 같으니라고.

"선배님, 식사하셨어요?"

눈치 없는 조 피디가 한가로이 점심이나 먹었냐고 묻는다.

"먹었겠냐?"

확 쏘아붙이고, 정 피디는 신경질적으로 주머니를 뒤적였다. 왼손에는 핸드폰, 오른손으로는 담뱃갑을 꺼내 들고 흡연 구역을 찾아 바삐 걸었다.

"후."

연기 한 모금을 삼켰다 뱉었더니 속이 더 쓰린 기분이다.

화가 난다. 배알이 꼴려서 돌아버릴 것 같다.

하늘은 양심도 없지. 어떻게 저런 놈이 활개 치게 놔둘 수 있을까.

윤소림이라는 금광, 아니, 다이아몬드 밭을 왜 저놈 손에 쥐게 해줬을까.

'이게 다 지남철 그 개새끼 때문에!'

물론 남여울도.

그 두 녀석 때문에 커리어가 아주 엉망이 돼버렸다.

〈두근두근〉이라는 해외에서 먹히는 예능을 연출하던 메인피디에서, 이제는 예능 국장 피해 다니느라고 자리에 앉아 있지도 못한다. 눈칫밥을 얼마나 먹고 사는지, 속이 더부룩해져서 맨날 트림만 나온다.

"젠장."

정 피디는 담배를 뻑뻑 피워대면서 핸드폰을 켰다.

윤소림 안티카페?

@곰돌이감독 최고남이 MNC에서 목격! 3인칭시점 또 나온다고 함!

└진짜요? 그럼 또 매니저는 먹방하고 윤소림은 착한 척하겠네요?

└지겹다. 얼굴 보기 싫다.

└3인칭시점 좋아하는데, 당분간은 패스!

@도도한여자 윤소림 인성 터지는 거 머지않았음! 웬디즈 문제부터 시작해서, 연습생 시절 생날라리여서 벼르는 사람 한둘이 아님!

└실력은 있었어요?

└있었으면 배우하고 있겠어요?

└우웩, 솔까 연기도 별로던데.

"그럼 그렇지. 윤소림 걔 눈빛이 싸하더라니."

닉네임 '도도한 여자'의 정보는 신빙성이 있었다.

그녀는 N탑 건물 내부 사진도 올리면서 관계자라고 자신을 소개했었다. 뭐, 바로 사진을 내리긴 했지만.

"최고남, 얼마나 가나 보자."

연기를 마저 내뿜으며 정 피디는 담배꽁초를 툭 버렸다.

쓰레기통 모래 위에 떨어진 담배에서 피어나는 연기가 마치, 제 사상에 꽂아둔 향 같다.

*　　　　*　　　　*

나는 MNC를 나와서 바로 한 블록 건너에 있는 TVX로 향했다.

5분 거리의 길을 저승이와 나란히 걷는다.

[날씨 좋은데요?]

"이상하게 기분이 좋아."

왜 그런 날 있잖아.

막 걷다가 춤추고 싶고, 점프하고 싶은.

[위험한데요.]

"뭐가?"

[아니, 아저씨가 기분이 좋은 날은 왠지 악덕 지수가 오르는 것 같달까?]

"야, 이 정도면 개과천선한 거 아니냐?"

나 같은 사람은, 그러니까 좀 이기적인 사람은 불리한 건 금방 잊는다.

[개과라는 게, 멍멍이 개의 그 개인가요?]

"내가 개새끼냐?"

허공에 발차기를 했더니, 지나가던 여자들이 미친 사람 보듯 본다.

누구 저놈 볼 수 있는 사람 없나.

곱슬머리 흩날리면서 썩소를 날리고 있는 저승사자를 볼 수 있는 사람이 있다면 데려와서 보여주고 싶다.

무당은 볼 수 있으려나.

[가끔 보는 애들이 있긴 해요.]

"진짜?"

누군데?

[귀신.]

"그거야 당연한 거 아니야?"

[그래서 저기, 쟤들도 지금 나 보고 있어요.]

"쟤… 들?"

순간 등줄기가 오싹해졌다.

그러고 보니 예전에 이 근처에서 교통사고 크게 났던 적이 있는데.

[쯧쯧, 사자가 애들 손을 놓고 갔구만. 놓고 가는 사자의 마음이 씁쓸했겠네.]

"장르 바꾸는 소리 하지 말고, 빨리 볼일 끝내고 짜장면이나 먹으러 가자."

[콜!]

저승이는 스윽 다가와 내 그림자에 숨어버렸다.

나는 조금 더 길어진 그림자를 달고 TVX 본부장실로 향했다.

각진 얼굴이 날 반긴다.

누가 운동광 아니랄까 봐, 점심 먹고 그새 또 헬스장을 다녀왔는지 머리카락이 젖어 있었다.

"또 헬스장 다녀오셨어요?"

"점심 먹고 잠깐 몸 좀 풀고 왔지."

노 본부장이 쇳덩이 같은 알통을 자랑하며 마주 앉았다.

그가 타준 믹스커피에서 희뿌연 증기가 올라온다.

"주희 선배랑 계약했다며?"

"예. 그래서 지금 차기작 알아보고 있어요."

강주희의 이미지를 확 바꿀 만한 작품으로.

그래서 그녀를 S급으로 만들어 버릴.

"서로 볼 거 안 볼 거 다 본 사이면서, 또 뭘 더 보려고 같이 일을 해? 너 옛날에 강주희 매니저 하면서 그 성질 다 받아줘야지, 스캔들 막아야지, 스케줄 잡아야지. 차라리 죽고 싶다고 했었잖아?"

그가 질린 얼굴을 하는 것도 무리는 아니다.

강주희 매니저로 일할 때, 정말 나는 산전수전 다 겪었다.

특히 짜증 나는 일은 강주희에게 날파리처럼 꼬이는 남자들이었다.

부탁도 하고, 사정도 하고, 협박도 하면서 막은 열애설이 몇 개야.

"그럼 퓨처엔터에 지금 누가 있는 거야? 주희 선배 들어갔고, 윤소림 있고, 유튜버 꼬맹이 있고, 연습생들도 있다며?"

손가락을 곱씹으며 얘기하던 노 본부장이 갑자기 제 허벅지를 탁 치며 물었다.

"연습생이면 걸 그룹이야?"

"좀 두고 봐야죠."

하지만 노 본부장은 이미 걸 그룹이라고 여기는 것 같다.

"최고남이 만드는 걸 그룹이라. 웬디즈도 마지막까지 손대고 나온 거지?"

"아니요. 웬디즈는 연 대표님이 직접 손대셨죠."

"이야, 연 대표님 아직 죽지 않았네."

연성만 대표는 나이에 구애받지 않는 감성과 감이 있다.

갓 스무 살 여자애에게 색깔을 입히고, 콘셉트를 만들고, 젊은 층에게 먹힐 곡을 직접 선곡했다. 물론 곡 리스트는 AR팀에서 뽑았겠지만.

지금의 N탑이 존재하는 것은 그 탁월한 감이 있었기 때문이다.

"그럼, 윤소림은 장산의 여인 시작된 거야?"

"아직이요. 리딩 끝내고 테스트촬영만 했어요. 크랭크인은 다음 주예요."

10월 중순쯤에 들어가서 내년 봄에 촬영을 마칠 것 같다.

실내 촬영이 주를 이루기 때문에 여름보다는 훨씬 편한 촬영이 될 것 같다.

"그러면 그 전에 프로그램 하나 할 수 있겠네."

"10월 안에 촬영 끝낼 수 있으면요."

"그럼, 뭐가 좋을까."

"그게 다 3, 4분기 예능 기획안이에요?"

테이블에 한 움큼 쌓인 기획안들을 보며 물었다.

노 본부장이 고개를 끄덕거리며 한번 보라고 했다.

"요거 들어갈래? 나 피디 거야."

TVX 간판 예능피디의 기획안이 내 손에 들어왔다.

〈하루 세 끼〉 여자 배우 버전이었다.

여기에 윤소림과 강주희가 출연한다면 무조건 대박일 수밖에 없는 예능이었다. 그런데, 저승이가 눈살을 찌푸린다.

'왜?'

[빛이 안 나는데요.]

'아니야. 이건 무조건 대박인데?'

[어쩌면, 윤소림과 강주희가 출연하면서 상황이 달라지는 건지도 모르죠.]

달라질 일이 뭐가 있을까.

잠깐 고민이 됐지만, 저승이의 말이 틀리진 않을 거라는 생각이 들어서 아쉬움을 듬뿍 담은 손길로 기획안을 내려놓았다.

"왜? 그건 별로야?"

"나중에 또 기회 있으면 출연할게요. 이제 곧 촬영인데 지방에서 며칠씩 묵으면서 밥해 먹을 수는 없으니까요."

다시 기획안들을 살피면서 제목이 눈에 들어오는 기획안을 손에 쥐고 저승이에게 보여줬지만, 그때마다 고개를 가로젓는다.

그러다가 열 페이지짜리 기획안을 손에 집었을 때였다.

[그거예요!]

소름 끼치도록 톤이 올라간 저승이의 목소리에 나도 모르게 기획안이 구겨질 정도로 손에 힘을 주고 말았다.

'플레이리스트?'

기획안 타이틀을 보며 눈살을 찌푸리자 노 본부장이 재밌다는 듯이 말했다.

"그건 위에서 까인 건데. 빼놓는다는 걸 깜빡했네."

"음악 예능이네요?"

"어. 그래서 까였어. 지금 우리 쪽에서 음악 예능을 두 개나 하고 있으니까. 그리고 피디가 유유를 첫 게스트로 염두에 뒀던 거라서 말이야. 뭐, 지금 N탑은 그럴 여유가 없잖아?"

나는 커피를 홀짝거리며 기획안을 찬찬히 읽었다.

내용을 요약하자면, 출연 게스트가 즐겨 듣는 곡 리스트를 선별해서 해당 가수들을 찾아가 만나고 공연을 하는 것이 프로그램의 목적이었다.

"괜찮아 보여?"

기억이 가물가물하다.

내가 이런 프로그램을 본 적이 있었나.

예능들이 이 방송, 저 방송 포맷 따오고 이것저것 섞어서 포장지만 바꾸는 일이 많다 보니 딱히 바로 떠오르는 것은 없었다.

하지만 기획안 자체는 썩 괜찮았다.

"즐겨 듣는 노래면 최신곡도 있겠지만 예전 곡도 있을 테고, 게스트가 그 곡을 좋아하게 된 계기나 사연 같은 걸 들어보는 소소한 재미도 있을 테고, 가수를 직접 만나면 그 시절의 향수도 느낄 수 있겠는데요?"

"하긴 그래. 요즘 또 트렌드가 뉴트로니까."

복고풍 열풍을 의미하는 레트로에 새로움이라는 뜻의 뉴가 더해진 합성어인 뉴트로.

30, 40대에게는 과거의 향수가.

10, 20대는 경험해 보지 못한 그 시절의 노래, 가수, 패션 문화에 신선함을 느끼면서 뉴트로 열풍이 시작된 해가 바로 2018년이다.

"그럼 곡 리스트는 정말 윤소림이 원하는 대로 하면 되는 건가요?"

"문제 될 만한 가수의 곡은 안 되겠지. 수익성도 고려해야 하고. 일단 하게 된다면, 게스트별로 2회씩 촬영인데, 1회는 게스트가 원하는 가수의 곡으로 하고, 또 1회는 우리가 초이스 한 가수의 곡으로 하게 될 거야."

방송에 나오면 해당 곡은 실검을 비롯해 차트에 오르게 될 테고, 가수는 잠깐이나마 대중의 관심을 받게 될 거다. 운이 좋다면 분위기를 타고 다시 활발하게 활동할 수 있게 될지도 모른다.

거기서 나온 수익을 TVX도 나눠 가진다.

"이거 소림이가 첫 게스트로 출연하면 어떨까요? 다시 올릴 수 있어요?"

"진행하는 거야 내 선에서 가능한데, 네 눈에 이게 될 것 같아?"

"될 것 같아요. 게스트는 가능하면 2000년 초반의 가수로 해야겠죠? 너무 나이 든 사람이면 뉴트로고 뭐고 요즘 애들한테 안 먹힐 테니까. 얼굴도 적당히 잘생기고, 노래도 록발라드처럼 신나는 곡이면 좋겠고."

머릿속에서 그림이 그려진다.

알 듯 모를 듯 미소를 짓고 나를 보던 노 본부장이 핸드폰을 꺼내 어디론가로 전화를 건다.

"어, 엄 피디. 지금 내 방으로 올라와 봐. 너 복권 당첨된 것 같다."

*   *   *

나른한 오후, 소연우는 블루투스이어폰을 귀에 꽂고 책상에 엎드렸다.

옛날, 아주 먼 옛날, 호랑이 담배 피우던 시절의 노래가 이어폰에서 흘러나온다.

요즘 노래들과 달리 단순한 곡 전개에 주로 사랑 이야기의 가사.

하지만 듣고 있으면 왠지 불치병에 걸린 여자주인공이 된 것 같은 기분이 들어서 이따금 이렇게 감성이 취하곤 했다.

"참네, 쟤는 기획사 들어갔다더니 요즘 왜 저렇게 감성 충만이야?"

"내 말이. 저런다고 말괄량이 소연우가 시련의 여주인공이 되냐고."

"이상한 회사에 들어갔나? 막 영화에 출연시켜 주겠다고 바람 잡고 그런 거 아니야?"

"그럴지도. 아라한테 물어볼까? 아라야!"

친구들이 권아라를 찾는다.

그때, 드르륵 문이 열리고 권아라가 들어왔다.

그런데 그녀 역시 귀에는 이어폰을, 교복 재킷 주머니에는 두 손을 꽂은 채였다. 책상으로 향하는 걸음은 마치 쌀쌀한 바람을 거니는 것 같다.

90년대 어느 영화 속 비련의 여주인공처럼.

그녀가 소연우의 옆자리에 털썩 앉더니 고개를 젖히고 천장을 바라본다.

친구들은 그 모습을 보다가 눈을 깜빡거렸다.

지금 막, 교실 천장 위로 백조 떼가 날아가는 듯한 착시를 겪었기 때문에.

"어? 눈물까지?"

"에이, 저건 하품이네."

티 나지 않게 하품을 하는 권아라의 모습을 간파한 친구들은 안 되겠다 싶어서 두 사람에게 달려가 권아라의 귀에 꽂힌 이어폰을 빼버렸다.

"대체 뭘 듣는 거야?"

이어폰을 귀에 꽂은 친구.

그러자 생전 듣도 보도 못한 노래가 흘러나오고 있었다.

"이게 뭐야?"

하고 물었더니, 권아라가 시크하게 나머지 이어폰도 빼서 건네며 속삭인다.

"요즘 우리 아빠가 집에 오면 서재에서 그 노래만 들어. 그래서 나도 그 노래에 꽂혔어."

"누가 부르는 거야?"

"강주희."

"강주희가 누군데?"

"500살 마녀에서 우진우 고모."

"에? 그 사람이 가수였어?"

친구들이 기겁하며 되물었다.

"옛날에는 배우들이 노래도 하고 그랬나 봐."

"와, 되게 잘 부른다."

"그지?"

"그럼 연우는 뭐 듣는 거야?"

그 질문에 답하듯, 소연우가 일어나면서 이어폰을 건넸다.

"너희들 성지훈라고 들어봤니?"

"그게 누군데?"

"유튜브 알고리즘이 날 납치해 그 사람에게 데려다 놨거든."

"뭔 소리야."

"들어봐."

악마의 권유처럼, 나풀나풀 손을 흔드는 소연우.

친구들은 이어폰을 하나씩 나눠서 귀에 꽂았다.

—보고 싶어서 또다시 그대 사진을 꺼내요……

—그대는 날 참 많이 사랑했는데

—나는 이제야 그 사랑을 알 것 같네요

—그대의 소중함 너무 늦게 알아 미안해요

대중의 기억에서 지워진, 가수 성지훈의 4집 앨범 타이틀 곡 〈그리워서〉.

*　　　*　　　*

"하아."

윤소림은 시나리오를 잠시 손에서 내려놓았다.

일부러 물건 하나 없는 빈방에 틀어박혔지만 필요한 감정이 쉽게 올라오지 않는다.

장산그룹 '유복희'라는 캐릭터는 외적으로는 바늘로 찔러도 피한 방울 나지 않을 것처럼 표독스러워 보이지만, 그 내면에는 깊은 아픔이 존재한다.

그래서 시나리오를 읽을 때, 우울함이 기본 베이스처럼 스며들게 하려고 노력하는데 쉽지가 않다.

이제 겨우 두 작품을 끝낸 여배우에게 감정을 컨트롤한다는 것은 말처럼 간단한 게 아니었다.

그래서 이럴 때는 잠시 음악의 힘을 빌리는 편이었다.

'소림아, 이거 한번 들어볼래? 슬픈 감정 끌어올리기에는 옛날 노래가 좋아.'

최고남의 조언을 떠올리며, 음악스트리밍 어플에 들어가서 최근 듣는 곡 리스트를 확인한다.

*　　　*　　　*

"소림 씨, 요즘 인기 실감하세요?"

기자의 질문에, 윤소림은 옅은 미소를 지었다.

"촬영하는 동안에는 촬영장만 오가고 캐릭터에만 집중하니까 잘 몰랐어요. 하지만 길거리 데이트에 출연했을 때 많은 팬분들이 찾아와 주시고 환호해 주셨거든요. 그때 정말 가슴이 벅찼던 것 같아요."

"길거리 데이트도 화제였는데, 그때 그 동창분 연락하세요? 방송 끝나자마자 실검에 올랐잖아요."

"예. 그날 전화번호 교환했어요. 근데 여자 친구가 있어요. 곧 결혼한다고 하더라고요."

윤소림이 귓속말하듯 속삭이고 웃자, 기자도 화답하듯 크게 웃었다.

"오, 스물넷에 결혼이면 빠른 편인데."

"능력자더라고요."

부드러운 분위기 속에서 인터뷰는 계속됐다.

이제 윤소림급이면 여러 기자를 모아서 하는 라운드 인터뷰를 해도 되지만, 아직까지 퓨처엔터는 일일이 기자들을 만나서 인터뷰를 진행하고 있었다.

그래서 기자들 사이에서 평이 괜찮은 편이었다.

"소림 씨, 장산의 여인은 어떤 드라마예요?"

기자들은 저마다 질문지를 준비해 오지만 차기작에 대한 질문은 비슷한 부분이 많았다.

그래서 장산의 여인에 대한 질문도 계속 되풀이되고 있었지만, 윤소림은 같은 질문을 받을 때면 한 번 더 드라마에 대해 생각하는 과정을 거치고 질문에 대답했다.

"장산의 여인은, 표면적으로는 주인을 잃은 장산그룹의 승계 과정을 다루는 이야기예요. 하지만 그 내부에서는 유복희라는 캐릭터를 중심으로 음모, 배신, 그리고 통쾌한 복수의 과정이 이어집니다."

긴 인터뷰가 끝나고, 윤소림은 잠깐 창문을 열어 바람을 쐬었다.

작품에 대한 생각을 끊임없이 하는 과정에서 유복희의 마음이 점점 손에 잡히고 있었다.

가난과 폭력이라는 더러움 속에서 자랐지만 외면은 누구보다 아름다운 유복희.

하지만 출신에 대한 자격지심과 트라우마는 스스로를 억압하고 혐오하게 만든다.

비싼 향수를 뿌리고 나갈 때면 남들에게 싸구려 커피 향처럼 느껴질까 봐 조마조마하고, 아름다운 드레스를 입고 있으면서도 남들의 눈에 가품으로 비칠까 봐 걱정하는 삶.

그래서일까. 유복희가 한 발 더 가까이 다가올수록 윤소림은 가슴이 답답함을 느꼈다.

그때였다.

윤소림의 어깨에 손이 올라왔다. 흠칫 놀라서 돌아본 그녀가 작은 한숨을 쉰다.

"뭐야, 나여서 실망하는 것 같다?"

"에이, 실망은요."

유병재의 둥근 얼굴을 보면서 윤소림은 배시시 웃고 물었다.

"그럼 제가 결정하면 되는 거예요?"

"응. 프로그램 할지 안 할지. 해도 네가 크게 신경 쓸 건 없을 거야. 늘 그렇듯, 너는 대본대로만 하면 되니까."

유복희, 아니, 윤소림은 고개를 끄덕였다.

*   *   *

"10년 전이면, 막 일 배울 때였으니까. 그때 아무것도 모르면서 사입하려고 동대문 뛰어다닐 때였죠."

"전 그때 고등학생이었어요. 야자하기 싫어서 핑계대고 도망칠 궁리를 하던."

"저도요."

"나도 차 팀장처럼 바로 사회생활 시작했어. 운 좋게 큰 회사에 어시로 들어갔지만, 매일이 야근이었지. 승권 씨는 대학생이었겠네?"

"예. 막 대학생활 시작해서 한창 놀러 다녔을 때였죠."

저마다의 10년 전.

나는 질문을 바꿔서 물었다.

"그럼 그때 특별하게 기억나는 노래 있어?"

"전 있어요. 사입 마치고 택시 타고 오는데 그날따라 너무 힘들더라고요. 근데, 택시 기사님이 라디오를 갑자기 트는 거예요. 거기서 음악이 나오는데… 눈물이 핑 나네? 그 노래 제목이……."

"저희는 도서관 가는 길에 카페가 하나 있었거든요. 어느 날부터 카페에 잘생긴 오빠가 일을 하는 거예요. 그전까지는 노래도 칙칙한 것만 나왔는데, 그 오빠가 일 시작하면서 댄스음악도 나오고… 어느 날 오빠가 저희한테 음료수를 주다가 조금 흘려서 냅킨을 건네주는데, 그때 손끝이 닿았어요."

"오오."

"딱 그 순간에 아무 생각도 안 드는데, 음악 소리가 들리는 거예요… 제목이……."

"난, 마감 간신히 치고 갑자기 맥주가 너무 당겨서 헐레벌떡 회사 앞 편의점으로 달려갔거든. 근데 신호등에 서 있는데, 아무리 기다려도 신호가 안 바뀌는 거야."

"그래서요?"

"발만 동동 구르고 있었는데, 차가 한 대 지나가는 거야. 왜 옛날에 그런 차 많았잖아. 나이트클럽 홍보하려고 돌아다니는 차. 그 차에서 엉뚱하게 발라드가 나오는 거야."

"발라드요?"

"아니, 무슨 클럽에서 발라드를 듣지? 사람들이 와? 뭐 그런 생각을 하는 동안 신호가 바뀐 것도 몰랐지 뭐야. 신호가 바뀌고 나서야 어이없어서 허탈했던 그때의 기억이 아직도 있어. 그 노래 제목이 뭐냐면……."

"저는 무조건 소녀세상이요. 그때 대박이었잖아요. 맨날 그 노래만 들었어요."

직원들이 가진 저마다의 기억.

"대표님은요?"

나는 잠깐 책상 모서리에 기댔다.

"성지훈의 그리워서."

"그건, 10년 전이 아니라 거의 18년 전 곡 아니에요?"

"응. 근데, 명곡이잖아."

"맞아요. 2000년 초반에 명곡 많이 나왔잖아요. 90년대라는 문화 황금기를 지나서, 마치 마지막을 쥐어짜듯 발라드 곡들이 쏟아져 나올 때였으니까. 이시현과 슬기의 너라서부터 시작해서 오후의 빛깔, 영웅, 그리워서 등등."

"그래."

나는 고개를 끄덕이고 계속 말했다.

"다들 기획안 봤겠지만, 이 프로그램의 핵심은 추억이야. 단순히 '그때 그 노래가 있었습니다'를 보여주는 게 아니라, 그 노래가 있던 그 시절의 사람들과 기억을 공유하는 거야."

"그럼 소림이는 정확히 뭘 하는 거예요?"

"한마디로 스토리텔러지. 소개하고 싶은 곡에 얽힌 자신의 이야기를 하면서, 지금처럼 이렇게 서로 기억을 공유하고 수다를 떨고, 그 노래에 얽힌 비하인드 스토리가 있으면 찾아보고, 끝에 가서는 가수를 찾아서 공연을 만드는 거야."

"프로그램 때문에 크게 시간을 뺏길 일은 없겠네요."

"최대한 그렇게 만들어야지."

"그럼, 이제 소림이 결정만 남았네. 할지 말지."

"그래."

＊　　　　＊　　　　＊

"이왕 이렇게 된 거, 고 하는 거야!"

TVX 예능국 피디 엄란.

그녀가 얼마 전 올린 기획안은 사실 실연의 상처로 마구 휘갈겨 쓴 기획안이었다.

그래서 까였을 때 당연하다고 생각했는데, 뜬금없이 윤소림 소속사에서 하고 싶다고 제안해 오면서 산소마스크를 쓰게 됐다.

요즘 대세라는 여배우 덕분에.

트렌드만 좇냐며 비아냥거리던 윗분들의 눈이 갑자기 초롱초롱해졌다.

요즘 대세라는 여배우 때문에.

그래서 궁금하다. 윤소림이 누군지.

"여기서 윤소림 실제로 본 사람?"

"드라마팀 스탭 애가 그러는데, 애 괜찮다는데요?"

"겉으로 안 괜찮은 애 봤어? 뭐 인성이야 관심 없고, 실제로 보이는 비주얼이 괜찮아야지."

"드라마가 대박 터졌는데 뭘 걱정이세요? 예쁘긴 하던데."

"나도 눈 있거든? 예쁜 건 아는데, 너무 갑자기 떴잖아. 그만큼 깜냥이 되냐 이거지."

"스무고개 시작된 거죠? 엄란 피디님 질문의 의도 맞추기!"

"작가팀 막내 도전합니다! 지금 피디님은 윤소림 매니지 소속사 대표가 궁금하다에 한 표! 아닌가요?"

"칫!"

그날, 갑자기 본부장에게 호출받고 올라갔다 온 뒤로 엄란 피디는 윤소림의 소속사 대표에게 급관심을 보이고 있었다. 언제는 실연의 아픔을 너희들이 아냐고, 이제 연애 안 할 거라던 사람이.

"그렇게 잘생겼어요?"

"얘들 봐. 내가 금사빠 줄 알아? 잘생긴 게 아니라, 내 취향이라고."

우선 눈빛에서 안정감이 들고, 윤소림이라는 배우를 단 두 작품 만에 메인 스트림에 올려놓은 실력자이기도 하며, 그 무서운 본부장과 마주 앉아 농담을 할 수 있을 정도의 인맥을 가진 남자.

삼십 대 초반의 나이에 그 정도 위치에 오른 남자는 매우 드물다.

"아, 궁금하다. 어떤 남자길래."

"근데 제가 듣기는 좀… 이거 말해도 되나."

눈 코 입이 동그란 막내 작가가 말을 꺼내다 말고 머뭇거린다.

"뭔데?"

"뭐 있어?"

"막, 안 좋은 소문?"

"제 친구 중에 여배우 매니저의, 지인인 애가 있는데, 그 배우가 예전에 스캔들 난 적이 있거든요."

"그래?"

"예. 그게 여섯소년들 멤버 음주운전 스캔들 무마하려고 N탑 부문장이 각 잡고 터뜨린 거라고 하더라고요."

"N탑 부문장이면······."

"윤소림 소속사 대표요. 그 사람이 N탑 부문장이었잖아요."

"와··· 소름. 나 닭살 돋는 거봐."

메인작가가 제 팔을 쓸어내리며 호들갑을 떤다.

"그리고 그 사람 원래 소문이 그렇게 좋지는 않나 봐요. 타 방송국에서 일하는 친구한테 들으니까, 고개를 내젓던데요?"

"방송국에서 천사표라고 소문난 사람 있냐? 실수 하나만 해도 그 사람 뒤에서 수군거리기 바쁘지. 그리고 N탑이 원래 일을 좀 까다롭게 하잖아. N탑에 있었다면 적이 많았겠지."

"뭐야, 우리 피디님 왜 이렇게 편을 드실까? 이러다가 이번 프로그램 찍고 바로 청첩장 돌리는 거 아니에요?"

"쓸데없는 소리들. 축의금은 10만 원씩 내세요. 우린 친하니까."

회의실에 깔깔 웃음소리가 요란할 때였다.

똑똑.

노크 뒤에 문이 열리고, 순간 작가들은 들어온 남자의 모습에 놀라서 눈을 비비고 쳐다봤다.

넓은 등판에 트렌치코트를 걸치고 온 그는 홍콩 배우 장국영의 분위기를 물씬 풍겼다.

"제가 좀 늦었습니다. 이거 사 오느라고. 다들 출출하시죠?"

그는 빈손이 아니었다.

양손에 음료가 담긴 종이 캐리어와 빵이 잔뜩 든 봉투가 들려 있었다.

"그냥 오시지, 뭘 이런 걸 사 오셨어요?"

"이 시간이면 조금 출출하실 것 같아서요. 뭐, 뇌물 수준은 아닙니다, 하하."

퓨처엔터 대표의 웃음은 마치 '한 컷' 같았다.

눈앞에 펼쳐진 스크린 속 그 한 컷으로 인해 엄란 피디는 잠깐 자신이 앉아 있는 장소가 영화관인가 싶었다.

남자 보기를 돌같이 하는 작가들도 헤벌쭉 웃고 있다.

"남자 쪽 출연 게스트 고민하고 계셨나 보네요."

그는 자리에 앉자마자 눈에 들어온 캐스팅 목록을 손에 집었다.

곧바로 일에 몰두하는 그의 모습을 여자들이 흐뭇하게 바라본다.

"대표님은 누가 나은 것 같아요?"

"글쎄요. 대중이 관심을 둘 만한 배우라면 이건혁이 괜찮죠. 작년부터 활동을 쉬고 있어서 이미지 소비도 덜하고요. 물론 캐스팅이 쉽지는 않겠지만."

"그렇지 않아도 이건혁이 마음에 들어서 알아봤는데, 그쪽도 슬슬 일하고 싶어 한다고 하더라고요. 다만 예능이라서."

"예능도 다 같은 예능은 아니죠. 우리 프로그램은 음악이 주니까, 이건혁의 이미지에 도움이 되면 됐지, 손해는 아닐 겁니다."

그가… 우리라고 했다.

"아, 이건 윤소림이 즐겨 듣는 플레이리스트입니다. 프로그램 취지에 어울릴 만한, 열 곡 정도 추려봤어요."

"흠, 소림 씨는 이런 노래들을 듣는구나."

플레이리스트는 리스너의 음악적 취향이 선명히 묻어난다.

"와, 잡식성이네요."

메인작가는 윤소림의 리스트를 훑으며 감탄했다.

댄스, 발라드, 재즈, 뉴에이지까지 장르별로 다양한 곡이 리스트에 속해 있었다.

"연습생 출신이라서요. N탑은 아티스트가 다양한 음악을 접해보기를 권하는 편이거든요."

"아, 소림 씨 연습생 출신이라고 했지."

게스트에 대해 사전조사를 거친 작가들은 고개를 끄덕였다.

"이 중에서 선호하는 곡이 있으세요?"

"일단 피디님 의견 들어보고 말씀드릴게요. 저희가 얘기하면 선입견이 생길 수 있으니까."

"흠……."

엄란 피디는 작가들과 함께 리스트를 다시 살폈다.

어느 한 집단이나 연령대가 아닌, 10대부터 40대까지 고루 공감할 수 있는 곡이 목적인 만큼 대중적인 장르가 우선 고려 대상이었다.

그래서 댄스와 발라드로 1차 선택을 좁힌다.

다음으로는 소위 먹힐 만한 곡과 가수여야 한다.

마냥 어둡고 슬픈 노래는 대중이 싫어한다. 신나고 밝아야 한다. 스타에게 대중이 여태 몰랐던 비하인드 스토리가 있다면 더 좋고.

마지막으로 결격사유가 있어서는 안 된다.

사회적으로 물의를 일으킨 가수를 추억팔이 한답시고 다시 부를 수는 없는 노릇이니까.

그렇게 규칙을 정해서 몇 곡을 선곡한 다음, 이제는 다 같이 음악을 청취한다.

잔잔한 발라드가 스피커에서 흐른다.

눈을 감는 사람도 있었고, 미간을 찌푸리고 귀 기울이는 사람도 있었다.

퓨처엔터 대표는 둘 다였다.

거기에 하나 더해 입가에 옅은 미소까지.

넋 놓고 그를 보던 엄란 피디를 발견한 메인작가가 그녀의 옆구리를 쿡 찌르고 입 모양으로 경고를 준다.

'입에 침 좀 닦아요! 창피해!'

'내가 언제 침을 흘렸다고 그래? 그러는 너는? 눈에서 꿀 떨어지겠다!'

'우리, 페어플레이 하는 거예요?'

보이지 않는 으르렁거림이 이어지는 가운데 플레이리스트의 마지막 곡이 끝나고 음악이 멈췄다.

엄란 피디는 커피를 향해 손을 뻗었다.

임께서 사 온 커피는 참 달구나.

*   *   *

"다들 감상 평!"

피디가 책상을 툭 치자, 작가들의 입에서 멀건 침이 쏟아지기 시작했다.

"와, 예전 노래 들으니까 진짜 추억 돋는다."

"이 노래 나올 때 나 중학생이었는데."

"전 교회 오빠가 불러줬던 게 생각나네요. 저 꼬시려고 무진장 노력하더니, 지금은 잘 사나 몰라."

"핸드폰 벨 소리로 설정했던 기억이 나네요. 그때는 단음이었잖아요? 띠디디 소리 나는. 막내, 너는 모르지?"

"전 처음 들어요."

"아, 갑자기 세대 차이 느껴진다."

멀뚱멀뚱 눈을 껌벅이는 막내 작가를 제외한 모두가 기억하는 노래.

피디가 가슴을 들썩여서 숨을 고르고 말했다.

"그럼 성지훈에 대해서 자료 조사부터 시작하자고."

그 말이 떨어진 순간, 내내 이 상황을 지켜보던 저승사자는 분명하게 볼 수 있었다. 최고남의 입가에 서린 야비한 미소를.

자신의 목적이 차근차근 진행되기 시작했을 때, 스스로도 모르는 사이에 나오는 습관 같은 미소였다.

그래서 저승이는 지금 가슴이 두근거린다.

비록 심장은 없지만.

문제는, 성지훈이라는 사람이 S급이 아니라는 거다.

가뜩이나 업보 해결이 늦어서 명계에서 호출이 떨어진 상황인데, 이런 일에 시간을 쏟는다면 징계를 피할 길이 없다.

저승이는 잠깐 고민하다가 망자에게 말을 붙였다.

[그 사람, 아저씨에게 원한이 깊네요.]

늘 하는 레퍼토리 같은 멘트였다.

망자도 하도 많이 들은 소리에 이젠 익숙한지 별 반응도 없다.

아마, 명부에 원한이 깊지 않은 사람이 있긴 한 건가 싶을 거다.

[하지만 S급은 아니니 패스해야 합니다.]

성지훈도 꽤 화려한 삶을 살았다.

주로 록 음악과 발라드 음악으로 활동해서 요즘 세대의 취향에
적합하다.

또 3040세대의 향수를 건드릴 수 있을 만큼 과거에 인기를 누
렸던 스타이기도 하지만…….

전생의 업은 그에게 S급 현생을 허락하지 않았다.

망자가 시간을 거슬러 온 목적은 S급 운명이 원래의 길을 걷게
하는 거다.

S급이 아닌 자의 운명에 관여하는 것은 시간 낭비.

'갚아줄 빚이 있거든.'

빚?

고작 그따위에 명계의 명을 무시하는 건가 싶지만, 저승이는 망
자의 야비하고, 잔인하고, 뜻 모를 미소를 봤다.

궁금해서 명부를 뒤적여 봤지만, 이 명부라는 것이 요약본 같은
거라서 꼼꼼히 적혀 있지가 않다.

둘 사이에 분명 문제는 있었다. 껄끄러울 수밖에 없는 큰 문제가.

그런데 갚아줄 빚이 있다?

궁금해, 궁금해.

그리고 이 여자들…….

아까부터 망자를 보는 눈빛이 보통이 아니다.

저승이는 엄란 피디의 머리에 손을 얹었다. 그녀가 갑자기 낮아
진 기온에 몸서리를 치며 머리를 쓸어 올린다.

그때, 최고남이 물었다.

"제작진이 고생할 동안, 저는 뭘 하면 좋을까요?"

순간, 저승이는 엄란 피디의 생각을 엿봤다.

엄란 피디는 그를 보며 미소와 함께 생각했다.

'당신은 거기 앉아만 있으면 돼.'

플레이리스트가 다시 재생된다. 첫 곡은 이런 가사였다.

─그대는 나의 비타민씨…….

*   *   *

「스타두 엔터테인먼트」

기다리는 동안, 엄란 피디는 꼰 다리를 깔짝깔짝 흔들며 실없이 실실 웃었다.

기분이 업 된 것 같은 그 모습에, 작가가 슬쩍 물었다.

"이제 실연의 아픔은 극복하신 거예요?"

"아─주 오래전에!"

마침표를 딱 찍은 것을 보니, 마중인사도 안 하고 저 멀리 보낸 모양이다.

더 물어봐야 의미 없고, 막내 작가는 일 얘기를 꺼냈다.

"근데, 이건혁이 할까요? 전작에서 출연료로 16억 받았다던 데……."

"그 드라마 생각보다 별로 안 팔렸어. 마침 딱 그때 중국 내 한 류 금지령이 떨어져서 중국 수요를 기대했던 투자자들도 실망 많 이 했고."

냉철한 분석.

"그리고 우리 예능이야. 배우 쪽에서 원하면 챙겨주긴 하겠지만, 어차피 요즘은 프로그램 자체가 광고의 일환이라서 이건혁은 출연료 같은 잔 푼돈에 욕심내지 않을 거야."

지금까지의 톱배우 이미지에 기존에 없던 신선함을 어필할 테고, 그걸로 대중의 호감을 얻는다면 출연료 그 이상의 수익을 다른 곳에서 챙길 수 있을 테니까.

무엇보다 예능은 출연료가 낮게 측정되는 편이다.

가수들도 기껏해야 수십만 원이 전부.

만약 이건혁이 정색하고 출연료를 요청한다면 몇백 단위, 많게는 천만 원 정도를 책정하는 예능도 있겠지만, 엄란 피디는 그렇게까지 해서 이건혁을 잡지는 않을 거다.

"내가 이건혁 소속사라면, 출연료 대신에 끼워팔기를 하겠지."

"끼워팔기요?"

"출연료 몇백 챙기는 것보다, 유망주 하나 끼워 넣는 게 훨씬 돈 되지."

"그럼 받아주실 거예요?"

"노노."

엄란 피디는 콧노래까지 흥얼거리며 검지를 까닥거렸다.

그때, 안경 쓴 여자가 들어왔다. 깔끔한 중단발 헤어스타일에 정장을 빼입었다. 마주친 눈빛이 보통이 아니다.

"안녕하세요, 매니지먼트 2팀장을 맡고 있는 우예지 팀장입니다."

"반갑습니다. 전 TVX 엄란 피디예요. 이쪽은 저희 막내 작가."

인사를 하고.

우예지 팀장이 바로 본론에 들어갔다.

"죄송해요, 이건혁 배우하고 얘기를 해봤는데 아직까지는 연기

욕심이 더 크다고 하네요."

"흠, 좋은 기횐데. 새로운 모습을 보여줘서 리프레시 하는 것도 좋은 방법일 텐데."

엄란 피디는 아쉽지 않냐는 투로 말했다.

"그래서 저희도 설득을 해봤는데, 확고하네요."

"아이고, 정 그렇다면 어쩔 수 없죠."

체념하는데, 우예지 팀장이 미소와 함께 대안을 꺼냈다.

"이건혁은 아쉽지만, 저희 소속사 톱급 많은 거 아시죠?"

"알죠. 그래서 바로 여기로 온 거 아니에요. 흠, 지금 팀장님이 생각하는 배우, 제가 생각한 배우였으면 좋겠네요."

"저희 소속사 A급 연예인이 마침 얼마 전에 드라마를 끝냈어요. 그 배우가 예능을 하고 싶어 했거든요. 떠들썩한 것 말고요."

엄란 피디는 생각했다.

얼마 전 종영한 드라마. 시청률은 낮았지만, 탄탄한 매니아층을 만들면서 유종의 미를 거둔 드라마.

믿고 보는 배우…….

"정진모?"

"예."

우예지 팀장이 고개를 끄덕이자, 엄란 피디는 조용히 주먹을 쥐었다.

*　　　　　*　　　　　*

「세러데이 서울」

연예부 부서 회의 중.

"오늘 차강준 강남 경찰서에 다시 출석합니다!"

"오케이, 가서 포토 라인에 선 거 찍어 와. 그리고 엔탑 내부 상황 어때? 유유가 SNS에 올린 영상은 뭐야?"

여섯소년들 유유는 개인 SNS에 영상 하나를 올렸다.

팬들에게 하는 얘기였고, 미안하다는 말과 함께 마지막에 '지금까지 여섯소년들의 리더를 사랑해 주셔서 고맙습니다'라고 덧붙였다.

유유의 부재를 의미하는 문구에 팬덤이 발칵 뒤집혔지만, N탑은 이후로 별다른 대응을 하지 않고 있다.

"유유가 여섯소년들에서 탈퇴하고 개인 레이블 만들어 나간다는 소문이 있어요."

"소문? 확률 어느 정도야?"

"70프로? 빨대 셋 중에 둘이 그렇게 말했으니까."

입꼬리를 비틀며 웃는 연예부 부장.

"개인 레이블 얘기가 나왔을 정도면 N탑에서 어느 정도 수긍한다는 거고, 계열사로 편입할 거 아니야?"

책상을 톡톡 두드리는 손길.

부장의 예리한 촉이 발동한다.

"왜 N탑이 그 정도까지 양보를 하는 걸까? 이거 뭔가 있는데."

N탑은 유유가 단톡방 멤버가 아니라고 지난번 공식 보도를 한 이후로 입에 지퍼를 채운 것처럼 침묵하고 있다.

"유유 사칭한 놈이 누군지는 아직 정보 없는 거지?"

"예. 없습니다."

눈가에 다크서클이 짙은 기자가 콧잔등을 긁적이며 대답했다.

"혹시 말이야. 여섯소년들 다른 멤버가 그런 거 아니야?"

"에이, 설마요."

"아니야, 가능성 있어. 야, 황 기자, 네 빨대는 뭐 하냐?"

고개 숙이고 있던 뿔테 안경이 맹한 얼굴로 부장을 바라본다.

"별 얘기 없는데요?"

"빨대 됐다 뭐 해! 유유 팬들이 가장 듣고 싶은 걸 가진 사람이 누구겠어? 최고남이잖아! 오늘이라도 당장 만나봐. 퓨처엔터 건물 앞에 있는 편의점이라도 가보라고!"

"편의점이요? 거긴 왜요?"

"야, 서부 영화에 왜 술집이 많이 나오는지 알아?"

"왜요?"

"금광 캐는 미국인들이 모여서 수다 떠는 데가 어디냐? 술집이 잖아!"

부장은 고래고래 소리 지르고 진절머리가 난 듯이 고개를 흔들 며 회의실을 나가려고 했다. 그러다가 멈칫. 아까의 다크서클을 보면서 턱짓한다.

"야, 유유가 올린 동영상에 나오는 음악이 뭐야? 그거 성지훈 노래지? 그 노래에 무슨 의미가 있는지 확인해 봐!"

바로 다음 날 저녁.

퓨처엔터 건물 앞 편의점.

"어서 오세요!"

편의점에 들른 최고남은 직원들이 먹을 라면과 간식거리, 맥주를 한가득 샀다.

그리고 잠깐, 편의점 앞 테이블에 앉았다.

치익.

맥주 한 캔을 따서 한 모금 마신 그는 밝은 밤하늘을 바라봤다.

만월이다.

한 모금 더 마시던 그는 문득 고개를 돌리다가 멈칫했다.

옆 테이블에서 컵라면을 먹고 있던 여자와 눈이 마주친다.

"황 기자?"

그녀가 씨익 웃는다.

"여기서 뭐 해?"

질문에 답은 없고, 한가득 담긴 비닐봉지를 뚫어지게 보더니 하는 말이 가관이다.

"그 김치, 저 먹으면 안 돼요?"

최고남이 김치를 꺼내서 건넨다.

급하게 김치 한 조각을 콕 집어 입에 넣은 황 기자가 오물거리며 말한다.

"역시, 라면은 김치지."

"뭘까. 그냥 라면 먹으려고 여기 있는 것 같진 않고."

"아니, 뭐… 지나가다가 라면이 당겨서 먹고 있는데, 어이구, 여기가 마침 퓨처엔터 회사 앞이더라고요. 그런데 또 우연히 여기서 대표님을 만났네요?"

최고남의 눈이 게슴츠레해진다.

"딱 봐도 또 뭔가를 캐러 오셨네. 지난번에 유유 알리바이 제일 먼저 내가 알려줬잖아? N탑 내부 상황 공유해 줬고. 그래서 단독 좀 붙였잖아?"

황 기자가 라면 가락을 툭 내려놓는다.

"유유가 탈퇴한다는 얘기는 쏙 뺐잖아요! 들리는 소문에 다른 멤버가 단톡방 멤버였다는데, 그거 사실?"

"아직도 그 사건 취재 중이야?"

"아직도라니요, 한창인데."

사건은 아직 끝나지 않았다. 차강준 스캔들은 여전히 경찰조사가 진행되고 있다.

단지 서 있는 곳의 풍경이 다를 뿐이다.

사건 사고의 현장에 있는 황 기자와 달리 최고남은 퓨처엔터라는 와자지껄하고 즐거운 풍경 앞에 있으니 딴 나라 사람처럼 미적지근한 거다.

"양심 좀 있어라. 물꼬 터줬으면 나머지는 직접 해야지."

"우와, 사람 참. 그때 뭐라 그랬더라? 황 기자는 이 사건 파, 피해자에게 초점을 맞춰서……."

블라블라.

반찬도 아니고, 불만을 실컷 얹어 다시 라면을 삼키는 그녀를 최고남이 빤히 쳐다본다. 그 눈빛에 데기 직전에, 그가 부드럽게 미소 짓는다.

"그래도 난 황 기자가 쓴 기사 좋더라. 네티즌도 좋아요 엄청 눌렀잖아. 아, 뉴스에서도 인용됐던데?"

"뉴스에 나온 건 어떻게 알았어요?"

"내가 그만큼 황 기자에게 관심이 많아요."

"진짜루?"

"이번에 소림이가 예능에 출연하거든. TVX에서 새로 론칭하는 음악 예능."

"소림 씨 단독으로요?"

"아니. 일단 같이 출연하는 배우로 이건혁이 물망에 올랐는데, 아직 결정 난 건 아니고."

"이건혁?"

"왜?"

"지난번 모임에서 만난 QM 에디터 말로는 애가 좀 특이하다고 하더라고요."

"모임?"

"D사에서 광고모델 피드백 좀 해달라고 해서, 여러 사람 모여서 피드백 좀 해줬죠. 누가 잘나가고 누가 괜찮은지."

"시대가 어느 땐데 엑스파일이야."

"큰일 날 소리를. 그런 거 아니에요. 그리고 요즘 자문 안 받는 회사가 어디 있어요? 연예인들 틈만 나면 사고 치는데."

"우리 소림이 얘기는?"

"걱정 마요. 제가 잘 포장했으니까."

황 기자는 느끼한 윙크와 함께 엄지와 검지를 살짝 꼬아 그에게 건넸다. 한마디로 하트 좀 날렸는데.

"손에 뭐 묻었어?"

그가 냅킨을 뽑아 그녀에게 건네고 다시 말한다.

"아무튼, 그래서 부탁이 하나 있어."

"뭔데요?"

"성지훈이 어디 있는지 좀 알아봐줘."

"성지훈? 왜 갑자기?"

"부탁 좀 할게."

"뭐, 알았어요. 근데, 성지훈은 표절 사건 있었잖아요?"

최고남이 살짝 놀란다.

"그걸 황 기자가 어떻게 알아? 그 시절이면 황 기자 초등학생 때 아니야?"

"전에 은퇴 연예인 관련해서 쓴 기사가 있거든요. 그때 조사하다가 알았지."

"그거 성지훈이 표절한 거 아니야. 작곡가가 표절했던 거지."

"에? 그런 내용은 없었는데? 그때 성지훈 그냥 말없이 은퇴했잖아요?"

"나 지금 특종 준 거야."

"특종도 특종 나름이지. 누가 궁금해하겠어요."

'이 양반이, 내가 지금 특종에 환장한 줄 아나?'라고 황 기자가 생각할 때쯤. 최고남이 낚싯대를 드리운다.

"혹시 알아? 곧 성지훈 열풍이 불어닥칠지."

황 기자는 잠깐 생각하고 고개를 끄덕였다.

"흠, 타이밍 맞춰서 기사 내면 나쁘진 않겠네."

"그러니까 찾아봐. 아니면 뭐 다른 기자 찾아가고."

황 기자는 콧잔등을 찌푸리면서 그를 노려보다가 선심 쓰듯 수락했다.

"오케이. 찾아볼게요."

"그럼 부탁해."

그가 빙긋 웃고 떠난다.

그 뒷모습을 흐뭇하게 바라보다가 김치 한 조각을 입에 물던 황 기자는 갑자기 고개를 갸웃했다.

"뭔가 빼먹은 것 같은 이 기분은 뭐지? 아, 단톡방 멤버!"

여기 온 목적이 뒤늦게 떠오른 순간, 최고남에게 당했다는 것을 깨달은 그녀는 멀어지는 뒷모습을 향해 외쳤다.

"야, 이 먹튀야!"

*   *   *

"저, 정진모 선배님 실제로 한번 뵙고 싶었거든요! 얼마 전에 주 식의 신도 몰아 봤고요."

〈플레이리스트〉 제작진과 배우들이 미팅 겸 회식으로 만나는 날.

가는 길에 윤소림의 작은 입에서 정진모 얘기가 다다다 쏟아진 다.

남자 출연 배우로 정진모가 캐스팅됐기 때문이다.

"아무리 좋아도 미팅 자리에서 그 표정 드러내면 안 된다?"

"제 표정이 어떤데요?"

윤소림이 눈을 말똥말똥 뜨고 묻는다.

정말 몰라서 묻는 건가. 방금은 여배우가 아닌 소녀 팬 같아 보 였다.

"조심하겠습니다."

"그렇다고 딱딱하게 하라는 건 아니야. 사람들에게 쉽게 보이지 말라는 거지. 잘해주고, 편하게 대해주면 사람들은 그걸 이용해 먹으려고 하니까."

"괜찮아요. 전 매니저님들이 있으니까."

운전 중인 유병재가 고개를 작게 끄덕이며 콧바람을 쉰다.

하지만 이어진 내 말에 유병재는 크게 한숨을 내쉬었다.

"병재는 힘들겠다. 소림이도 챙겨야지, 주희 선배도 챙겨야지. 챙길 사람이 많네."

"대표님, 제가 생각해 봤는데 아무래도 주희 선배님이 적응할 시간이 필요하니까 한동안은 대표님이……."

"우리 라디오나 들을까?"

"…쩝."

미련이 남았는지 유병재는 식당에 도착할 때까지 날 꼬시려고 노력하는 모습을 보였다. 그래서 중간부터는 나도 자는 척을 했다.

한참 뒤 차가 멈췄다. 귓가에서 음산한 목소리가 들린다.

"대표님, 안 주무시는 거 압니다."

눈을 바로 뜨고 차에서 내렸다.

나와 달리 숙면에 들어갔던 차가희는 침을 닦으며 뻣뻣한 몸을 끌고 차에서 내린다.

달을 향해 기지개를 쭉 켜고 스트레칭을 하던 그녀가 갑자기 나무토막처럼 굳어버렸다.

맞은편 주차라인에 세워져 있는 밴에서 지금 막 배우가 내렸기 때문이다.

정진모.

[역시 연예계는 S급 운명이 많네요.]

저승이가 혀를 내두른다.

혹시 몰라서 윤소림의 표정을 확인했는데, 아까와 달리 차분한 미소를 띠고 있었다. 내가 눈짓하면서 움직이자 따라와서 정진모에게 허리를 살짝 숙이고 인사한다.

"선배님, 안녕하세요, 처음 인사드리겠습니다. 윤소림입니다."

"반가워요. 정진모라고 해요."

정진모가 악수를 청한다.

둘이 손을 맞잡을 때, 나는 문득 시선을 느꼈다.

숏컷 머리 여자의 눈빛이 날카롭다. 딱 봐도 분위기가 최소 팀장급이다.

"안녕하세요. 퓨처엔터 대표 최고남입니다."

"스타두 엔터 우예지 팀장입니다."

나와 스치듯 악수를 나누고, 그녀는 저승이를 뚫고 지나가 유병재와 악수를 나눴다.

*   *   *

술잔 부딪치는 횟수가 늘어날수록 사람들은 흐트러지게 마련이다.

제작진의 웃음소리도, 배우들 웃음소리도 커졌다.

그 소란스러운 현장에서 나와 유병재는 윤소림을 예의 주시하면서 적당히 분위기를 맞춰주고 있다.

"정말요? 웬디즈 팬이세요?"

"웬디즈가 저희 드라마 OST 녹음했잖아요. 그때 보고 완전 팬이 됐죠."

"와, 정진모가 걸 그룹 팬이라니. 신선한 충격인데요?"

"하하, 저라고 뭐 특별한가요. 일상은 비연예인과 다를 바 없어요."

정진모가 걸 그룹 팬이라는 얘기에 테이블이 왁자지껄해졌다. 여자들 눈이 고장 난 형광등처럼 제멋대로 반짝거린다. 잘생긴 남자 배우의 유머, 미소, 매너 앞에서 무장해제 된 것 같다.

"아, 제 동생이 소림 씨 팬이에요."

"정말요?"

"예, 주식의 신은 보지도 않았으면서, 500살 마녀는 몇 번을 봤다니까요? 아니, 우리 드라마도 재밌었는데."

"맞아요. 저도 주식의 신 너무 재밌게 본걸요."

윤소림이 살짝 거들자, 정진모가 기분 좋게 웃는다.

"주식의 신은, 사실 본방보다 촬영 때가 더 재밌었어요. 재밌는 에피소드 진짜 많았거든요."

"촬영 때 어땠는데요?"

작가들이 궁금해서 묻는다.

"경찰서도 갔다 오고 재밌었죠."

"경찰서요?"

"감독님이랑 산에서 더덕 캐다가, 신고받고 출동한 경찰에게 연행된 적 있었거든요."

"흠, 그런 얘기 뭐 하러 해?"

매니저가 헛기침을 하고 눈치를 줬지만 정진모는 멈추지 않왔다.

"뭐 어때. 기사도 났었는데."

"안 났어, 안 났어!"

"그럼 뭐, 내일 나겠네? 하하."

매니저의 구박을 받은 정진모는 낄낄거리며 웃었다.

점잖 빼지 않고 소탈한 모습이 보기 좋은 그에게 엄 피디가 맥주 한 잔 말아서 건네며 물었다.

"진모 씨, 예능은 몇 번 해보셨죠?"

"예. 얼마 전에는 조깅맨도 나갔잖아요. 아휴, 오랜만에 예능 했더니 다음 날 허리가 아파서 고생했잖아요?"

"뛰어서 그런 게 아니라, 거꾸리 때문에 그렇잖아."

매니저의 핀잔.

"거꾸리?"

"왜, 허리 편다고 발목 묶고 뒤로 거꾸로 매달리는 운동기구 있잖아요. 그걸 뜬금없이 사더니 몇 번 해보지도 못하고 빨래걸이로 쓰잖아요."

"아이고, 우리 매니저님, 아주 기사를 내지 그러세요?"

"후후, 기사 좀 나면 어때요? 배우 정진모 거꾸리 사다?"

작가들이 웃는 동안에도 정진모와 매니저의 투덕거림은 멈추지 않았다. 이불 먼지 털듯 서로의 치부를 적당히 찌르고 포장하는 모습이 꼭 만담꾼들 같다.

"진모 씨는 어때요? 다른 배우 연기 모니터링하는 타입이에요?"

"그럼요. 쉴 때는 드라마 몰아 보면서 모니터링하죠. 그래서 작품 끝나고 동 시간대 했던 한밤의 엽서하고 500살 마녀 몰아

봤죠."

"그럼 소림 씨 연기는 어떻게 보세요?"

엄 피디의 질문에 정진모가 이마를 긁적이며 난처한 미소를 지었다.

"피디님 짓궂으시네요. 당사자를 앞에 두고 그런 질문은 좀 그렇잖아요."

"내가 좀 그랬나?"

엄 피디가 민망한 웃음을 짓다가 나를 쳐다보더니, 두 손을 합장한다.

"대표님, 미안해요."

"저도 궁금한데요? 진모 씨는 우리 소림이를 어떻게 봤을지. 후배가 선배한테 피드백 들을 수 있는 기회가 의외로 많지 않거든요."

"아휴, 피드백은 무슨."

정진모가 맥주잔을 입에 대고 조심스럽게 입을 연다.

"뭐랄까. 굳이 말하자면 저 신인 때는 진짜 엉망이었는데, 정말 준비 많이 했구나 싶더라고요. 연속극 처음이라고 들었는데, 감정연기가 너무 자연스럽던데요?"

"아, 부끄럽다."

윤소림에 제 얼굴에 손부채질을 한다.

그 모습에 깔깔 웃은 엄 피디가 넌지시 다시 물었다.

"진모 씨는 이제 감정연기 술술 나오죠?"

"에이, 제가 무슨 기곈 줄 아세요? 하하, 저도 가끔은 정말 노력해도 안 나오면 진짜 죽을 맛이에요."

"그럴 때는 어떻게 해요? 노하우 같은 거 있어요?"

"주로 음악을 듣는 것 같아요. 영화도 보고. 최대한 일에서 잠시 멀어지려고 노력하는 편이에요."

"소림 씨는?"

"저도 선배님과 비슷한 것 같아요. 음악을 듣긴 하지만, 감정을 끌어올린다기보다는 최대한 머리를 비우는 데 집중하거든요."

"맞아요. 그게 포인트죠. 그래야 집중도가 올라가니까."

두 사람이 주거니 받거니 하는 모습이 보기 좋다.

하지만 딱 그 정도 선이다. 더해도 안 되고, 덜해도 안 된다.

계속 예의 주시 하고 있는데, 앞에서 불쑥 맥주병이 기울어졌다.

"제 잔 한 잔 받으세요."

우예지 팀장이었다.

"예, 고맙습니다."

"진모가 의외로 수더분한 편이에요."

"예, 보기 좋네요. 딱딱한 것보다 훨씬 낫죠."

"그래서 의도치 않게 스캔들이 가끔 나더라고요."

"긴장해야겠는데요?"

웃음으로 받아치고 맥주를 목에 때려 부었다.

받았으니, 우예지 팀장에게도 한잔 건넸다.

"아직 윤소림 씨는 큰 스캔들 없죠?"

얼마 전에 잡스러운 게 달라붙긴 했지만, 잘 마무리했다.

고개를 끄덕이는 내게 그녀가 묻는다.

"대표님은 스캔들 같은 거 처리하세요?"

"뭐, 방법 있나요. 수단과 방법을 가리지 않고 막아야죠."

"N탑은 스캔들 상대를 은퇴시킬 정도로 망가뜨린다는 소문이 있던데, 그거 진짜예요?"

"어디서 그런 얘기를."

느낌이 싸하다.

질문이 자꾸 겉도는 느낌이랄까. 이 여자 눈빛도 그렇고.

"뭐… 어디서 그런 얘기를 들은 것 같아서요."

우예지 팀장이 눈웃음을 짓고 가득 찬 맥주 한 잔을 한 번에 마셨다.

제 입술에 묻은 거품을 닦는 그녀에게서 시선을 돌리다가 엄란 피디와 눈이 마주쳤다. 그녀가 살짝 고개를 끄덕이며 일어나길래, 뭔가 할 얘기가 있나 싶어서 나도 일어났다.

식당 입구에 설치된 커피 자판기에서 100원짜리 밀크커피를 뽑았다.

"피디님."

"아, 고마워요."

"분위기 좋은데요?"

"그러게요. 우리 진짜, 잘되려나 봐요."

엄 피디가 나를 보며 미소 짓는다. 조금 부담스럽네.

"그… 성지훈 있잖아요."

"예."

"깜빡하고 있었는데, 성지훈이 은퇴한 게 표절 스캔들 때문이었더라고요."

"맞아요."

"아시겠지만, 대중이 원하는 것은 추억의 스타지, 범죄자가 아니라서."

나는 고개를 가로젓고 말했다.

"표절은 맞지만, 그건 작곡가가 저지른 일입니다. 또 그때 제작한 영화까지 망하면서 연예계를 떠났던 거고요."

"아, 그래요?"

"그런 스토리도, 시청자들에게 제법 어필이 될 겁니다."

"그러네. 표절은 작곡가가 했는데 자기가 표절 가수로 찍혔으면 억울했겠다."

"그때는 작곡가의 실수도 가수가 덮어쓰는 일이 종종 있었으니까요."

"근데 그걸 증명할 수 있을까요? 성지훈 씨도 당시에 침묵했던 것 같은데."

"증명할 수 있습니다. 근데, 꼭 증명할 필요는 없죠."

"예?"

"그런 논란도 프로그램에 쏠리는 관심이니까."

일종의 노이즈마케팅이 될 수 있다.

훈훈한 감동? 물론 그것도 좋지.

하지만 먼저 시청률이 나와야 의미가 있는 거다.

나는 윤소림의 첫 예능을 나들이 정도로 끝낼 생각이 추호도 없다.

"그래도, 저는 좀 알고 싶네요. 어떻게 증명하실 건데요?"

엄란 피디가 나를 올려다본다. 그녀의 눈동자에 내 얼굴이 비친다. 씁쓸한 얼굴이, 고해성사 하듯 속삭인다.

"표절 논란을 처음 만든 사람이, 저였거든요."

엄란 피디의 얼굴이 표정을 잃어버렸다.

*　　　　　*　　　　　*

며칠 후.

[찾았어요. 주소 보낼게요.]

황 기자에게서 문자가 도착했다.

덕분에 경기도 양평 쪽에서 성지훈이 식당을 하고 있다는 사실을 알 수 있었다.

경양식 식당이라는데, 별로 유명한 곳은 아닌 것 같았다.

정보를 찾아보려고 인터넷을 검색해 봤는데, 광고 블로그만 실컷 나오는 것을 보니 맛집은 아닌 듯.

알아보려면 직접 찾아가는 수밖에.

그래서 바로 차를 끌고 경기도 양평으로 향했다.

굽이진 길을 따라, 댐을 가로질러 가는 길에 성지훈에 대해서 생각했다.

2000년 초반까지만 해도 성지훈은 엄청난 인기를 얻었다.

그때까지는 선이 굵은 외모가 인기 있었고, 성지훈은 노래와 연기를 동시에 하는 스타였으니까.

하지만 혜성처럼 등장한 이시현이라는 배우에게 밀리면서 성지훈은 힘든 시간을 보내게 된다. 설상가상으로 소속사가 범죄에 연루되면서 한동안 활동도 멈췄었다.

그렇지만 성지훈은 다시 부활한다.

이시현의 소속사에 들어간 그는 마지막 남은 무기를 휘두르듯,

4집 앨범 타이틀곡 '그리워서'를 발표한다.

이후 드라마에 출연하면서, 강물을 거슬러 올라가는 연어처럼 힘찬 몸짓으로 제2의 전성기를 되찾았다.

그리고 2008년, 그는 대중에게서 도망친다.

지금으로부터 10년 전이었다.

차는 자갈밭을 지났다. 덜컹이며 자갈이 엉덩이에 박히는 느낌이 들 때쯤 길이 곧아지고 식당이 보였다. 주변에 나무들이 많이 보인다.

[STEP]

차에서 내리자 바로 식당 간판이 눈에 보인다.

주차장은 텅 비어 있다. 손님은 없어 보였다. 있어도 몇 명이나 있을까.

나는 나무 계단을 올라갔다.

터벅터벅 들어갔더니, 마침 빗자루로 바닥을 쓸고 있는 남자를 볼 수 있었다.

"아직 영업 안 하는……."

성지훈이 날 알아봤다. 그러더니 입술을 한 움큼 깨물고는 어디론가 성큼성큼 들어갔다가 나왔다. 손에 물이 가득 찬 바가지가 들려 있다.

성지훈은 그걸 나한테 끼얹었고, 나는 피하지 않고 물 한 바가지를 고스란히 맞았다.

"네가 여길 어디라고 와!"

"할 얘기가 있어서요."

"할 얘기? 무릎이나 꿇어, 인마!"

소리를 버럭 지르길래, 나는 얼굴을 쓸어내리고 말했다.

"그건 좀 아닌 듯."

성지훈이 황당해하며 쳐다본다.

"너… 나 약 올리려고 왔냐? 그것도 10년 만에!"

*　　　　*　　　　*

"얘기 좀 하죠."

"너랑 할 얘기 없으니까 꺼져!"

성지훈은 손을 휙 치켜들고 바가지를 아무렇게나 내려놓았다.

"그럼 밥이나 줘요. 여기 뭐 잘해요?"

"아까 못 들었어? 영업시간 아니라고!"

소리를 버럭 지르는 그를 지나서 나는 식당을 찬찬히 살폈다.

경양식 식당이라더니 라이브 카페처럼 홀 가운데에 노래하는 공간이 마련돼 있었다. 직접 부르는지는 모르겠지만, 통기타가 놓여 있어서 가까이 가 만져보는데 성지훈이 내 손목을 낚아챘다.

"나가 이 자식아!"

막무가내로 밀어붙이는 힘에 밀려서 식당 밖으로 쫓겨나야 했다.

그것도 성에 안 찼는지, 성지훈은 소금 한 바가지를 들고 와서 계단 아래 서 있는 나한테 집어 던졌다.

"다신 오지 마!"

"내가 왜 왔는지 궁금하지 않아요?"

"안 궁금해!"

말은 그렇게 하면서 궁금한 거 다 안다.

궁금하겠지. 내가 왜 갑자기 10년 만에 찾아왔는지.

"궁금해도 안 가르쳐 줄 겁니다."

"뭐, 뭐?"

"또 올게요."

"저게 돌았나!"

나는 성지훈을 잘 알고 있다.

저 사람 앞에서 진지한 모습을 보여봐야 의미도 없다.

원체 그런 분위기와는 거리가 먼 사람인 데다, 약간 허술한 면이 있어서 허를 찌르면 당황하는 게 얼굴에 바로 드러나는 사람이다.

[물벼락에, 소금벼락까지.]

먼 길 온 시간이 아깝긴 하지만 얼굴만 보고 온 것도 나름 큰 수확이었다.

다음에 오면 이번보다는 낫겠지.

[업보 해결하기도 바쁜 시간에……]

저승이가 긴 다리를 뻗으며 투덜거린다.

[지옥 갈 거 구제해 줬더니……]

"이 근처에 바베큐로 유명한 집이 있는 것 같던데."

[그러니까, 쉬엄쉬엄하자고요. 밥 먹고.]

나는 차 트렁크에 넣어둔 옷을 헤집었다.

청바지밖에 없다. 제작진하고 미팅이 있어서 좀 차려입고 가야 하는데.

별수 없이 옷을 갈아입고 차에 올랐다.

다시 식당을 바라봤지만, 성지훈의 모습은 보이지 않는다.

입구의 소나무가 검은 그림자를 늘어뜨린다. 날 잡으러 올 것처럼. 그래서인지 오래전 기억 속의 신문 기사 하나가 떠오른다.

.

.

.

[단독] 성지훈 또다시 표절 곡 시비!

─성지훈의 6집 앨범 타이틀곡 '브로큰'이 일본 가수의 곡을 표절한 사실로 드러났다. 본지는 전문가와 함께 두 곡을 비교해서…….

*　　　　　*　　　　　*

「매니저 유병재, 생애 첫 광고 촬영 현장」

─뚜루뚜뚜루 뚜루루 닥터 뚜루뚜로 감아라!
─뚜루뚜뚜루 뚜루루 닥터 뚜루뚜로 감아라!

스튜디오에서 틀어놓은 광고음악이 대기실까지 넘어온다.

유병재는 화장대 거울 앞에 앉아 배서희에게 얼굴을 맡겼다.

작은 손이 분주하게 움직이면서 동그란 그의 얼굴에 스킨 듬뿍 바른 화장 솜을 덕지덕지 붙인다.

"어제 팩 안 하셨어요?"

"했어."

"근데 왜 이렇게 피부가 건조하지?"

"요즘 쌀쌀하잖아."

"그래도 이건 사람 피부가 아닌데요."

"서희 너는 참, 표현이 직설적인 것 같아."

"칭찬 고맙습니다."

쿨하게 대꾸하는 배서희의 모습에, 태평기획 성 대리가 콧바람을 들썩거리며 웃는다.

"하하, 두 사람 때문에 저 오늘 배꼽 빠지겠어요. 근데 매니저님은 긴장 안 되세요?"

"글쎄요."

"광고 체질이신가 보다."

"처음이라서 뭣도 모르는 거죠."

"왜요? 많이 보셨을 것 아니에요? 스타들 광고 찍는 거."

"그렇긴 한데, 제가 촬영하게 되니까 낯서네요."

"낯설어도 할 수 없어요. 오늘은 매니저님이 이 현장의 주인공이니까."

"주인공님, 베이스 들어갑니다."

잠깐 쉬고 있던 배서희의 손이 다시 움직인다.

메이크업이 이어지는 동안 김나영 팀장과 성 대리는 윤소림의 다음 광고에 대해서 잠깐 얘기를 나눴다.

"콘티 나왔어요."

"벌써요?"

김나영 팀장은 건네받은 콘티를 넘기며 집중했다.

'여유로운 금요일 오후'라는 광고 카피를 중심으로 뉴트로를 덧씌운 콘셉트로, 시대 배경은 2000년대 초반이었다.

윤소림을 비롯한 출연 게스트들이 광고 카피처럼 싱그러운 오후를 즐기는 컷들이 담긴 콘티를 빠르게 훑고 다시 성 대리에게 건넸다.

"잘 나왔다. 음악이랑 진짜 잘 어울리겠는데요?"

"그렇죠? 팀장님이 제안한 곡이랑 딱이에요."

성지훈의 2집 앨범 수록곡 〈나는 오후를 느낀다〉.

"곡 사용하는 데는 문제없죠?"

"예. 문제없어요. 당사자에게 직접 허락받으면 좋겠지만, 저작권을 당시 소속사 대표가 가져갔더라고요."

"그때는 그런 일이 많았으니까요."

"아, 광고주 쪽에서 성지훈 곡 쓴다니까 좋아하더라고요."

"그래요?"

"예. 〈바이바이〉 홍보 이사님이 과거에 성지훈이랑 일적으로 얽힌 적이 있었나 봐요. 추억이죠 뭐."

"한번 뵈어야 하는데."

"촬영 날 온다니까, 그때 보면 되죠."

"예."

고개를 끄덕이고 콘티를 건네자, 성 대리가 대기실을 먼저 빠져나가고 퓨처엔터 식구들만 남았다.

유병재의 굵은 목소리가 다시 흘렀다.

"대표님은 잘 만나셨나 모르겠네."

"둘이 어떤 인연이야."

궁금해서, 김나영 팀장은 잠깐 소파 팔걸이에 앉아 유병재를 바라봤다.

최고남이 N탑에 있을 때의 일이라서 그녀도 최고남과 성지훈의 관계를 알지는 못했다. 그걸 아는 사람이 있다면 눈앞의 유병재뿐.

"N탑 소속 여배우랑 성지훈이 요즘 말로 썸을 탔어. 그래서 스캔들이 터질 위기였고."

"그래서?"

"기자한테 입막음 조로 다른 기사를 줬지. 그게 성지훈의 표절 논란이었고. 성지훈은 과거에도 뮤직비디오 표절 논란이 있었기 때문에 또다시 표절 논란이 일어나니까 완전 코너에 몰린 거야."

"그거랑 대표님이 무슨 관곈데?"

"성지훈의 곡이 표절인 거, 대표님이 제일 먼저 알았거든. 앨범 나오자마자 성지훈이 대표님을 찾아와 자랑하듯 들려줬는데, 그때 바로 알았어. 원래 귀가 좋은 양반이니까."

"그럼……."

"표절 곡이란 걸 눈치챈 사람이 최고남이었고, 그런 최고남이 N탑에 있었고. 성지훈으로서는 기자에게 표절 제보를 한 사람이 우리 대표님이라고 생각할 수밖에 없었던 거야."

"아니라는 얘기야?"

"연 대표님이었어, 제보한 사람."

그리고 아직까지 두 사람은 오해를 풀지 못했다는 스토리.

"둘이 꽤 친했었는데."

유병재는 아쉬움이 묻어난 혼잣말을 속삭이고 눈을 떴다.

*   *   *

"나 어때? 괜찮아??"

"진정 좀 하시고요, 애들아, 나는 어떠니?"

"두 분 참… 막내야, 나는 어때?"

지난번 미팅 이후, 제작진은 오늘 세부적인 촬영 콘셉트와 일정 등을 논의하기 위해서 윤소림 측과 만나기로 했다.

그런데 퓨처엔터 대표가 직접 윤소림을 데려온다고 해서, 아니, 커피 한잔 마실 겸 엄 피디와 작가들은 로비에서 기다리는 중이었다.

"회식 때 보니까 더 괜찮아 보이더라, 사람이."

"그죠? 정진모처럼 막 조각은 아닌데, 보면 볼수록 괜찮아. 볼매야, 볼매."

"윤소림 실수할까 봐 옆에서 계속 지켜보는 거 봤어요? 보디가드처럼 말이에요."

"봤어, 봤어. 어린아이 물가에 내놓은 부모처럼, 때로는 오빠처럼 흐뭇하게 미소 짓는 모습."

"제가 물어봤는데, 사귀는 분 없대요."

"원래 그런 사람들이 연애를 못 해요. 일하기 바쁘거든."

"의외로 여자한테 약한 타입? 막 밤에 리드당하는 스타일일지도, 흐흐."

홍시처럼 붉어진 얼굴들이 서로를 마주 보고 웃는 동안, 고개를 주억거리며 한숨 쉬던 막내 작가가 시간을 체크하며 물었다.

"근데, 표절 논란이 자기 때문에 시작됐다는 게 무슨 말이에요?"

지난번 미팅에서, 퓨처엔터 대표는 엄 피디에게 그렇게 말했다고 한다.

"원래, 두 사람이 가까웠대."

"성지훈하고요?"

"응. 성지훈이 앨범 나오자마자 제일 먼저 곡을 들려줬을 정도로 친했다나 봐."

그랬는데, 최고남이 연성만 대표에게 실수로 표절에 대해서 언급을 했고, 이후로 표절 보도가 나오면서 성지훈은 은퇴까지 이르게 됐다.

"그 과정은 성지훈도 모르는 사실이고."

"이번에 그걸 오픈하겠다는 거네요."

"그렇지. 그래서 우리한테 다 털어놓은 거고."

"왜 그동안은 말하지 못했던 거래요?"

"표절 논란도 있었지만, 성지훈의 은퇴를 결정지은 트리거는 그때 당시 성지훈이 제작한 영화가 망해서였으니까. 그런 사람한테 '나 아닙니다'라고 한들 달라질 게 없었겠지. 망설이다가 말할 타이밍을 놓치지 않았을까 싶어."

당시 성지훈 개인이 손해 본 금액이 20억이 넘는다.

사채 빚까지 끌어서 쓰는 바람에 굉장히 힘든 시기를 보냈던 거로 알려져 있다.

"성지훈은 계속 안 한다는 거야?"

엄란 피디의 질문에, 메인작가가 고개를 끄덕인다.

"방송 두 번 다시 하고 싶지 않대요."

"아무래도 노래를 바꿔야겠지?"

"좀 더 얘기해 보죠. 스토리는 좋잖아요. 일단 문자 보냈으니까,

답 오겠죠."

"그래, 기다려 보자."

고개를 끄덕이는데, 드디어 퓨처엔터 대표와 윤소림이 걸어오는 모습이 보였다.

"와, 윤소림 진짜 예쁘다."

막내 작가는 넋을 잃고 윤소림을 바라봤다.

줄무늬 패턴이 들어간 원피스에 청 재킷을 걸쳐서 시크하면서도 귀여운 느낌을 준 코디, 바람에 살랑거리는 헤어, 실제 키보다 늘씬해 보이게 만드는 신체 비율.

역시, 여배우라는 말이 절로 나오는 모습이었다.

반면 선배 작가들과 엄란 피디는 그 옆 사람에 정신이 팔려 있었다.

퓨처엔터 대표는 지난번의 장국영 스타일과 달리 오늘은 청바지에 가죽 재킷 차림이었다. 그건 마치 누구랑 비슷하냐면…….

"제임스 딘."

"에에? 그 정도는 아닌데…….""

황당해하는 막내 작가와 달리 엄란 피디와 선배 작가들은 그의 한 컷, 한 컷을 눈으로 좇는다.

그런데 이때, 로비 매점 앞에 놓여 있던 핸드 카트가 윤소림 쪽으로 굴러갔다. 음료수 상자가 높이 쌓여 있어서 부딪치면 크게 다칠 수 있었다.

어어, 하는 사이에 속도가 더해진 핸드 카트가 윤소림을 덮치기 직전…….

엄 피디는 볼 수 있었다.

재빨리 윤소림을 끌어안아 대신 핸드 카트와 부딪치는 최고남의 모습을.

　　그 한 컷에 엄 피디는 발이 풀려 버렸다.

　　"피디님!"

　　"심장이, 심장이……"

　　"예? 뭐라고요?"

　　막내 작가가 그녀를 부축하고 귀를 가까이 가져다 댔다. 그리고 들린 속삭임.

　　"…자꾸 나대."

　　　　　　*　　　　　　*　　　　　　*

「플레이리스트팀 회의 중」

　　"괜찮으세요?"

　　엄 피디가 날 걱정스럽게 쳐다본다. 윤소림도 거듭 내게 괜찮냐고 물어서 몇 번이나 같은 대답을 했다.

　　"예, 괜찮습니다."

　　"크게 부딪친 것 같았는데."

　　그래, 갈비뼈 하나는 부러졌을지도 모른다.

　　반빙의가 없었다면.

　　저승이 덕분에 그 어떤 상처나 아픔 없이 가볍게 해결했다.

　　하지만 반빙의로 근력을 끌어모으는 것은 최대 3분이라고 한다.

그러니까 영웅놀이는 못 한다는 얘기다.

"와, 어떻게 그렇게 빠르게 움직여요? 아까 무슨 슈퍼맨인 줄 알았어요."

"내 배우 다칠까 봐, 저도 모르게 그런 괴력이 나왔나 보네요."

나는 걱정하는 윤소림에게 미소를 보이고 말했다.

부딪칠 때 소리가 커서 많이 놀란 모양이다.

녀석이 평소답지 않게 허둥대는 바람에 나도 놀랐을 정도였다.

"대표님, 정말 괜찮으세요?"

"난 괜찮으니까, 우리 회의 시작하죠."

한 번 더 사람들을 안심시키고 기획 회의를 진행했다.

"통화해 보셨어요?"

"안 한다고 해서, 일단 문자 보내뒀어요. 근데 전화번호 어떻게 알아내셨어요?"

"여기저기 부탁했습니다. 오늘도 거기 갔다 오는 길이고요."

"정말요? 성지훈 반응은 어때요?"

나는 빙긋 웃고 말했다.

"무척 반기던데요?"

*   *   *

너무 반겨서 물벼락 선물까지 받았다는 얘기를 했더니 다들 고개를 절레절레 흔든다.

그런데, 윤소림이 계속 날 힐끗거린다.

눈동자의 초점이 자꾸 흔들린다.

"소림아, 나 진짜 괜찮으니까."

고개를 살짝 끄덕이며 재차 말하고 나서야, 윤소림이 회의에 집중했다. 막내 작가가 플레이리스트를 재생하면서 음악이 흘러나온다.

〈나는 오후를 느낀다〉, 〈그리워서〉

성지훈의 앨범 수록곡 중에서 빠른 템포의 곡과, 발라드 곡 한 곡씩을 들었다.

만약 성지훈이 출연 제의를 수락한다면 무대에서 이 두 곡을 부르게 될 거다.

타이밍도 좋다. 레트로에 이어서 뉴트로 열풍까지 불어닥치고 있으니까.

대중에게는 식상했던 과거의 얼굴이, 시간이 흐르면서 오히려 신선함으로 다가오고 있었다.

"근데, 소림 씨는 이 노래 나왔을 때면 유치원생 아니었어요?"

메인작가가 손으로 펜대를 돌리며 묻는다.

"예, 아마 그쯤 될 것 같아요."

"근데 이 노래를 선택한 이유가 있어요? 성지훈이 은퇴했을 때 기준으로 해도 갓 중학생이었을 것 같은데."

"음……."

윤소림이 잠깐 고민하고 입을 연다.

"가수는 은퇴했어도, 노래는 남잖아요. 우연히 들른 카페에서, 혹은 거리에서, 어쩌다 라디오에서 나오기도 하고. 저는 어느 날 우연히 성지훈 선배님의 노래를 라디오에서 들었어요. 그때 정말 힘들 때였는데, 왠지 힘이 나더라고요. 그래서 한동안 그 노래를 들었던 기억이 나요."

"힘들 때였으면, 기억이 선명하겠다."

"맞아요. 그날의 날씨, 기분 상태, 마주친 사람, 그때의 소중한 감정들처럼 자잘한 것들이 다 기억나요."

"와, 역시 배우는 다르네요."

나는 그때가 언제인가 궁금해서 가만히 듣다가 기획안을 손에 쥐었다.

지난번 열 페이지짜리였던 기획안이 제법 두툼하게 변해 있었다.

섭외 장소며 대략적인 이미지들이 잡혀 있다.

프로그램의 전체적인 전개는 윤소림을 중심으로 성지훈이라는 가수를 얘기하는 흐름이었다.

그녀가 일하며 만나는 모든 사람들에게서 성지훈의 추억을 얘기하고, 그때그때 자료 화면과 함께 시청자들이 공감할 요소들이 튀어나온다.

첫 번째 구심점은 성지훈의 팬클럽.

그때의 소녀들은, 지금 어떻게 살고 있을까.

아마 대부분 가정에 속해 있고, 자식을 가진 부모가 돼 있을 것이다.

물론 자신만의 커리어를 쌓으면서 일을 하고 있는 팬들도 있을 거다.

소림이가 그녀들을 만나면서 이야기를 들어보는 것도 재밌지 않을까.

하지만 너무 다큐멘터리처럼 느껴져서는 안 된다.

1회짜리 방송의 여운이 아닌, 지속 가능한 여운을 남기려면 대중이 성지훈의 스토리에 공감하게 만들어야 한다.

　　그런 부분 때문에 표절 사건을 다룰 수밖에 없고.

　　"성지훈의 팬들도 섭외하실 거죠?"

　　"예. 성지훈에 대한 추억을 가장 잘 아는 사람들이니까요. 근데 쉽지 않을 것 같아요. 팬클럽이 유명무실해져서."

　　흠, 팬들이 가진 추억이 꼭 필요한데.

　　"근데 확실히 그 시절의 팬들이 강하긴 했어요. 지금 팬들이 손 팻말 들고 항의하는 수준이라면, 그때는 진짜 육탄전까지 벌일 정도였으니까. 팬덤끼리 머리끄덩이 잡고 싸우는 일도 다반사였고."

　　"명동대첩 유명하잖아요. 심지어 그건 같은 배우 팬덤들끼리 싸운 거고."

　　"아, 그거 뉴스에도 났었지? 진짜 대박이다."

　　"그런 걸 보면, 그때는 확실히 스타라는 존재가 빛이 나던 시절이었어요. 지금은 스타를 만드는 것부터가 기획이고, 대중의 소비 패턴도 빠르게 변하다 보니까 빛이 나도 잠깐이잖아요."

　　엄 피디는 턱에 댄 검지를 까닥거리며 속삭이다가 불현듯 떠오른 생각이 있는지 눈썹을 껑충 올렸다.

　　"아, 드림콘서트 기억나? 풍선 물결?"

　　"당근 기억나죠! 전 파란 풍선!"

　　"나는 하얀 풍선!"

　　"대표님은요?"

　　갑자기 내게 질문이 넘어왔다.

"전… 노란 풍선입니다."

"아."

왠지 민망해서 머뭇거리다가 말했는데, 윤소림이 무미건조한 목소리로 속삭인다.

"대표님도 연예인 따라다니고 그러셨구나."

"당연하지. 나도 까까머리 중고등학생 시절이 있었는데."

"남중 남고 나오셨어요?"

"고등학교는 남녀공학이었어요."

"와, 그럼 여자 친구 있으셨겠네요?"

엄 피디와 작가들이 다다다 묻는다.

지난번 미팅 때부터 든 생각인데, 저 네 사람이 잘 뭉치는 것 같다.

"아니요. 운동하느라 바빴죠."

"운동이요?"

눈이 두 배 커진다. 근데, 지금 회의하기 바쁜데.

"예, 육상선수였거든요. 단거리."

"와우!"

손뼉 치는 여자들 때문에 나도 모르게 움찔하고 말았다.

"그럼 진짜 잘 달리시겠다."

"저희 대표님, 진짜 빠르세요."

그러면서, 어느새 윤소림이 핸드폰을 꺼내 들었다.

"뭐야, 뭐야."

"대박!"

은별나라 은별공주 채널에 업로드된 운동회 때 달리기 영상이었다.

십수 년 만에, 머리카락을 흩날리며 시원하게 달렸던 그때.

은별이의 벙찐 표정이 압권이다.

그런데 윤소림이 머뭇거리다가 핸드폰 갤러리를 뒤적이며 속삭인다.

"이건, 저만 가지고 있는 건데."

"어? 뭐야 그거?"

윤소림이 재생한 영상은 한강에서 유유 팬들에게 쫓기는 내 뒷모습이었다.

유유 팬들이 우르르 날 쫓고, 나는 걸음아 나 살려라 뒤도 안 돌아보고 뛰어간다.

엄 피디와 시스터즈가 물개 박수를 치며 재밌어하니까, 윤소림의 입꼬리가 쫙 올라갔다.

"야, 이거 몰카야."

"몰카 아니에요. 대놓고 찍었으니까."

"참네."

피식 웃다가, 문득 이상해서 물었다.

"설마 다른 것도 있니?"

"어, 없어요."

"말은 왜 더듬어?"

"언제요?"

"너 지금 연기하는 것 같은데?"

"아니에요."

그러면서 또 서둘러 핸드폰을 잠근다.

뒤늦게 핸드폰을 낚아채 봤지만 잠금화면만 나온다.

"열어봐. 얘, 지금 뭐 있는데."

"아무것도 없습니다!"

윤소림이 핸드폰을 다시 가져가더니 두 손에 꼭 쥔다.

의심스럽다. 심증은 있는데 물증이 없는 상황이라고 할까.

가늘게 뜨고 있는 내 시선을 피해서 윤소림이 엄 피디와 시스터즈를 돌아본다.

흥미진진하게 우리를 보고 있으리라고는 예상했는데, 엄 피디가 메이킹영상 촬영을 위해 켜놓은 미니카메라를 은근슬쩍 내 쪽으로 향하다가 눈이 마주쳤다.

"이것 참, 방심을 하면 큰일 나겠네요."

"아하… 하… 카메라가 흔들리는 것 같아서."

"이거 약간 의심이 들어서 그러는데요, 설마 저에 대해서 콘셉트 같은 거 잡으신 건 아니시죠?"

그냥 농담 삼아 물어봤다.

3인칭시점 작가들이 〈느끼한 대표〉라는 콘셉트를 잡아서 애먹었으니까.

그런데… 엄 피디와 시스터즈의 시선이 여기저기로 흩어진다.

"파리가 있네."

"파리채 가져올까요?"

"됐어. 날파리 같은데 뭐."

아니, 여름 지난 지가 언젠데 파리가 있다고.

어디를 봐도 파리는 보이지 않건만. 심지어 메인작가는 허공에 손뼉을 치면서 파리 잡는 시늉을 한다.

포기하자. 포기하면 마음이 편하니까.

나는 한숨을 쉬고 책상을 톡톡 두드리며 속삭였다.

"회의하고 싶다."

아주 진지한 회의를.

그런 나를 윤소림이 옅게 웃으며 쳐다본다.

*   *   *

「경기도 양평, STEP」

"저기 소림 씨, 진짜 괜찮겠어요?"

김승권은 난처한 얼굴로 뒤를 돌아봤다.

윤소림이 단단한 표정으로 콧바람을 들썩거린다.

"대표님 말로는 물도 끼얹는다는데."

"대표님에게만 짐을 떠넘길 수는 없잖아요. 제가 출연하는 프로그램이니까, 저도 어느 정도 역할을 하고 싶어요."

"아니, 그래도… 아휴."

"뭐가 걱정이에요. 저한테는 오빠가 계신데."

곤란해하던 김승권이 고개를 든다.

"그렇죠. 제가 있죠."

"그럼, 내릴까요?"

빙긋 웃으며 내린 윤소림.

하지만 두 사람은 아주 느린 속도로 경양식 식당으로 향했다.

"소나무가 많네요. 을씨년스럽게. 꼭 귀신 나올 것 같네."

"에이, 귀신이 어디에 있어요."

"귀신이 왜 없어요?"

"보셨어요?"

윤소림이 진짜 궁금하다는 듯 눈썹을 치켜뜨고 묻는다.

"차 팀장님이 기가 세잖아요. 그래서 귀신 같은 거 안 믿는 분이신데, 얼마 전부터 우리 회사에서 그런 기운이 느껴진대요. 사람이 아닌 무언가의 존재."

"에이, 언니가 장난친 거겠죠."

"저도 그런 줄 알았는데, 가끔 물건이 엉뚱한 데 있고 그러더라고요. 특히 TV 리모컨."

"예? 하하."

윤소림이 웃으면서 계단을 밟았다.

그런데 마침 노을이 쭉 내려오면서 계단에 그림자가 길어졌다.

꿀꺽.

윤소림이 마른침을 삼키고 머뭇거리다가 계단을 하나 더 밟았다.

문이 열려 있지만 손님은 별로 없는지 조용했다.

"저 오빠……."

윤소림이 뒤를 돌아보며 말했다.

"왜, 안 올라오세요."

"아, 죄송합니다."

후다닥 올라온 김승권은 먼저 식당에 발을 들였다. 그때였다.

"으허!"

갑자기 사람이 불쑥 나왔다.

어깨까지 내려온 긴 머리에 처음에는 여자인 줄 알았지만, 자세히 보니 여자가 아니었다.

"안녕하세요, 선배님!"

윤소림은 바로 성지훈을 알아보고 허리를 숙였다.

그는 상황을 파악하느라 미간을 잠깐 찌푸리다가 눈을 크게 떴다.

앞에 있는 사람이 500살 마녀의 윤소림이라는 것은 지나가던 개도 알 테고, 최고남이 윤소림의 대표라는 것은 뒤늦게 인터넷으로 알았고.

"그냥 가요."

"저……."

"그냥 가라고요! 할 얘기 없으니까."

"선배님, 우선 불쑥 찾아와서 정말 죄송합니다. 그래도 제 얘기를 좀 들어주시면 안 될까요?"

"내가 왜 그래야 하죠?"

"제가 선배님 팬이거든요."

"그걸 믿으라고?"

싸늘한 시선.

"제 추억이, 제가 선배님 팬인 걸 인증하고 있는걸요."

아니, 뭘 또 그렇게까지 거창하게.

성지훈은 한숨 한 번 쉬고 내키지 않은 투로 말했다.

"…할 얘기가 뭐예요. 짧게 해요."

"대표님이 많이 괴로워하고 계세요."

그 말에, 성지훈은 낄낄 웃었다.

최고남이 괴로워한다고? 차라리 남북이 곧 통일한다는 소리를 믿지.

"거짓말하지 마요!"

"……"

그냥 한번 윽박질렀는데, 고개를 들고 있던 윤소림의 턱이 스르르 내려간다.

"뭐야, 진짜 거짓말이었냐? 이것들이 진짜 쌍으로 누구 약 올리나!!"

그 대표에 그 배우 아니랄까 봐, 아주 그냥 거짓말들이!

펄쩍 뛴 성지훈은 주위를 두리번거리다가 계산대에 비스듬히 놓은 빗자루를 들고 나왔다. 먼지만 내서 겁을 주고 쫓아내려고 했다. 그런데…….

'응?'

뭐야. 윤소림의 눈빛이 변했다.

광장한 기세가 느껴진다. 저런 기세, 성지훈은 과거에 경험한 적이 있었다. 어디 그룹 회장님 사모님이었는데.

"선배님, 저희 대표님이 괴로워한다는 얘기는 사실 거짓말입니다."

"허! 그걸 왜 그렇게 당당하게 얘기해?"

"하지만, 신경을 안 쓰신다는 얘기는 아니에요."

윤소림이 성큼 올라와 그를 마주했다.

표정이 단단하고, 눈빛은 흔들림이 없다. 자세 또한 반듯했다.

"저는 선배님께 방송활동이나, 프로그램 출연을 부탁드리려고 온 게 아닙니다. 선배님이, 대표님의 얘기에 귀 기울여 주시길 부탁드리려고 온 거예요. 물론 이것도 주제넘은 소리이고 강요일 수 있습니다. 하지만 선배님이 대표님 때문에 마음의 상처를 입으셨다면 이번이 그걸 내려놓을 수 있는 기회가 되지 않을까 싶어요."

성지훈은 빗자루를 내려놓았다.

그리고 차가운 시선으로 윤소림을 쳐다봤다.

"최고남이 애는 잘 키웠네. 근데 꼬마야, 나 최고남한테 원한 없어. 마음의 상처 같은 것도 없고."

"그래도 얘기를 한 번만이라도 들어주시면 안 될까요? 부탁드릴게요. 선배님이 모르시는 게 있어요. 제 입으로 말해선 안 될 것 같아서 얘기는 못 하지만……."

그 순간, 성지훈이 말했다.

"표절 건? 알아. 연 대표가 한 짓인 거."

"…그럼 왜요? 두 분, 사이좋으셨다면서요?"

"못난 사람이 제일 하기 쉬운 일이 뭔지 알아? 남을 원망하는 거야. 그때는 내가 많이 못났거든. 그러니까 이제 가."

더 이상 얘기하면 강요이자 폭력이었다.

결국 윤소림은 허리 숙여 인사를 하고 계단을 내려왔다.

하지만, 계단을 내려와 다시 고개를 돌려 성지훈을 올려다보고 말했다.

"근데 아마… 사람들은 많이 기다릴 거예요, 선배님을."

그 말에, 성지훈이 콧방귀를 낀다.

"나한테 팬이 있기는 하냐?"

그는 식당 문을 닫고 들어가 버렸다.

윤소림과 김승권은 다시 차에 탔다.

룸미러를 살피던 김승권이 넌지시 묻는다.

"갈까요?"

"저… 오빠."

"예?"

"저, 이제 인기 좀 있어요?"

무슨 뚱딴지같은 질문인지 모르겠지만, 김승권은 고개를 끄덕였다.

"인기 많죠. 지금 대한민국을 흔든 드라마의 여주인공인데. SNS에 소림 씨 사진 하나만 올라가도 댓글이 얼마나 많이 달리는데요. 바로 기사도 나고."

그 말에, 윤소림은 심호흡을 크게 했다.

뭔가를 결심한 표정이었다.

그게 뭘까를 궁금해하면서 김승권은 서울로 가는 길을 재촉했다.

*   *   *

「러시아, 모스크바」

"Есть тут неподалеку магазин электронных товаров? (이 근처에 전자제품 매장이 있어요?)"

"Идите в эту сторону прямо. (이쪽으로 쭉 걸어가세요.)"

S전자 직원인 영훈 씨는 출장 중에 노트북 어댑터가 고장 나서

거리를 헤매는 중이었다.

서툰 러시아어로 물어물어 도착한 매장은 허름한 간판처럼 내부도 볼품없었다.

그래서 별 기대 없이 둘러보다가 카운터의 여직원에게 다갔다.

금발의 여직원이 이어폰을 꽂고 뭔가를 흥얼거리고 있었는데, 가만 들어보니 한국 노래다.

어딘지 익숙한 멜로디.

유리 테이블을 톡톡 두드리자, 그녀가 귀에서 이어폰을 빼고 고개를 든다.

"여기 노트북 충전기가 있을까요? 이렇게 생겼는데."

"아, 잠깐만요."

기대하지 않았는데, 그녀가 창고를 뒤적여서 충전기를 가져왔다.

한숨 돌린 영훈 씨는 값을 지불하고 궁금해서 물었다.

"그거 한국 노래 아니에요?"

"아, 한국 사람이세요?"

고개를 끄덕이자, 그녀가 웃으면서 노트북에 연결돼 있던 이어폰을 빼고 스피커를 연결했다. 그러자 영훈 씨의 추억 속 노래가 흘러나왔다.

"와, 이 노래를 러시아에서 들을 줄이야."

"이 가수 알아요?"

"예. 성지훈이라고, 한국의 디마 빌란이었죠."

영훈 씨는 러시아의 팝 아티스트를 빗대 설명하고 나서 되물었다.

"근데 어떻게 이 노래를 알아요?"

"저 한국 드라마 좋아해요. 특히 500살 마녀 진짜 좋아해요."

"그게 이거랑 무슨 상관인데요?"

"여주인공 윤소림이 SNS에 이 노래를 듣고 있는 동영상 올렸거든요. 그래서 이 노래 알았어요. 친구들도 이 노래 좋아해요."

"아, 윤소림."

영훈 씨는 혀를 내둘렀다.

드라마의 여주인공이 SNS에 올린 영상을 해외의 팬들이 본다는 것도 놀라운데, 그 영상 속 노래를 찾아 듣기까지 한다니.

실로 문화충격이었다.

그녀가 말했다.

"저 이번에 한국 여행 가요. 성지훈의 노래를 라이브로 들을 수 있을까요?"

*　　　　　*　　　　　*

"에이씨, 요즘 손님이 왜 이렇게 없냐."

날이 서늘해져서 그런지 식당은 며칠 내내 한산했다.

테이블에 앉아 있는 파리들의 모습에 성지훈은 열불이 터져서 전기 모기채를 손에 쥐었다.

"제비는 따뜻한 남쪽 나라로 떠난다는데, 니들은 왜 여기서 죽치고 앉아 있는 거냐!"

타닥, 타닥.

전기에 지져진 파리들이 탄내를 내뿜으며 바닥에 추락한다.

손님도 없겠다, 한참을 서성거리며 파리들을 해치운 그는 전기 모기채를 내려놓고 빗자루를 손에 쥐었다.

지난번에, 윤소림에게 휘두르려고 들었던 빗자루다.

설렁설렁 빗자루질을 시작하자 자연스레 입술이 움직인다.

"보고 싶어서… 또다시 그대 사진을 꺼내요……."

그대는 날 참 많이 사랑했는데

나는 이제야 그 사랑을 알 것 같네요

그대의 소중함 너무 늦게 알아 미안해요

점점 올라가던 목소리는 고음 파트에서 멈췄다.

입맛을 쩝 다신 성지훈은 라디오를 틀고 다시 청소를 시작했다.

"입지는 나쁘지 않은데."

그동안 별의별 일을 다 한 그였다.

곱창집도 해보고, 포차도 해보고, 배달 전문점도 해봤다.

사업 실패 후에 하루 4시간 이상을 푹 자본 적이 없을 만큼 눈만 뜨면 일을 했다. 그나마 인기가 남아 있을 때는 전국의 나이트 클럽이며 행사장을 돌면서 그렇게 하기 싫어했던 웃음을 팔았고, 마른 시래기처럼 인기가 시들고 나서는 몸으로 할 수 있는 건 모두 했던 것 같다.

그래서 작년에 빚을 모두 갚을 수 있었다. 마지막 빚을 갚고 나서는 한참을 울었다.

이후 한동안 무기력증을 앓았다.

뭐랄까. 빚을 갚고 나니까 번아웃이 왔다고 할까.

왜 이렇게까지 악착같이 살았나 싶기도 하면서, 이젠 무슨 목표를 가지고 사나 싶었다.

그러다가 생각한 것이 경양식 식당이었다.

일찌감치 스타의 맛을 본 덕에 어렸을 때부터 고급 음식을 자주 접했고, 그러다 보니 입맛이 까다로운 편이었다.

새로운 목표가 생기고 나니 다시 살아갈 의욕이 생겼다.

요리학원을 다니고, 특제 소스를 개발하고, 가게 터를 알아보고.

처음 여기 왔을 때, 사실 입지는 별로였다.

들어오기도 애매하고, 일부러 찾지 않는 한 사람들이 식당이 있는 줄도 모를 게 분명할 정도로 구석진 곳이었다.

그런데, 해가 질 즈음 이곳을 구경하는데 식당 입구에 서 있는 소나무들의 늘어진 그림자가 발밑까지 닿았다.

그때 그런 생각이 들었다. 잠깐 이 그림자 아래에서 쉬고 싶다고.

"미쳤지, 내가! 미쳤어!"

성지훈은 고래고래 소리를 지르며 빗자루질에 박차를 가했다.

다시 기억은 이어진다.

그래도 처음에는 장사가 좀 됐다. 바이럴마케팅 업체에 의뢰했더니, 포털사이트의 파워 블로거들이 리뷰를 우르르 올렸기 때문이다.

하지만 바이럴마케팅은 한계가 있었다.

그럴 수밖에 없는 것이, 블로거들이 올리는 리뷰들이 하나같이 허접했기 때문이다.

제목 : 오늘은 경기도 양평의 경양식 식당에 대해서 알아보아요!

—토끼가 감탄하는 이모티콘

안녕하세요~ 요정맘이에요!

근황 얘기, 날씨 얘기, 휴일 얘기 등등등~

여러분도 가끔 경양식이 생각나시죠?

—토끼가 윙크하는 이모티콘

요정맘도 가끔 요리하기 싫은 날, 경양식이 당기는 날이 있답니다~

그리고 다시 헛소리, 애들 얘기 등등등~

—식당 사진 몇 장

자, 이렇게 경양식 식당을 알아봤는데요, 여러분도 행복하세요!

—토끼가 두 손 모아 하트를 날리는 이모티콘

"아, 생각하니까 또 열받네."

성지훈은 빗자루를 내려놓고 주머니를 뒤적거려서 전자 담배를 꺼내 물었다.

한 모금 빨아들이는데, 라디오에서 그의 귀를 잡아당겼다.

—요즘 이 노래 신청이 확 늘었어요. 18년 전 노래죠? 밀레니엄 시대를 맞은 2000년에 우리의 귀를 즐겁게 해준 성지훈의 〈그리워서〉. 들려 드리겠습니다.

이어서 흘러나온 전주에 가슴이 미어진다.

가끔 라디오에서 자신의 노래가 흘러나올 때가 있기 때문에 특별한 일은 아니었다.

하지만 오늘은 한 문장이 귀에 거슬렸다.

"신청이 확 늘어?"

담배를 내려놓고 이마를 긁적인 성지훈은 잠깐 의자에 앉았다.

18년 전, 성대가 팔팔했던 그 시절의 목소리가 들려온다.

그건 마치, 시간과 공간의 경계에서 젊은 성지훈과 나이 든 성지훈이 마주하고 있는 것 같았다.

"젊은 놈이 노래는 잘 부르네."

노래가 끝나고, 라디오 진행자와 패널의 대화가 이어졌다.

—여러분도 성지훈 씨 노래 참 많이 들었잖아요? 그렇지 않아요?

—그럼요. 남자들은 노래방 가면 이 노래 필수였죠.

—맞아요. 그래서 여자 친구하고 노래방 가면 절대 불러서는 안 되는 곡 리스트에도 올라왔던 곡이잖아요, 하하.

—고음 좋아하는 분들은 꼭 한번씩은 불러보셨을 거예요.

—듣자니까, 요즘 어린 친구들은 무슨 노랜지도 모르는데 고음이 있어서 부르는 친구들도 있다고 하더라고요. 왜, 코인 노래방에서요.

"내가 또 한 고음 하지."

—저는 그거 아직도 기억나요. 성지훈 하면 명동대첩이잖아요? 팬들끼리 명동에서 충돌했던.

—맞아맞아, 뉴스에도 났었잖아.

가만히 듣고 있던 성지훈은 눈살을 팍 찌푸렸다.

"그거 나 아니야! 이시현 팬들이야!"

가만있다가 물 끼얹은 것처럼 흥이 팍 식는다.

"에이, 기분 잡치네. 물이나 한 모금 마셔야겠다."

주방으로 들어가서 냉장고 문을 획 열었다.

물 한 컵을 따라 마시는데, 문득 최고남이 떠오른다.

"물 뿌린 건 좀 오버였나."

조금 미안해져서, 인상을 찌푸리는데 밖에서 계단 밟는 소리가 들린다. 성지훈은 서둘러 주방을 나와 큰 소리로 외쳤다.

"어서 오세… 이런 씨x!"

최고남이었다.

*   *   *

성지훈이 나를 보면서 입술을 오물오물거린다.

이번에는 물바가지로 물을 뿌리지 못할 거다.

오늘은 나 혼자 온 게 아니거든.

은별이와, 은별나라 스튜디오 스태프들, 박은혜와, 은별이 학교 친구들까지 우르르 들어와 자리를 차지한다.

"손님으로 온 거예요. 그렇지, 은별아?"

성지훈의 눈동자가 코너에 빠진 볼링공처럼 힘없이 구른다.

"아, 은별아, 인사해. 여기 사장님이셔."

"안녕하세요. 은별나라 은별공주 고은별입니다!"

은별이가 방긋 웃고 인사한다.

"촬영은 이따 하고, 친구들하고 가서 뭐 먹을지부터 골라."

"예!"

은별이가 친구들에게 달려간다.

지난번 운동회 때 봤던 애들이다. 통통한 애, 홀쭉한 애, 키 큰 애.

아이들이 조잘거리면서 메뉴를 고르는 모습을 보면서 나는 빙긋 웃고 허수아비처럼 서 있는 성지훈을 돌아봤다.

"여기서 제일 맛있는 걸로 부탁드려요, 서비스도 팍팍 부탁드립니다!"

"뭐 하는 거냐?"

"밥 먹으러 왔다니까요?"

"넌 항상 그게 문제야. 네 멋대로 결정하고 움직이는 거. 그거 원치 않는 사람도 있거든?"

"이것저것 따지면 무슨 일을 합니까? 그리고, 형님은 자기 마음을 다 안다고 생각하세요?"

"뭐?"

"제가 알던 성지훈이라는 사람은 때론 허당 같고, 때론 푼수 같은데……."

"이게!"

"근데, 노래 하나만은 진심인 사람이었어요. 소속사와 분쟁이 있을 때도 곡 쓰는 데 열중하던 사람."

"그게 지금 와서 무슨 의민데?"

"아니, 뭐. 밥 먹으러 왔다니까요? 얘들아, 맘껏 골라! 은혜야, 스테이크 먹어!"

"예!"

나는 흐뭇하게 녀석들을 바라봤다.

"내 새끼들 귀엽지 않습니까?"

"너 같으면 귀엽겠냐? 최고남 새끼들이?"

성지훈이 투덜거리면서 주방으로 들어간다.

아니, 주문은 받고 가야지 하고 말이나 던지려고 했는데, 성지훈이 쟁반에 물컵과 물을 가지고 왔다.

아이들 테이블에 찬찬히 놓고, 주문을 받은 다음, 내가 앉아 있는 곳에는 탁! 내려놓고 뒤도 안 돌아보고 주방으로 다시 돌아갔다.

시간이 조금 걸려서 요리가 나왔다.

은별이가 카메라 앞에서 포크에 콕 집은 돈가스 한 조각을 들고 숨을 쌕쌕 내쉬면서 말한다.

"여러분, 진짜 맛있게 생기지 않았어요? 튀김 색깔 보세요. 제가 먹어볼게요."

바스락.

소리가 내가 앉은 옆 테이블까지 들린다.

"와, 너무 맛있어요! 오늘은 우리 반 친구들도 같이 왔거든요. 맛이 어떤가요?"

그새 입에 돈가스 소스를 덕지덕지 묻힌 통통한 애가 작은 엄지를 내민다.

"대박!"

다른 친구들도 헤헤 웃으면서 돈가스를 맛있게 먹기 시작했다. 그 모습을, 성지훈이 물끄러미 보고 있다. 입가에 미소를 띠고 말이다.

그러다가 나와 눈이 마주치자, 큼 하고 헛기침을 하더니 못 이기는 척 내 앞에 온다.

"술 줘?"

"맥주나 한잔 주세요. 애들 있어서."

탁!

"요즘에도 방 국장이랑 한잔하냐?"

"가끔요. 그렇잖아도 방 국장님이 형님 안부 묻던데."

"궁금해하지 말라고 그래. 그쪽은 쳐다도 안 볼 거니까."

"진짜 생각 없으세요? 저도 형님 괴롭히는 것 같아서, 진짜 싫으신 거면 그만 올게요."

"싫다고."

"잘 생각해 보세요."

"싫다……."

그때였다. 성지훈이 고개를 돌린다.

식당 입구에 때 이른 코트를 입은 여자가 들어왔다.

작은 키에 펑퍼짐한 몸매의 그녀는 다짜고짜 소리부터 높였다.

"성 사장님! 월세가 또 밀렸어요! 왜 이래, 진짜?"

"아, 사장님, 지금 손님이 있으니까."

성지훈이 쪼르르 달려가서 그녀를 밖으로 데리고 나간다.

작은 소란이었다.

근데, 우리 형님 등이 왜 이렇게 작아졌어?

젠장.

*   *   *

일찌감치 현장에 나온 태평기획 성유나 대리가 현장을 체크한다.

언제나 정신없는 광고 촬영 현장.

대행사 직원이 현장에서 할 일은 스태프들과 광고모델, 그리고 광고주의 사이에서 의견을 조율하거나 문제점을 미연에 방지하는 것이다.

그래서 성 대리는 CF 촬영감독과 콘티를 다시 확인하면서 혹여 달라진 게 있는가를 먼저 확인했다.

"모델은 언제 와요?"

감독이 눈치를 살피며 묻는다.

"오고 있대요. 20분 안에는 올 것 같아요."

늦은 건 아니었다. 광고주가 먼저 도착해 있어서 그렇지.

다행히 광고주 쪽에서는 개의치 않는 것 같았다.

원체 쿨한 사람들이니까.

"이사님, 커피 드시겠어요?"

"아니야, 아니야. 방금 전에 마시고 왔어."

바이바이 민다영 이사가 손사래를 친다.

깔끔한 단발머리는 희끗희끗했지만, 나이보다 훨씬 젊어 보이고 눈빛에 힘이 넘쳐흘렀다.

"콘티 정말 잘 나왔더라고요."

"콘티가 중요한가. 모델이 중요하지."

"그렇죠. 모델이 중요하죠."

음료 전문 업체인 〈바이바이〉는 과거 혜성처럼 등장한 신인배우를 광고모델로 캐스팅하면서 대박을 터뜨린 적이 있었다.

그 당시 광고 콘티를 본 모델들이 하나같이 질겁하며 기피하던 차에, 신인배우가 하고 싶다고 자원을 하고 CF에 들어가는 멜로디에 가사까지 직접 썼다는 일화는 지금도 업계에서 전설처럼 내려올 정도로 유명하다.

오죽하면 그 광고 하나로 바이바이가 10년 먹을 장사를 했다는 말이 나올 정도니까.

"이번 광고가 그때의 향수를 다시 끌어올 수 있으면 좋겠는데."

민다영 이사가 미소 띤 얼굴로 속삭이며 현장을 눈에 담는다.

눈동자에는 스태프들의 모습이 비치고 있지만, 어쩌면 과거 그 대박 CF를 찍던 현장을 상상하는지도 모른다.

"모델 왔습니다!"

그때 들린 목소리에 다들 고개를 돌렸다.

윤소림과 유병재가 밝은 미소를 들고 들어오고 있었다. 그 뒤로 교복 입은 여고생들도 있었다.

〈나는 오후를 느낀다〉의 콘셉트를 중심으로 윤소림은 20대 직장인의 오후, 여고생들은 하굣길의 오후, 그리고…….

"어머, 언니!"

강주희가 요란하게 또각또각 하이힐 소리를 울리며 민다영 이사에게 달려왔다.

그녀의 오늘 오후는 직장인 콘셉트.

퓨처엔터 소속 아티스트가 총출동한 현장은 순식간에 와자지 껄해졌다.

"와, 대박."

연습생 소연우는 생전 처음 온 CF 현장의 모습에 넋을 잃어버렸다.

권아라도 마찬가지였지만, 티 내며 고개를 두리번거리는 소연우와 달리 눈만 말똥말똥 뜨고 있다.

"얘들아 우리 인사하자, 지수야."

박은혜가 아이들을 챙긴다.

아직 넷은 어색하기만 한 사이.

"하나, 둘, 셋, 넷. 안녕하십니까!"

네 명의 여고생이 동시에 인사하자 사람들의 시선이 일제히 모인다.

현장에서 가장 어린 넷, 거기다 교복 입은 학생들.

"퓨처엔터 연습생이라고 들었는데."

민다영 이사가 물었다.

"예, 맞습니다!"

"다들 참 예쁘네. 오늘 잘 부탁해요."

민다영 이사는 한 명 한 명 손을 잡고 부탁한 뒤에 윤소림과도 악수를 나눴다.

"드라마 정말 재밌게 봤어요. 이따 갈 때, 실례가 안 되면 사진 좀 같이 찍을 수 있을까요? 우리 아들이 팬이라서."

"정말요? 감사합니다. 좋게 봐주셔서."

"좋게 볼 수밖에 없죠. 이렇게 예쁜 스타를 좋게 안 보면 누굴 좋게 봐요."

"후후, 감사합니다."

"진짜, 가까이서 보니까 정말 예쁘네. 꼭 주희 처음 봤을 때 같네."

민다영 이사의 눈길이 강주희에게 향한다. 그녀는 연습생들을 챙기고 있었다. 아마도 콘티 보는 법을 알려주는 것 같았다.

흐뭇하게 지켜보던 민다영 이사는 이어 성 대리를 돌아보고 두 눈썹을 끔뻑 올렸다. 아직 두 사람이 덜 왔으니까.

아빠와 딸의 오후라는 콘셉트를 가지고 촬영해야 할 두 사람.

"늦을 사람이 아닌데."

성 대리가 시계를 보며 중얼거리다가, 이내 피식 웃고 속삭인다.

"역시, 호랑이과야."

최고남이 은별이를 품에 안고 달려온다.

"늦었습니다, 죄송합니다!"

*　　　　*　　　　*

[성지훈은 안 할 것 같은데요? 아까 생각을 살짝 엿봤는데, 연예계에 불신이 가득하더라고요.]

상황이 상황인지라 더 묻지 않고 나왔으니까.

나한테 그런 모습 보이고 싶지 않았을 텐데. 타이밍이 안 좋았다.

"촬영 들어가겠습니다!"

야외촬영이라서 스태프들과 경호 인력이 현장을 통제한다. 하지만 구경하는 인파가 몰려서 애를 먹고 있다.

"괜찮겠습니까?"

지난번 본 경호 팀장에게 혹시 몰라서 확인했더니, 그가 웃으며 말했다.

"베테랑들만 뽑아 왔습니다. 걱정 안 하셔도 됩니다."

"아이들도 있으니까, 특별히 잘 부탁드립니다."

"당연하죠."

경호팀장의 미소에 안심이 된다.

"근데, 광고 촬영도 메이킹 촬영을 하는 건가요?"

경호팀장이 〈플레이리스트〉 촬영팀의 카메라를 눈짓하며 묻는다.

오늘부터 윤소림의 스케줄 동선에 촬영팀이 합류했기 때문이다.

"새로 프로그램을 들어가거든요. 조만간 또 부탁드릴 일이 있을 겁니다."

"하하, 언제든 불러주십시오. 소림 씨 경호한다고 하면 직원들이 너도나도 하겠다고 할 테니까 인력 문제는 없습니다."

"소림이가 아닐 수도 있습니다."

"그럼요?"

"남자 가수요. 나이 좀 있으신."

"문제없습니다."

좀 전에는 농담이었다는 듯, 경호팀장이 고개를 힘차게 끄덕인다. 그러더니 조심스럽게 물었다.

"실례지만 경호 대상에 대해서 미리 알 수 있을까요? 저희도 준비를 해두려고요."

"성지훈입니다."

주사위는 굴러갔다.

나는 어떻게든 성지훈을 무대에 올릴 거다.

[싫다고 하면요?]

대답 대신 저승이를 슥 쳐다봤다. 저승이가 픽, 입꼬리를 끌어올린다.

[그런다고 멈출 사람이 아니시죠.]

성지훈이 죽어도 못 하겠다면… 그래, 포기할 수도 있다.

제작진의 촬영한 분량은 아쉽지만 캐스팅이 안 됐다는 식으로 포장해 버리면 되니까.

성지훈의 아픈 상처를 후벼 파고 싶은 생각도 없다.

문제는, 나는 내 스타를 위해서라면 무슨 짓이든 하는 놈이란 거다.

[그 스타가 이번에도 윤소림인가요?]

저승이가 윤소림을 보며 묻는다.

20대 여직원의 모습으로 스타일링한 그녀가 차에서 내리자 구경하려 몰려든 인파가 환호한다.

"윤소림!"

"언니, 예뻐요!"

팬의 우렁찬 목소리에 윤소림이 인사를 하고 머리를 쓸어 올린다.

미소가 참 예쁘다.

* * *

"젠장."

성지훈은 카운터에 붙은 메모지를 보면서 인상을 찌푸렸다.

최고남이 적어두고 간 메모지가 분명했다.

[형님, 난 내 스타를 위해서라면 무슨 짓이든 해서, 형님을 무대에 올릴 생각입니다.]

"재수 없는 자식 같으니라고!"

구겨 버리려고 손에 쥐었는데, 뒷면에도 뭔가가 적혀 있었다.

서둘러 펴서 읽자마자 성지훈은 입술을 힘껏 깨물었다.

[내 스타, 성지훈에게…….]

"하여간 이 자식은 옛날부터 이랬어! 사람 마음 심란하게 하는데 뭔가 있다니까!"

그랬다. 녀석이 다시 찾아왔을 때부터였다.

이놈의 마음이 뒤숭숭해진 게.

성지훈은 메모지를 내려놓고 홀 가운데에 있는 작은 무대를 바라봤다.

여태 한 번도 저곳에 서본 적이 없다.

저곳은 그냥 늘 텅 비어 있었다. 그래야 했다.

손님이 왜 가수는 없냐고 물으면, 그냥 원래 있던 거 철거 안 한 거라고 대충 말하고 넘겼다.

터벅, 터벅…….

무대에 걸어간 그는 통기타를 손에 쥐었다.

작곡할 때 외에는 통기타를 안고 노래하는 스타일이 아니었다.

무대를 휘저으며 노래하는 스타일이지.

"후."

작게 한숨을 쉬고, 그는 먼지 쌓인 의자에 앉았다.

통기타를 품에 안고 손가락을 벌려 코드를 집는다.

그 상태로 기타 줄을 건드리자 가슴이, 귀가 찌르르 울린다.

제대로 한번 잡아볼까 싶은 마음이 들어서 자세를 바로잡을 때였다. 성지훈은 고개를 치켜들었다.

어라.

'웬 외국인이 여길.'

한 번도 이런 적이 없었는데.

돈가스 먹겠다고 금발의 외국인이 여길 찾아올 리는 없었다.

길을 잃었나 싶어, 일어나서 다가갔다.

'영어로 해야 하나?'

잠깐 고민하고.

"하이!"

손을 들었다. 그랬더니, 여자애가 눈을 말똥말똥 뜨고 말했다.

"안녕하세요. 나는 마가리타… 라고 합니다!"

"어, 한국말 할 줄 아네? 근데 여긴 왜 왔어요? 길 잃었어요? 배낭여행 중?"

"나, 팬입니다."

"아, '펜 빌려달라고요?"

메모지까지 줘야 하나 생각하며, 카운터를 돌아보던 성지훈은 이내 멈칫하고 말았다.

"러시아에서 왔습니다. 그리워서, 노래 좋아합니다."

"내 노래를… 안다고요?"

자신의 팬이라고 주장한 외국인이 고개를 끄덕였다.

"정말, 날 보려고 러시아에서 왔다고요?"

"아, 드라마 좋아해서, 한국 오려고 오래전부터 준비했는데, 우연히 성지훈 노래 듣고 좋아서 찾아왔습니다."

아니, 이게 대체 어떻게 된 일일까.

성지훈은 낯선 세계에서 온, 낯선 팬의 등장에 잠시 정신이 혼미해졌다가 겨우 정신을 수습하고 말했다.

"식사했어요?"

"아직……."

"그럼 앉아요. 내가 맛있는 돈가스 해줄게."

일단 밥부터 먹이자.

.

.

.

.

일주일 뒤.

오늘도 파리 날리는 식당에서 성지훈은 열심히 핸드폰을 들여
다봤다.

지난번 찾아온 마가리타의 SNS를 구경하는 중이었다.

해맑은 미소의 마가리타가 그와 함께 찍은 사진에는 댓글이 제
법 많았다.

"뭐라고 쓴 거야."

러시아어를 알 수가 있나.

복사해서 번역을 해봤다.

─그 사람이 마가리타가 말한 그 가수야?

ㄴ응, 만나서 행복했어! 그리고 역시 멋있었어.

─나도 요즘 그 가수 노래 듣고 있어. 제목은 〈나는 오후를 느낀
다〉야.

ㄴ정말? 노래 좋지?

ㄴ어. 노래도 좋은데, 광고가 진짜 좋아.

"광고? 이런 x!"

저작권을 가지고 있는 예전 소속사가 또 허락 없이 노래를 쓴 모양이었다.

하지만 어쩔 수 없는 노릇이다. 소송에서도 졌으니까.

근데 어떤 광고일까. TV에서 본 적은 없다. 인터넷도 잘 하지 않는 편이고.

구시렁거리면서 좀 더 마가리타의 SNS를 구경하고 핸드폰을 내려놓았다.

성지훈은 TV 리모컨을 손에 쥐었다.

꾹 누르고 내려놓은 다음에 또다시 전자 담배를 입에 문다.

그런데 멀리서 차 몇 대가 들어오는 게 아닌가.

"뭐야, 오늘 장사 좀 되려나 본데?"

이럴 줄 알았으면 돈가스 밑 작업 좀 많이 해둘걸 하는 아쉬움을 삼키며 서둘러 담배를 내려놓았다.

서둘러 TV를 끄고 음악을 튼다.

늘 그렇듯 실시간 순위 곡을 랜덤 재생 하고 손님 맞을 준비를 한다.

그런데…….

"실시간 순위 곡을 틀었는데, 왜 내 노래가 나오는 거야?"

성지훈은 의아해서 모니터를 다시 확인했다.

마우스를 휙휙 내리는데, 다음 순간 놀라서 눈을 번쩍 떴다.

—100위. 성지훈의 나는 오후를 느낀다

곡을 클릭해서 상세 정보를 확인하면 댓글을 볼 수 있습니다.

ㄴ광고 보고 왔어요! 와, 추억 돋는다.

ㄴ요즘 출근할 때마다 듣습니다. 오후에 들으면 기운이 쫙 펴져
요!

ㄴ지금 들어도 손색이 없네요!

ㄴ2018년 10월에 다시 찾은 분들 손!

"뭐야, 이거."

언제 적 노래가 갑자기 실시간 순위 100위라니.

귀신이 곡할 노릇이어서 눈만 깜빡이고 있는데, 손님들이 들어
왔다.

삼십 대? 많아야 사십 대 초반의 여자들이었다.

아이를 안고 있는 사람도 있었다.

"와, 진짜 성지훈이다!"

누군가 외쳤다.

심지어 그녀는 눈동자에 눈물도 글썽이고 있었다.

"오빠, 저 오빠 팬이에요!"

"아… 여긴 어떻게 알고."

팬클럽의 근황이 궁금해서 간간이 들어가 본 적은 있다.

최근에 들어간 것은 올봄이었다.

게시판에는 광고들만 주르륵 올라와 있었고, 한때 십수 만이었
던 회원 수는 몇천으로 급락해 있었다. 그 몇천 명도 자신들이 가
입돼 있다는 사실을 잊고 사는 것일 테고.

"유튜브에서 보고 왔어요. 오빠가 식당 한다는 거 알고 얼마나
반가웠는데요. 광고에서도 오빠 음악 나오던데요?"

"광고라니? 어떤 광고예요?"

도대체.

궁금해서 물었더니, 한 팬이 핸드폰을 꺼내 그에게 광고 영상을 틀어준다.

아무 걱정 없는 어느 날의 오후, 그 오후에 어울리는 음료수가 마시고 싶어지는 영상이었다.

『내 S급 연예인』 5권에 계속…